U0933997

白居易詩文鉴赏辞典

上海辞书出版社文学鉴赏辞典编纂中心编

上海辞书出版社

《白居易诗文鉴赏辞典》领衔撰稿

沈祖棻　霍松林　陈振鹏　褚斌杰

葛晓音　赖汉屏　余恕诚　周啸天

撰稿人(按姓氏笔画排列)

马茂元　王少华　王思宇　王振汉　孔燕妮　左成文

朱起予　李　峰　李国章　吴汝煜　何庆善　何国治

余恕诚　沈祖棻　张明非　张燕瑾　陆永品　陈邦炎

陈志明　陈振鹏　周啸天　宛新彬　赵庆培　饶芃子

贾文昭　钱　方　徐传礼　崔承运　葛晓音　程千帆

傅经顺　赖汉屏　褚斌杰　管遗瑞　潘裕民　霍松林

责任编辑　霍丽丽

【前言】

【前言】

白居易(772—846)　唐文学家。字乐天,晚号香山居士、醉吟先生。祖籍太原(今属山西),徙居下邽(今陕西渭南),生于郑州新郑(今属河南)。建中三年(782),随父至徐州别驾任所,寄家符离。次年避乱至越中。贞元十六年(800)登进士第。十九年,登书判拔萃科,授校书郎。元和元年(806),登制科,授盩厔尉。三年,除左拾遗,为翰林学士,以直谏为权豪所忌。丁母忧。服除,授太子左赞善大夫。十年,因上书请捕刺杀宰相武元衡之凶手,执政恶其越职言事,贬江州司马。量移忠州刺史。穆宗即位,历尚书主客郎中知制诰、中书舍人。长庆二年(822),出为杭州刺史。除太子左庶子,分司东都。宝历元年(825),复为苏州刺史。病告归。大和初,任秘书监、刑部侍郎。三年(829),以太子宾客分司东都。四年,授河南尹,复为宾客分司,改太子少傅分司。会昌二年(842),以刑部尚书致仕,闲居洛阳,皈依佛教,以诗酒自适。卒,谥曰文。初与元稹并称"元白",同为中唐新乐府倡导者,后又与刘禹锡并称"刘白"。

白居易论诗重视诗歌讽谕功能,强调揭露社会弊端、反映民生疾苦,主张"文章合为时而著,歌诗合为事而作"(《与元九书》)。要求作品"辞质而径"、"言直而切"、"事核而实"、"体顺而肆"(《新乐府序》),以充分发挥其"补察时政"、"泄导人情"(《与元九书》)之社会功能。故其《新乐府》、《秦中吟》中不少篇章具有强烈的现实意义和艺术感染力,但因片面强调社会功能,亦有表现直露、议论太切的毛病。其感伤诗《长恨歌》描写李、杨爱情悲剧,《琵琶行》抒发其与歌女"同是天涯沦落人"之悲哀,为唐代长篇叙事诗名作,明何良俊誉为"古今长歌第一"(《四友斋丛说》)。杂律等小诗亦以通俗浅易、清新明快见长。《暮江吟》、《钱塘湖春行》、《赋得古原草送别》、《问刘十九》均脍炙人口。盖其诗变格入俗，元和、长庆中风靡一时，远播海外，于后世影响亦巨。唐张为《诗人主客图》尊其为“广大教化主”。又系早期倚声填词者之一，《忆江南》、《长相思》清丽婉约，为唐代词作名篇。亦擅古文，《与元九书》议论犀利，情文并茂，为唐代文论名作。《庐山草堂记》、《养竹记》、《冷泉亭记》、《荔枝图序》等文亦疏畅条达，意味隽永，为世传诵。著有《白氏长庆集》七十五卷、《白氏经史事类》（一名《六帖》）三十卷，又编与元稹等唱和诗为《元白因继集》二卷、《三州唱和集》一卷，编与刘禹锡唱和诗为《刘白唱和集》二卷、《汝洛集》一卷。今有《白氏长庆集》（一名《白香山集》、《白氏文集》）行世，《六帖》则与宋孔传《后六帖》合为《白孔六帖》一百卷刊行，余均佚。

本书是本社中国文学名家鉴赏辞典系列之一。精选白居易代表作品80篇，包括诗64篇、词5篇、文11篇，其中《竹枝词》二首、《杨柳枝词》三首、《浪淘沙词》二首，可归入诗一类，亦可归入词一类，本书采取通行的观点，归入诗一类。我们特邀请当代研究专家为每篇作品撰写鉴赏文章。其中诠词释句，发明妙旨，有助于了解白居易名篇之堂奥，使读者尝鼎一脔，更好地领略白居易“用语流便”、明朗自然的艺术特色及忧国忧民、关注社会现实的情怀。另外，书末还有附录《白居易生平与文学创作年表》，供读者参考。不当之处，尚祈指正。

上海辞书出版社文学鉴赏辞典编纂中心

2014.6

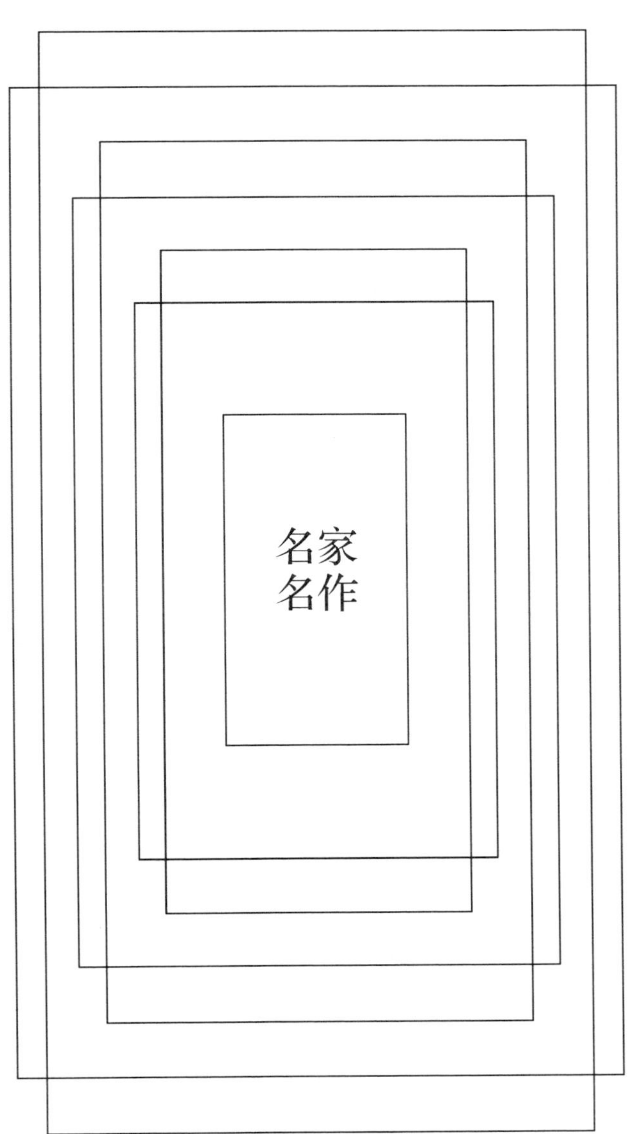

沈祖棻 霍松林 陈振鹏 褚斌杰 葛晓音 赖汉屏 佘恕诚 周啸天 等撰写

【目录】

诗

词

文

附录

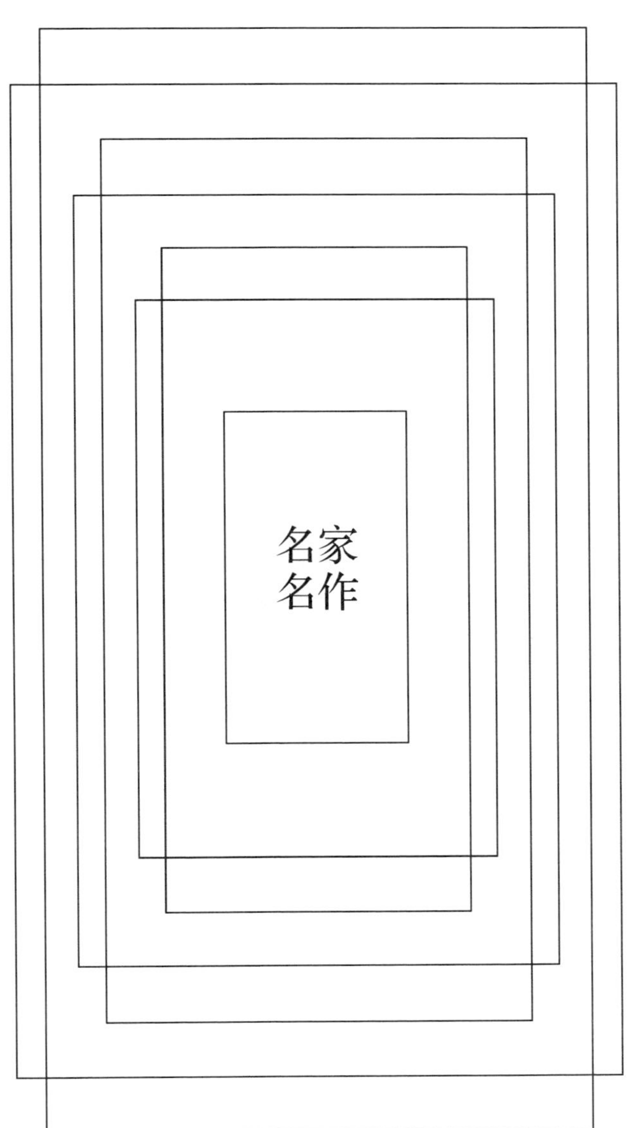

沈祖棻　霍松林　陈振鹏　褚斌杰　葛晓音　赖汉屏　余恕诚　周啸天　等撰写

【诗】

【原文】

观刈麦[①]

田家少闲月，五月人倍忙。
夜来南风起，小麦覆陇黄。
妇姑荷箪食，童稚携壶浆。
相随饷田去，丁壮在南冈。
足蒸暑土气，背灼炎天光。
力尽不知热，但惜夏日长。
复有贫妇人，抱子在其旁。
右手秉遗穗，左臂悬敝筐。
听其相顾言，闻者为悲伤。
家田输税尽，拾此充饥肠。
今我何功德，曾不事农桑。
吏禄三百石，岁晏有余粮。
念此私自愧，尽日不能忘。

〔注〕 ① 题下自注云：时为盩厔县尉。

这首诗是元和二年(807)作者任盩厔(今陕西周至)县尉时写的，是作者早期一首著名讽喻诗。

这首诗叙事明白，结构自然，层次清楚，顺理成章。诗一开头，先交代背景，标明是五月麦收的农忙季节。接着写妇女领着小孩往田里去，给正在割麦的青壮年送饭送水。随后就描写青壮年农民在南冈麦田低着头割麦，脚下暑气熏蒸，背上烈日烘烤，已经累得筋疲力尽还不觉得炎热，只是珍惜夏天昼长能够多干点活。写到此处，这一家农民辛苦劳碌的情景已经有力地展现出来。接下来又描写了另一种令人心酸的情景：一个贫妇人怀里抱着孩子，手里提着破篮子，在割麦者旁边拾麦。为什么要来拾麦呢？因为她家的田地已经“输税尽”——为缴纳官税而卖光了，如今无田可种，无麦可收，只好靠拾麦充饥。这两种情景交织在一起，有差异又有关联：前者揭示了农民的辛苦，后者揭示了赋税的繁重。繁重的赋税既然已经使贫妇人失掉田地，那就也会使这一家正在割麦的农民失掉田地。今日的拾麦者，乃是昨日的割麦者；而今日的割麦者，也可能成为明日的拾麦者。强烈的讽喻意味，自在不言之中。诗人由农民生活的痛苦联想到自己生活的舒适，感到惭愧，内心久久不能平静。这段抒情文字是全诗的精华所在。它是作者触景生情的产物，表现了诗人对劳动人民的深切同情。白居易写讽喻诗，目的是“惟歌生民病，愿得天子知”(《寄唐生》)。在这首诗中，他以自己切身的感受，把农民和作为朝廷官员的自己作鲜明对比，就是希望“天子”有所感悟，手法巧妙而委婉，可谓用心良苦。

白居易是一位最擅长写叙事诗的艺术巨匠。他的叙事诗能曲尽人情物态，把其中所叙的事件写得曲折详尽，娓娓动听。而且，他的叙事诗里总是有着心灵的揭示，因而总是蕴含着感情的。在《观刈麦》里，他虽然着墨不多，但是却把割麦者与拾麦者在夏收时那种辛勤劳碌而又痛苦的生活情景，描写得生动真切，历历如画。不仅写了事，而且写了心，包括作者本人的心和劳动人民的心。诗人的心弦显然是被耳闻目睹的悲惨景象震动了，颤栗了，所以才提起笔来直歌其事，所以在字里行间都充满对劳动者的同情和怜悯。像“足蒸暑土气，背灼炎天光”、“家田输税尽，拾此充饥肠”这样的诗句，里面包含着作者多少同情之感、怜悯之意啊！因而这首《观刈麦》在叙事当中是有着作者情的渗透、心的跳动的，作者的心同他所叙的事是融为一体的。值得称道的是，作者在真实地写劳动人民之事的同时，还能够真实地写出劳动人民之心，尤其是刻画出劳动人民在某种特定情况下的变态心理，深刻地揭示诗的主题。《卖炭翁》中“可怜身上衣正单，心忧炭贱愿天寒”，写的是卖炭老人为衣食所迫而产生的变态心理。《观刈麦》中的“力尽不知热，但惜夏日长”，同样也是一种变态心理。这类描写把劳动人民之心刻画入微，深入底蕴。诗中写事与写心的完美统一，较之一般的叙事与抒情的统一，更能震撼人心。白居易又是运用对比手法的能手。他在诗歌创作中，不仅把劳动人民的贫困、善良与地主阶级的奢侈、暴虐作了对比，而且还把自己的舒适与劳动人民的穷苦作了对比。这首诗在写了农民在酷热的夏天的劳碌与痛苦之后，诗人同样也联想到自己，感到自己没有“功德”，又“不事农桑”，可是却拿“三百石”俸禄，到年终还“有余粮”，因而“念此私自愧，尽日不能忘”。诗人在那个时代能够主动去和农民对比，十分难得。这样一种对比，真是新颖精警，难能可贵，发人深省，因而更显出这首诗的思想高度。

（贾文昭）

杂兴三首 （其二）

越国政初荒，越天旱不已。
风日燥水田，水涸尘飞起。
国中新下令，官渠禁流水。
流水不入田，壅入王宫里。
余波养鱼鸟，倒影浮楼雉。
澹滟九折池，萦回十余里。

【原文】

四月芰荷发，越王日游嬉。
左右好风来，香动芙蓉蕊。
但爱芙蓉香，又种芙蓉子。
不念阊门外，千里稻苗死！

白居易曾作《杂兴三首》咏古事，分别描写了灭了越国的楚国、灭了吴国的越国和吴国，其君主声色犬马，耽于享乐，亲小人，不顾百姓死活的亡国之态。此处所引用的为第二首，讲述了越王引水入宫以供享乐，不顾念民间遭受旱魃之苦一事。

越王勾践卧薪尝胆，励精图治，终灭吴国，在吴越之地曾称霸一时。但也正因为处于一时的太平和强盛之中，此后的越国，君主诛杀良臣，荒怠政事，甚至屡次发生弑君之乱象，最后在攻打楚国的战争中反被楚国灭了。再看当时的唐朝，经历安史之乱后元气大伤，藩镇割据、宦官专权，虽有元和中兴，然弊端层出已然难挡，统治阶级荒失于政，剥削百姓，劳苦大众生活艰辛。白氏的许多反映现实、讽喻时政的诗歌正产生于这样一个时期。

一个国家灭亡的原因很多，而统治者长期荒于政事往往是最终衰灭的最重要的原因。在这首诗中，白居易并未抓住史书上的那些事件来展现越国灭亡前的这些隐患，而是从一个本是天灾而转为人祸的具体事件来展现，从日常事来观望大背景，见大趋势于细微。而白氏选择这样一件事，绝不仅仅是闲咏古史，而是一首以古事美刺现实的讽喻诗。

首联交待事件发生的时间和起因，诗中的故事是发生在越国君王荒怠政事的初期，当时国家持续遭受到了旱灾。第二联具体描述了当时旱灾的严重程度：大风烈日让水田日渐干涸，尘土四起。

【鉴赏】

于是,当权者发布了一个新的但有些奇怪的告令:“官渠禁流水。”在大旱急需用水的时候,挡住水流,行为有些违反常理,他们是想做什么呢?第四联说明目的:这样做,是为了不让流水入田,通过阻塞的方式,让流水尽数流入王宫之中。王宫之中并无民生所需的水田,那么,让水都流进王宫,而不让它去浇灌已然干涸了的水田,是要做什么用途呢?

第五、六两联,画面自宫外移向宫内,对宫内池苑的景物进行描写,以此解释了君王为何禁流水。鱼和鸟畅游在清澈的水中,楼阁的倒影在水面浮动。波光粼粼的池水迂回蜿蜒十多里。此四句着重对宫苑中流水的描写,突出了宫池中流水清澈秀丽,风光旖旎,与水涸尘扬的疾苦民间形成鲜明对比。在举国大旱的情况下,这样的风景显得甚是突兀,宫廷内外两相对比,不由得令人思考,天灾之下怎么会有如此美丽的水景呢?答案是不言而喻的:壅入王宫的水并非用于生产,而是拿来满足宫内当权者们的身心享受了!

七至九联进一步具体地描述了越王享乐之事。四月的时候荷花开,越王日日赏荷嬉戏。风吹过,夹杂着荷花的清香。这样的光景,可谓是一种极大的享受,对于越王自然不例外。因此,喜爱这般风景的越王又种下荷花种子,期待着来年美景再现。

作为一国的君主,越王想的是引水入宫,是玩乐,是用水养着美丽的荷景。可是他全然没有想过,城外正处于大旱之中,成片望不到边的水稻苗因为没水灌溉而枯死了。这会导致歉收的百姓又会面临怎样的灾难?看似天灾的事情,因为掌权者的荒政享乐,最终演变成为人祸。

诗作语言较为直白浅显,将故事娓娓叙来,语言看似平淡,却又生动地铺展出了两个色彩、风格全然不同的画面。平常人读来亦能朗朗上口,字句明了,如见其境。

而更值得注意的,则是这首诗的结构。该诗首尾内容相扣。一二联开篇言大旱带来的天灾，而末联言大旱之下所显现的人祸。其余几联则放下旱灾境况不言，转而描绘宫内美丽的风景和王者很是享受的生活。而这一切都是建立在将民间急需之水尽数纳入宫内的基础上。作者将较大的篇幅放在对宫内风景和对越王享乐的描绘上，旱灾之祸仅有数句。看上去有些“失衡”，但正是这样的“失衡”，才愈发令人注意到执权者只知享乐，在管理国家上的失政无道，而这或许才是白氏创作此诗的重点，他并不着重于反映民生的疾苦，而是想要讽刺时政，告诉世人导致民生多艰的重要原因是什么。已然灭亡了的越国是这样的，而江河日下的唐王朝也一样。

（钱　方）

宿紫阁山北村

晨游紫阁峰，暮宿山下村。
村老见予喜，为予开一尊。
举杯未及饮，暴卒来入门。
紫衣挟刀斧，草草十余人。
夺我席上酒，掣我盘中飧。
主人退后立，敛手反如宾。
中庭有奇树，种来三十春。
主人惜不得，持斧断其根。
口称采造家，身属神策军。
“主人慎勿语，中尉正承恩！”

【鉴赏】

这首诗，就是作者在《与元九书》中所说的使“握军要者切齿”的那一篇，大约写于元和四年(809)。

当时，诗人正在长安做左拾遗，为什么会宿紫阁山北村呢？开头两句，作了说明，原来他是因“晨游紫阁峰”而“暮宿山下村”的。紫阁，在长安西南百余里，是终南山的一个著名山峰。“旭日射之，烂然而紫，其峰上耸，若楼阁然。”诗人之所以要“晨游”，大概就是为了欣赏那“烂然而紫”的美景吧！早晨欣赏了紫阁的美景，悠闲自得地往回走，直到日暮才到山下村投宿，碰上的又是“村老见予喜，为予开一尊”的美好场面，其心情不用说是很愉快的。但是，“举杯未及饮”，不愉快的事发生了。

开头四句，点明了抢劫事件发生的时间、地点和抢劫对象，表现了诗人与村老的亲密关系及其喜悦心情，为下面关于暴卒的描写起了有力的反衬作用，是颇具匠心的。

中间的十二句，先用“暴卒”、“草草”、“紫衣挟刀斧”等贬义词句刻画了抢劫者的形象；接着展现了两个场面：一是抢酒食；二是砍树。

写抢酒食的四句诗，表现出暴卒、“我”和主人的三种不同表现。“夺”和“掣”两个词，包含着一方不给，一方硬抢的丰富内容，不应随便读过。诗人用这两个词作“诗眼”，表现出“我”毕竟是个官，敢于和暴卒争，但还是败下阵来。这就不仅揭露了暴卒的暴，而且要人们想一想暴卒凭什么这样“暴”，为结尾的点睛之笔留下了伏线。

写两个抢劫场面，各有特点。抢酒食之时，主人退立敛手；砍树之时，却改变了态度，这是为什么？诗人为了揭示其心理根据，先用两句诗写树：一则指明那树长在中庭，二则称赞那是棵“奇树”，三则强调那树是主人亲手种的，已长了三十来年。这说明它在主人心中的地位，远非酒食所能比拟。暴卒要砍它，怎能不“惜”！“惜不得”，是“惜”而“不得”的意思。于是，发自内心的“惜”就表现为语言、行动上的“护”，虽然迫于暴力，没有达到目的，但由此却引出了暴卒的“自称”和“我”的悄声劝告。

结尾的四句诗，在当时很好懂；时过一千一百多年，就需要作些注解，才能了解其深刻的含义。所谓“神策军”，在天宝时期，本来是西部的地方军；后因“扈驾有功”，变成了皇帝的禁卫军。德宗时，开始设立左、右神策军护军中尉，由宦官担任。他们以皇帝的家奴掌握禁卫军，势焰熏天，把持朝政，打击正直的官吏，纵容部下酷虐百姓，什么坏事都干。元和初年，宪宗宠信宦官吐突承璀，让他做左神策军护军中尉；接着又派他兼任“诸军行营招讨处置使”（各路军统帅），白居易曾上书谏阻。这首诗中的“中尉”，就包括了吐突承璀。所谓“采造”，指专管采伐、建筑的官府；“采造家”，就是这个官府派出的人员。元和时期，经常调用神策军修筑宫殿；吐突承璀又于元和四年领功德使，修建安国寺，为宪宗树立功德碑。因此，就出现了“身属神策军”而兼充“采造家”的“暴卒”。做一个以吐突承璀为头子的神策军人，已经炙手可热了；又兼充“采造家”，执行为皇帝修建宫殿和树立功德碑的“任务”，自然就更加为所欲为，不可一世。

诗是采取画龙点睛的写法。先写暴卒肆意抢劫，目中无人，连身为左拾遗的官儿都不放在眼里，使人不能不产生这样的疑问：“这些家伙凭什么这样‘暴’？”但究竟凭什么，没有说。直写到主人因中庭的那棵心爱的奇树被砍而忍无可忍的时候，才让暴卒自己亮出他们的黑旗，“口称采造家，身属神策军”。一听见暴卒的自称，就把“我”吓坏了，连忙悄声劝告村老：“主人慎勿语，中尉正承恩！”讽刺的矛头透过暴卒，刺向暴卒的后台“中尉”；又透过中尉，刺向中尉的后台皇帝！

前面的那条“龙”，已经画得很逼真，再一“点睛”，全“龙”飞腾，把全诗的思想意义提到了惊人的高度。

（霍松林）

【原文】

登乐游园望

独上乐游园，四望天日曛。
东北何霭霭，宫阙入烟云。
爱此高处立，忽如遗垢氛。
耳目暂清旷，怀抱郁不伸。
下视十二街，绿树间红尘。
车马徒满眼，不见心所亲。
孔生死洛阳，元九谪荆门。
可怜南北路，高盖者何人！

乐游园即乐游苑、乐游原，位于长安城南的高原上，是唐人览胜之佳处。此诗作于元和五年(810)，首二句点明时、地、人：时值傍晚，诗人独自一人来到乐游园，四望环顾。接下来的两句描写所望之景：东北兴庆宫一带浮云霭霭，宫阙高耸，直入云霄。四句中，“曛”、“霭”、“烟”、“云”共同构造了一幅浮云落日、昏黄黯淡的基调，这种色调不仅弥漫于天地自然，更弥漫于人世之间。第五句笔调忽然一转，“爱此高处立”，似乎诗人因为眺览而心旷神怡，然而接下来的三句否定了这一点。“垢氛”加重了上四句“曛”、“霭”、“烟”、“云”所造成的混沌感，诗人身在乐游园，似乎离开了城中的污浊尘氛，然而一个“如”字表明这种远离不过是一种幻觉，而即使是在眺望的幻觉中遗世独立，耳目得以“清旷”，这种清新开阔也只是暂时的，更何况这种清旷只在耳目之间，诗人的“怀抱”(即情志)仍然郁郁难伸。三句层次递进，曲折写出了诗人的郁卒愤懑。

【鉴赏】

“下视”二句呈现了从乐游园俯视长安城的一幅雄伟远景，十二条大街纵横交错，绿树红尘间隔纷杂。《长安志》中载长安城“南北七街，东西五街，其间并列台省寺卫”，卢照邻《长安古意》中写“弱柳青槐拂地垂，佳气红尘暗天起”，可见长安城之中街道通达、官衙密布、绿树成行、红尘扑面的盛况，而诗人在这车如流水马如龙的繁华景象中，竟发出了“车马徒满眼，不见心所亲”的浩叹。“心所亲”的志同道合者在何处？“孔生死洛阳，元九谪荆门。”孔生指孔戡，孔戡为人忠直，因犯颜直谏而遭人忌恨，在这一年的正月忧愤而死，诗人在《哭孔戡》诗中表达了悲痛与惋惜：“洛阳谁不死，戡死闻长安。我是知戡者，闻之涕泫然。”元九指元稹，元稹在这一年的三月因为得罪宦官刘士元而自监察御史贬为江陵府士曹参军，诗人和元稹是至交，曾赠诗曰：“相知岂在多，但问同不同，同心一人去，坐觉长安空。”（《别元九后咏所怀》）孔戡和元稹俱是才德兼备之人，却不容见于现实政治，一个死别，一个生离，纷纷离开了长安城这个权力中心。志士沉沦，贤臣去国，无怪乎诗人“车马徒满眼”而“坐觉长安空”。长安的“绿树”、“红尘”对诗人而言都不过是“垢氛”而已，激发了诗人心中的不平和悲愤，以至于发出末两句的感慨：“可怜南北路，高盖者何人！”那四方奔走的高官权贵都是些什么人？“可怜”（即可惜）二字更是充满了讽刺。清代赵执信《览仕籍戏成》诗云“无复堪容位置处，渐多不识姓名人”，有其讽刺而无其悲愤。“何人”二字呼应起首“独上”，诗人的孤洁和世俗的“垢氛”形成了鲜明对比，为什么“独上”，正因为“高盖者何人”，微斯人，吾谁与归？

诗人在《与元九书》中说：“闻仆《哭孔戡》诗，众面脉脉，尽不悦矣。闻《秦中吟》，则权豪贵近者相目而变色矣。闻《乐游园》（即本诗）寄足下诗，则执政柄者扼腕矣。”能令执政者扼腕，可见本诗的力量与影响，也足能证明诗人“言浅而思深，意微而词显”（薛雪《一瓢诗话》）的风格特征。元和十年，诗人终因得罪权贵而被贬为江州司马，诗人在此诗中的悲慨不平正是现实的真实反映。

（孔燕妮）

采地黄者

麦死春不雨，禾损秋早霜。
岁晏无口食，田中采地黄。
采之将何用？持以易糇粮。
凌晨荷锄去，薄暮不盈筐。
携来朱门家，卖与白面郎。
与君啖肥马，可使照地光。
愿易马残粟，救此苦饥肠！

白居易的这一首《采地黄者》，创作于元和八年(813)，作者时年四十二岁。元和六年(811)，白居易之母陈氏在长安去世，诗人因丁忧退居下邽金氏村(今属陕西渭南市)，此时仍未返朝。

“麦死春不雨，禾损秋早霜。”诗的一开始，就为我们道出了一种生命的无力和无常。麦已播下，岂料春天无雨，禾已抽穗，偏逢秋季早霜。非不稼不穑，奈何天意如此！表面上来看，是农人们在侍弄着这些庄稼，但反过来看，这些农人们其实和他们手里的禾苗并没有大的区别，都是天意拨弄下的玩偶。

既然春旱秋霜，接下来的结果也就可想而知。“岁晏无口食”，到了年尾，不要说明年的种子，就是连口粮都没有了。无可奈何之下，也就只好去“田中采地黄”了。“采之将何用？”非为市贸也，不过是“持以易糇粮”罢了。“糇粮”，指干粮或粮食。地黄，是一种中草药。《本草纲目》卷十六引《别录》曰：“地黄，生咸阳川泽黄土地者佳。”又“弘景曰：‘咸阳，即长安也。生渭城者乃有子实如小麦。’”可知地黄亦算是陕西一带比较有名的特产。

虽是去采地黄，但这样一个春旱秋霜的年头，地黄的产量料也高不到哪去。果不其然，“凌晨荷锄去，薄暮不盈筐”。从早到晚采了一天，地黄也没有装满一筐。这样的艰辛，一点也不比种田差啊。

“携来朱门家，卖与白面郎。”“朱门”，意指豪富人家。“白面郎”，盖指有钱有势人家的公子哥。杜甫《少年行》：“马上谁家白面郎，临阶下马坐人床。不通姓字粗豪甚，指点银瓶索酒尝。”赵彦材注云：“白面郎，盖言其富贵少年者耳。”（参看宋郭知达编《九家集注杜诗》卷二十二）

“与君啖肥马，可使照地光。”这以下的几句是记述采地黄者与“白面郎”的对话。地黄本有药用，《神农本草经》等书就记载地黄可以“治伤中，逐血痹，填骨髓，长肌肉”，甚至说久服它可以“轻身不老”。而我国古代亦有用地黄饲喂牲畜的传统，《活兽慈舟》在论马的牧养法时就提到“常用地黄叶食之，益寿”，同时还记有许多用地黄治疗牛马肾黄、疥癞等病的药方。用这样的“神药”喂马，也难保马不会膘肥体壮了。鲍明远《咏史》诗：“宾御纷飒沓，鞍马光照地。”“照地光”，形容马的神采出众。

“愿易马残粟，救此苦饥肠！”马的光彩照人令人遐想无限，思驰神飞，然而诗人笔锋一转，让我们又回到了残酷的现实：现实中的农人依然处在水深火热之中。“苦饥”二字，道出了农人断炊已久。马有残粟而人无余粮，这是怎样的一种不公平！农人甚至不敢去奢求富人们能够移马粮救人馁，而只能指望获得一些马口下的残羹剩饭，这背后隐藏的，又是怎样的一种压迫！这结尾的一笔，不仅造成了章法上的跌宕，同时为我们揭示出了一幕沉重的“人不如马”的现实。在“天意”和“阶级”的双重压迫之下，农人们是如此的无助，他们的生命是如此的脆弱不堪。仅仅是一年的自然灾害就使得农人们如此窘迫，从中我们又可以看到中唐以后整个社会经济的脆弱。

这首诗除去它的思想内容，值得我们注意的还有一个问题，那就是它的叙事节奏。这首作品的体裁虽然是诗，但它的叙事却很像散文。句句衔接，叙事细密，节奏舒缓，除了末尾一笔，几乎不作跳荡之姿。这种叙事方法，一方面兼顾到了这类诗的书写传统，另一方面也在读者心中造出一种独特的阅读感受。一句句的从春述说到秋，从晨叙说到暮，几乎均等地处理每一个细节，在这略显缓慢的节奏中，我们似乎能感受到农村生活日复一日的平淡和艰苦。我们似乎和这些农人们一起一步步地走过了四季，陪同他们一起经历了一次又一次的希望与绝望。舒缓的节奏适合表达深沉的主题，这既是诗人的一次娓娓而谈，也是对于社会不公的重重一击。

（刘竞飞）

村居苦寒

八年十二月，五日雪纷纷。
竹柏皆冻死，况彼无衣民！
回观村闾间，十室八九贫。
北风利如剑，布絮不蔽身。
惟烧蒿棘火，愁坐夜待晨。

【原文】

乃知大寒岁，农者尤苦辛。
顾我当此日，草堂深掩门。
褐裘覆绝[①]被，坐卧有余温。
幸免饥冻苦，又无垅亩勤。
念彼深可愧，自问是何人？

〔注〕 ① 绝(shī)：粗绸，似布。

唐宪宗元和六年(811)至八年，白居易因母亲逝世，离开官场，回家居丧，退居于下邽渭村(今陕西渭南市境)老家。退居期间，他身体多病，生活困窘，曾得到元稹等友人的大力接济。这首诗，就作于这一期间的元和八年十二月。

唐代中后期，内有藩镇割据，外有吐蕃入侵，唐王朝中央政府控制的地域大为减少。但它却供养了大量军队，再加上官吏、地主、商人、僧侣、道士等等，不耕而食的人甚至占到人口的一半以上。农民负担之重，生活之苦，可想而知。白居易对此深有体验。他在这首诗中所写的"回观村闾间，十室八九贫"，同他在另一首诗中所写的"嗷嗷万族中，惟农最辛苦"(《夏旱诗》)一样，当系他亲眼目睹的现实生活的实录。

这首诗分两大部分。前一部分写农民在北风如剑、大雪纷飞的寒冬，缺衣少被，夜不能眠，他们是多么痛苦呵！后一部分写自己在这样的大寒天却是深掩房门，有吃有穿，又有好被子盖，既无挨饿受冻之苦，又无下田劳动之勤。诗人把自己的生活与农民的痛苦作了对比，深深感到惭愧和内疚，以至发出"自问是何人"的慨叹。

古典诗歌中，运用对比手法的很多，把农民的贫困痛苦与剥削阶级的骄奢淫逸加以对比的也不算太少。但是,像此诗中把农民的穷苦与诗人自己的温饱作对比的却极少见,尤其这种出自肺腑的“自问”,在封建士大夫中更是难能可贵的。

除对比之外,这首诗还具有这样几个特点:语言通俗,叙写流畅,不事藻绘,纯用白描,诗境平易,情真意实。这些特点都体现了白诗特有的通俗平易的艺术风格。

(贯文昭)

新制布裘

桂布白似雪,吴绵软于云。
布重绵且厚,为裘有余温。
朝拥坐至暮,夜覆眠达晨。
谁知严冬月,支体暖如春。
中夕忽有念,抚裘起逡巡。
丈夫贵兼济,岂独善一身。
安得万里裘,盖裹周四垠?
稳暖皆如我,天下无寒人。

本诗约作于元和二年(807)到元和十年(815)之间。白居易一生的思想虽然复杂,但儒家的“兼济”之志始终是其思想发展的一条主线。这首《新制布裘》就是他这种济世思想的集中体现。

“桂布白似雪,吴绵软于云。”题目既是《新制布裘》,首句就从布裘写起。“桂布”，指桂林一带出产的棉布，清代的俞樾认为它是由木棉织成。《茶香室丛钞》“桂管布衫”条：“《玉泉子》云：‘夏侯孜为左拾遗，常着桂管布衫朝谒。文宗问：孜衫何太粗涩？具言：桂管产此，布厚可以御寒。他日上问宰相：“朕察拾遗夏侯孜必贞介之士。”宰相曰：“其行，今之颜、冉。”上嗟叹，亦效着桂管布，满朝皆仿之。此布为之骤贵。’按此即今之木棉布也，唐时已盛行。”但此说亦不过聊备一说而已。《粤西丛载》卷十九引《南越志》：“桂州出古终藤，结实如鹅毳，核如珠珣，治出其核，纺如丝绵，染为斑布。”又引陈襄《文昌杂录》：“闽岭以南多木绵，土人竞植之，采其花为布，号吉贝。余后因读《南史·海南诸国传》，言林邑等国出古贝木，其华成对，如鹅毳，抽其绪纺之以作布，与苎不异。亦染成五色，织为斑布，正此种也。盖俗呼为吉耳。”又引《西事珥》：“吉贝有紫、白二种，亦有诸色相间者，夷人多衣之。”则吉贝是否为木棉，此“木棉”到底为何品种，“桂布”是否确由木棉织成，皆存疑问。所能知者，唯其只是一种较为普通的面料而已。“吴绵”，指江南一带产的丝绵。如果说“桂布”是用来做裘面的，“吴绵”则主要用来充里。

“布重绵且厚，为裘有余温。”起首的对句之后承一散句，一来说明布裘的样貌，二来说明保暖效果。“朝拥坐至暮，夜覆眠达晨。”朝拥夜盖，这布裘的用处倒真不少。“谁知严冬月，支体暖如春。”一个“谁知”，略略透出了作者心中的一丝惊喜。

“中夕忽有念，抚裘起逡巡。”还没等上文的惊喜演化成一种真正的喜悦，作者的心情就发生了突然的变化。为什么呢？“丈夫贵兼济，岂独善一身。”阮籍亦有诗：“夜中不能寐，起坐弹鸣琴。”(《咏怀》)阮籍的中宵无眠多半是因为私人的境遇，而诗人白居易的中宵无寐却是由于他的“公心”。“兼济”一词，先秦时人既已使用。《庄子·列御寇》：“小夫之知，不离苞苴竿牍，敝精神乎蹇浅，而欲兼济道物，太一形虚。”而孟子则有“兼善”之说。

【鉴赏】

《孟子·尽心上》:"穷则独善其身,达则兼善天下。"到了白居易的时候,"兼济"、"兼善"早已混用多时,而其思想内涵,亦已变成了儒家主导。所谓"仁者爱人","兼济"的意思,正是要将这种儒家之爱推广到整个天下。表面上它提倡的是一种道德上的普遍性,但背后引申出来的,必然是一种经济上的均等性。正是由于受到这种儒家观念的影响,白居易才会产生这种"罪己"意识,由于一个人独享了温暖而夜不能寐。以布为裘,说明此时的白居易还远未达到豪富,差不多亦仅是一个稍享温饱的人而已。而稍享温饱即心怀不安,更显出了白居易心灵之高尚。

"安得万里裘,盖裹周四垠?稳暖皆如我,天下无寒人。"到了诗的末尾,诗人的愿望终于冲口而出。而读者们一读到此句,多半会想到杜甫的那首《茅屋为秋风所破歌》:"安得广厦千万间,大庇天下寒士俱欢颜,风雨不动安如山!呜呼!何时眼前突兀见此屋,吾庐独破受冻死亦足!"事实上,前人亦常将此二诗对比。宋黄彻《䂬溪诗话》卷九:"老杜《茅屋为秋风所破歌》云……乐天《新制布裘》云……皆伊尹身任一夫不获之辜也。或谓:子美诗意,宁苦身以利人;乐天诗意,推身利以利人。二者较之,少陵为难。然老杜饥寒而悯人饥寒者也,白氏饱暖而悯人饥寒者也。忧劳者易生于善虑,安乐者多失于不思,乐天宜优。或又谓:白氏之官稍达,而少陵尤卑;子美之语在前,而长庆在后,达者宜急,卑者可缓也,前者唱导,后者和之耳。同合而论,则老杜之仁心差贤矣。"其实,争论杜甫、白居易谁更贤,本身就无多大意义。每个人所处的境遇都不相同,每个人所要面对的事情也不相同,我们如何将他们的行为进行比较?另一方面,虽说杜甫唱导在先,但倘无白居易这样后来的和者,他在历史上恐怕亦只能成为一个永远的孤独者。就仁爱而论,我们本不必去为它分个孰高孰下,重要的是,我们要让它在心中存有。

(刘竞飞)

轻　肥

意气骄满路，鞍马光照尘。
借问何为者，人称是内臣。
朱绂皆大夫，紫绶悉将军。
夸赴军中宴，走马去如云。
樽罍溢九酝，水陆罗八珍。
果擘洞庭橘，脍切天池鳞。
食饱心自若，酒酣气益振。
是岁江南旱，衢州人食人！

诗题《轻肥》，取自《论语·雍也》中的“乘肥马，衣轻裘”，用以概括豪奢生活。

开头四句，先写后点，突兀跌宕，绘声绘色。意气之骄，竟可满路，鞍马之光，竟可照尘，这不能不使人惊异。正因为惊异，才发出“何为者”（干什么的）的疑问，从而引出了“是内臣”的回答。内臣者，宦官也。宦官不过是皇帝的家奴，凭什么骄横神气一至于此？原来，宦官这种角色居然朱绂、紫绶，掌握了政权和军权，怎能不骄？怎能不奢？“夸赴军中宴，走马去如云”两句，与“意气骄满路，鞍马光照尘”前呼后应，互相补充。“走马去如云”，就具体写出了“骄”与“夸”。这几句中的“满”、“照”、“皆”、“悉”、“如云”等字，形象鲜明地表现出赴军中宴的内臣不是一两个，而是一大帮。

“军中宴”的“军”是指保卫皇帝的神策军。此时，神策军由宦官管领。宦官们更是飞扬跋扈，为所欲为。前八句诗，通过宦官们“夸赴军中宴”的场面着重揭露其意气之骄，具有高度的典型概括意义。

紧接六句，通过内臣们军中宴的场面主要写他们的"奢"，但也写了"骄"。写"奢"的文字，与"鞍马光照尘"一脉相承，而用笔各异。写马，只写它油光水滑，其饲料之精，已意在言外。写内臣，则只写食山珍，饱海味，其脑满肠肥，大腹便便，已不言而喻。"食饱心自若，酒酣气益振"两句，又由"奢"写到"骄"。"气益振"遥应首句。赴宴之时，已然"意气骄满路"，如今食饱、酒酣，意气自然益发骄横，不可一世了！

以上十四句，淋漓尽致地描绘出内臣行乐图，已具有暴露意义。然而诗人的目光并未局限于此。他又"悄焉动容，视通万里"，笔锋骤然一转，当这些"大夫"、"将军"酒醉肴饱之时，江南正在发生"人食人"的惨象，从而把诗的思想意义提到新的高度。同样遭遇旱灾，而一乐一悲，却判若天壤。

这首诗运用了对比的方法，把两种截然相反的社会现象并列在一起，诗人不作任何说明，不发一句议论，而让读者通过鲜明的对比，得出应有的结论。这比直接发议论更能使人接受诗人所要阐明的思想，因而更有说服力。末二句直赋其事，奇峰突起，使全诗顿起波澜，使读者动魄惊心，确是十分精彩的一笔！

（霍松林）

买　花

帝城春欲暮，喧喧车马度。
共道牡丹时，相随买花去。
贵贱无常价，酬值看花数。
灼灼百朵红，戋戋五束素[①]。

上张幄幕庇，旁织笆篱护。
水洒复泥封，移来色如故。
家家习为俗，人人迷不悟。
有一田舍翁，偶来买花处。
低头独长叹，此叹无人谕。
一丛深色花，十户中人赋。

〔注〕 ① 戋戋（jiān）：形容众多。《易经·贲卦》：“束帛戋戋。”旧注：束帛，指五匹帛；戋戋，委积貌。五束素，即二十五匹帛；戋戋，则用以形容二十五匹帛堆积起来的庞大体积。

与白居易同时的李肇在《唐国史补》里说：“京城贵游，尚牡丹三十余年矣。每春暮，车马若狂，以不耽玩为耻。执金吾铺官围外寺观，种以求利，一本有值数万者。”这首诗，通过对“京城贵游”买牡丹花的描写，揭露了社会矛盾的某些本质方面，表现了具有深刻社会意义的主题。诗人的高明之处，在于他从买花处所发现了一位别人视而不见的“田舍翁”，从而触发了他的灵感，完成了独创性的艺术构思。

全诗分两大段。前十四句，写京城贵游买花；后六句，写田舍翁看买花。

一开头用“帝城”点地点，用“春欲暮”点时间。“春欲暮”之时，农村中青黄不接，农事又加倍繁忙，而皇帝及其臣僚所在的长安城中，却“喧喧车马度”，忙于“买花”。“喧喧”，属于听觉；“车马度”，属于视觉。以“喧喧”状“车马度”，其男癫女狂、笑语欢呼的情景与车马杂沓、填街塞巷的画面同时展现，真可谓声态并作。下面的“共道牡丹时，相随买花去”，是对“喧喧”的补充描写。借车中马上人同声相告的“喧喧”之声点题，用笔相当灵妙。

这四句写“买花去”的场面，为下面写以高价买花与精心移花作好了铺垫。接着便是这些驱车走马的富贵闲人为买花、移花而挥金如土。“灼灼百朵红，戋戋五束素”，一株开了百把朵花的红牡丹，价值竟相当于二十五匹帛，其昂贵何等惊人！那么“上张幄幕庇，旁织笆篱护。水洒复泥封，移来色如故”，其珍惜无异珠宝，也就不言而喻了。

以上只作客观描绘，直到“人人迷不悟”，才表露了作者的倾向性；然而那“迷不悟”的确切含义是什么，仍有待于进一步点明。白居易的有些讽喻诗，往往在结尾抽象地讲道理，发议论。这首诗却避免了这种情况。当他目睹这些狂热的买花者挥金如土，发出“人人迷不悟”的感慨之时，忽然发现了一位从啼饥号寒的农村“偶来买花处”的“田舍翁”，看见他在“低头”，听见他在“长叹”。这种极其鲜明、强烈的对比，揭示了当时社会生活的本质。诗人不失时机地摄下了“低头独长叹”的特写镜头，并从“低头”的表情与“长叹”的声音中挖掘出全部潜台词：仅仅买一丛“灼灼百朵红”的深色花，就要挥霍掉十户中等人家的税粮！这一警句使读者恍然大“悟”：那位看买花的“田舍翁”，倒是买花钱的实际负担者！推而广之，这些“高贵”的买花者，衣食住行，不都来源于从劳动人民身上榨取的“赋税”！诗人借助“田舍翁”的一声“长叹”，尖锐地反映了剥削与被剥削的矛盾。敢用自己的诗歌创作谱写人民的心声，这是十分可贵的。

（霍松林）

有木诗八首（其七）

有木名凌霄，擢秀非孤标。
偶依一株树，遂抽百尺条。

【原文】

托根附树身，开花寄树梢。
自谓得其势，无因有动摇。
一旦树摧倒，独立暂飘飖。
疾风从东起，吹折不终朝。
朝为拂云花，暮为委地樵。
寄言立身者，勿学柔弱苗。

《有木诗》为组诗，共八首，分咏柳、樱桃、橘、杜梨、野葛、水柽、凌霄、丹桂八种树木，以木喻人，此诗是其中之一。

凌霄又名苕、紫葳，最早见于诗歌是在《诗经·小雅·苕之华》："苕之华，芸其黄矣。心之忧矣，维其伤矣。苕之华，其叶青青。知我如此，不如无生。"以凌霄花的花叶起兴，感慨荒年人民食不果腹，无以为生。顾况《行路难》中咏凌霄花"冬青树上挂凌霄，岁晏花凋树不凋"，以冬青作对比，强调凌霄花的"易凋"，已有寓托之意。《有木诗》更是寓言诗，是诗人感于形形色色的"佞臣"而写下的讽喻之作，诗序中言："余读《汉书》列传，见佞顺嫶娶，图身忘国……又见附离权势，随之覆亡者。其初皆有动人之才，足以惑众媚主，莫不合于始而败于终也。因引风人、骚人之兴，赋《有木》八章，不独讽前人，欲儆后代尔！"《汉书》一言如同"汉皇重色思倾国"（《长恨歌》）之汉皇，是诗人用来遮饰的幌子，这些佞臣无不存在于现实之中，而诗人作诗，目的既不在"讽前人"，也不在"儆后代"，而是"刺当时"。

诗首句点出所咏之对象凌霄，凌霄虽然"擢秀"发花，然而并非孤标特出，迥然独立，相反，它是依托树木，夤缘攀附而上，借此欣欣向荣，长成百尺之条。"百尺条"出自左思《咏史》"以彼径寸茎，荫此百尺条"，以径寸茎的柔苗凌驾于百尺条的青松之上来讽刺贤愚颠倒，在这里诗人反用其意，

【鉴赏】

用百尺条来形容凌霄，正点出了诗序中所说凌霄花等足以惑众媚主的“动人之才”。“偶”字说明凌霄花攀附靠山不择善恶，趋炎附势，“遂”字说明凌霄花一朝得势，气焰冲天。凌霄花的根“附”在树上，花“寄”于树梢，却自鸣得意，以为根基坚固，“自言歌舞长千载，自谓骄奢凌五公”（卢照邻《长安古意》）。“偶依”而能“遂抽”，“遂抽”至于“百尺”，可谓无德；“托根”而能“开花”，“附”、“寄”而自谓得势，可谓无智，如此无德无智的小人，下场如何不言而喻。既然“附离权势”，又哪有不“随之覆亡”的？接下来的六句顺理成章，一朝大树摧倒，凌霄花纵然还能暂时“飘飖”，然而疾风一来，不到一日便已吹折零落，早晨还是鲜花绿叶，傍晚已经化为枯枝衰草。之前的“依”、“托”、“附”、“寄”和之后的“吹折”、“委地”相对比，更显得两者之间暂时的“独立”何其可笑，朝拂云而暮委地，身败名裂只在刹那之间，这是何等的警示！末尾两句卒章显志，诗人发出谆谆告诫：立身者切切不可学习柔弱的凌霄花！

自此诗之后，后代诗人吟咏凌霄花，都脱不了以上的讽喻之意，梅尧臣《和王仲仪二首》咏凌霄花：“观此引蔓柔，必凭高树起。气类固未合，萦缠岂由己。仰见苍虬枝，上发彤霞蕊。层霄不易凌，樵斧谁家子。一日摧作新，此物当共委。”可谓《有木诗》的翻版。此外还有袁燮《咏凌霄花》：“侵寻纵上云霄去，究竟依凭未足多。”赵东阁《凌霄花为复上人作》：“老僧不作依附想，将谓青松自有花。”赵蕃《篱落间见凌霄偶书》：“凌霄何自名，缘木与俱生。底事因蓬附，故为亦蔓荣。”范浚《凌霄花》：“君看植凌霄，百尺蔓柔翠。新花郁煌煌，照日吐妍媚。风霜忽摇落，大木亦彫瘁。视尔托根生，枯茎无残蒂。先荣疾萧瑟，物理固艰恃。凌霄亟芳华，衰歇亦容易。”

《有木诗》恰如其分地讽刺了诗序中所谓“附离权势，随之覆亡者”，主题鲜明，褒贬明确，形象刻画简洁生动，语言明白如话，有浅易之利而无烦絮之弊，是诗人讽喻诗中的佳作，体现了诗人“其辞质而轻，欲见之者易谕也；其言真而切，欲闻之者深诫也”（《新乐府序》）的诗歌理念。

（孔燕妮）

上阳白发人

上阳人，红颜暗老白发新。
绿衣监使守宫门，一闭上阳多少春。
玄宗末岁初选入，入时十六今六十。
同时采择百余人，零落年深残此身。
忆昔吞悲别亲族，扶入车中不教哭；
皆云入内便承恩，脸似芙蓉胸似玉。
未容君王得见面，已被杨妃遥侧目。
妒令潜配上阳宫，一生遂向空房宿。
宿空房，秋夜长，夜长无寐天不明；
耿耿残灯背壁影，萧萧暗雨打窗声。
春日迟，日迟独坐天难暮；
宫莺百啭愁厌闻，梁燕双栖老休妒。
莺归燕去长悄然，春往秋来不记年。
惟向深宫望明月，东西四五百回圆。
今日宫中年最老，大家遥赐尚书号。
小头鞋履窄衣裳，青黛点眉眉细长；
外人不见见应笑，天宝末年时世妆。

【原文】

上阳人，苦最多。

少亦苦，老亦苦，少苦老苦两如何？

君不见昔时吕向《美人赋》[①]；又不见今日上阳白发歌！

〔注〕 ① 此句作者自注："天宝末，有密采艳色者，当时号花鸟使，吕向献《美人赋》以讽之。"吕向在开元十年(722)召入翰林，兼集贤院校理。

这是白居易《新乐府》五十首中的第七首，是一首著名的政治讽喻诗。诗的标题下，作者注云："愍怨旷也。"古时，称成年无夫之女为怨女，成年而无妻之男为旷夫。这里"怨旷"并举，实际写的只是怨女，是指被幽禁在宫廷中的可怜女子。原诗前另有一小序说："天宝五载(746)以后，杨贵妃专宠，后宫人无复进幸矣。六宫有美色者，辄置别所，上阳是其一也。贞元中尚存焉。"上阳，指当时东都洛阳的皇帝行宫上阳宫。

诗中没有一般化地罗列所谓"后宫人"的种种遭遇，而是选取了一个终生被禁锢的宫女作为典型，不写她的青年和中年，而是写她的垂暮之年；不写她的希望，而是写她的绝望之情。通过这位老宫女一生的悲惨遭遇，极形象而又富有概括力地显示了所谓"后宫佳丽三千人"的悲惨命运，揭露了封建最高统治者摧残无辜女性的罪恶行径。

开头八句，以简洁的素描，勾勒了上阳宫的环境和老宫女的身世。上阳宫已没有往日的豪华，再不见显赫的车马，更没有轻妙的歌舞，诗人看到的是绿衣监使严密监守下一闭多少春的宫门。上阳宫死一般地沉寂，简直像一座监狱，一座活坟墓。诗人以无限忧郁、哀叹的调子，弹出了全篇作品的主旋律。上阳女子由年仅十六的妙龄少女变成白发苍苍的六十老人，在深宫内院幽禁了四十四年。当时被采择进宫的同命运的女子，如今都已春华秋草般地被摧折而凋零殆尽了，活在世上的只剩下她一人了。从“残此身”的“残”（余剩）字中，透露出一种十分悲苦之情。

“忆昔”以下八句，转入对往事的追忆，重现一个如花似玉的少女，在被胁迫离家入宫时，那种与亲人告别的悲恸场面。据记载，唐天宝末年，朝廷专设所谓“花鸟使”，到民间专为皇帝密采美女。这个上阳女，被掠夺离开亲人时，连哭都不准哭。“皆云入内便承恩”，实际上只是哄骗之词，结果连君王的面也未得见，就被当时专宠、嫉妒的杨妃，瞒着皇帝把她暗地里打入冷宫。

“秋夜长”、“春日迟”两节，以两个具体场景，极写上阳女子一生被幽禁的凄怨生活。作者先以情景交融的手法写秋夜：秋风，暗雨，残灯，空房，长夜不寐，形影相吊。这里，环境的凄凉、冷落与主人公内心的寂寞、孤苦融合在一起，写景与抒情巧妙地交织在一起，制造出一种浓郁的悲剧气氛。接着以情景映衬的手法来写春日：春光里，绕梁燕子双双飞，宫中黄莺自在啼，衬托了这个宫女被遗弃，被监禁，不得自由，愁苦寂寞的心情。黄莺动人的鸣叫，本会引起人们的无限欣喜、高兴，可是却“愁厌闻”；梁燕成双作对地同飞同栖，会引起一个年轻女子的羡慕、向往，甚至嫉妒，可是对于这位老宫女，却再也惹动不起这种感情。这是十分委婉含蓄而又深刻细致的心理刻画。“梁燕双栖老休妒”的“休妒”二字，有着深沉的内容，在它的后面，分明包含了一个辛酸的过程。“休妒”，不是简单的不妒，而正说明年年妒，月月妒，直至今天才“休妒”。它包含了上阳宫女由希望到失望以至绝望的悲惨一生。这句话和前面的“宫莺百啭愁厌闻”，后面的“春往秋来不记年”相对照，正表现了上阳宫女在残酷折磨下对生活、对爱情、对一切都失去信心和乐趣，心灰意懒，昏昏度日的麻木状态。她深锁宫中，既嫌“秋夜长”，又怨“春日迟”：天明盼着天黑，“日迟独坐天难暮”；天黑又盼着天明，“夜长无寐天不明”。青春在消亡，生命在无声中泯灭，春去秋来，年复

【鉴赏】

一年，究竟流走多少年月，已经恍惚难记。百无聊赖之中，只有望月长叹："惟向宫中望明月，东西四五百回圆"。"惟"字写出主人公的孤寂；"东西"二字指月亮的东升西落，写出主人公从月出东方一直望到月落西天，长年累月，彻夜不眠，在痛苦中熬煎。

出人意料的是，在淋漓尽致地抒发了寂寞苦闷的心情之后，诗中主人公却以貌似轻松的口吻，对自己发出了嘲笑。由于"年最老"，得到了"大家"（内宫对皇帝的习称）的恩典，从京都长安发旨到洛阳上阳宫，"遥赐"给"女尚书"的空衔。可是，以垂暮之年，担着一个所谓"尚书"的虚名，能抵偿一个人一生被幽禁的悲哀吗？这恰恰证明了"皇恩"的极端虚伪。接着，她对自己的妆束进行嘲讽：外面已是"时世宽装束"了，描眉也变成短而阔了，而她还是"小头鞋"，"窄衣裳"，"青黛点眉眉细长"，一副天宝末年的打扮，无怪她要自嘲道："外人不见见应笑。"其中无疑是饱含着眼泪的。这也许不符合一般生活逻辑，然而却是生活的真实。同是悲哀，不一定都痛哭流涕；同是愤怒，不一定都横眉竖目。悲哀时可能笑，快乐时可能哭；有人倾诉苦难，声泪俱下，痛不欲生；有人却把痛苦拿来消遣，愤世嫉俗。这里以貌似轻松的自我解嘲的口吻，表现主人公沉痛的感情，把她悲痛到无以复加的接近变态的心理刻画尽致。

诗的尾声部分，用感叹的情调和讽喻的语词，写出诗人的一片恻隐胸怀和"救济人病，裨补时阙"的社会理想，显示出诗人"惟歌生民病，愿得天子知"（《寄唐生》）的良苦用心。

这首诗，语言通俗浅易，具有民歌的风调。它采用"三三七"的句式和"顶针"等句法，音韵转换灵活，长短句式错落有致。诗中熔叙事、抒情、写景、议论于一炉，描述生动形象，很有感染力，在唐代以宫女为题材的诗歌中，堪称少有的佳作。

（褚斌杰　王振汉）

新丰折臂翁　戒边功也

新丰老翁八十八[1]，头鬓眉须皆似雪。
玄孙扶向店前行，左臂凭肩[2]右臂折。
问翁臂折来几年，兼问致折何因缘。
翁云贯属新丰县，生逢圣代无征战。
惯听梨园歌管声，不识旗枪与弓箭。
无何天宝大征兵，户有三丁点一丁。
点得驱将何处去？五月万里云南行。
闻道云南有泸水，椒花落时瘴烟起。
大军徒涉水如汤，未过十人二三死。
村南村北哭声哀，儿别爷娘夫别妻。
皆云前后征蛮者，千万人行无一回。
是时翁年二十四，兵部牒中有名字。
夜深不敢使人知，偷将大石锤折臂。
张弓簸旗俱不堪，从兹始免征云南。
骨碎筋伤非不苦，且图拣退归乡土。
此臂折来六十年，一肢虽废一身全。
至今风雨阴寒夜，直到天明痛不眠。
痛不眠，终不悔，且喜老身今独在。
不然当时泸水头，身死魂飞骨不收。
应作云南望乡鬼，万人冢上哭呦呦。[3]
老人言，君听取。

【原文】

君不闻开元宰相宋开府，不赏边功防黩武？[4]

又不闻天宝宰相杨国忠，欲求恩幸立边功？

边功未立生人怨，请问新丰折臂翁。[5]

〔注〕 ①“八十八”，敦煌本作“年八十”。按：当以敦煌本为是。若老翁年八十八，由元和四年（809）上推八十八年，可知老翁大约生于开元十年（722）前后。鲜于仲通征南诏在天宝十载（751），李宓征南诏在天宝十三载（754），下文有言“是时翁年二十四”，与二者皆不符。若老翁年八十，则其二十四岁时正赶上李宓征云南之战。 ②凭肩，有二意，一是指把胳膊搭到别人的肩膀上，二是指并肩，这里指前一种意思。 ③原注：云南有万人冢，即鲜于仲通、李宓曾覆军之所。 ④原注：开元初，突厥数寇边。时大武军牙将郝云岑出使，因引特勒、回鹘部落斩突厥默啜，献首于阙下，自谓有不世之功。时宋璟为相，以天子年少好武，恐徼功者生心，痛抑其党。逾年始授郎将，云岑遂恸哭呕血而死。 ⑤原注：天宝末，杨国忠为相，重结阁罗凤之役，募人讨之。前后二十余万众，去无返者。又捉人连枷赴役，天下怨哭，人不聊生，故禄山得乘人心而盗天下。元和初，而折臂翁犹存，因备歌之。

本诗是白居易《新乐府》中的名作之一，作于元和四年（809）白居易在长安任左拾遗之时。

《新乐府》原有小序，很清楚地阐明了“新乐府”的创作宗旨：“凡九千二百五十二言，断为五十篇。篇无定句，句无定字。系于意，不系于文。首句标其目，卒章显其志，《诗》三百之义也。其辞质而径，欲见之者易谕也。其言直而切，欲闻之者深诫也。其事核而实，使采之者传信也。其体顺而肆，可以播于乐章歌曲也。总而言之，为君、为臣、为民、为物、为事而作，不为文而作也。”很显然，“新乐府”的本质，其实是一组政治诗。为了能够清晰地传达自己的政治理念，白居易不仅采用了题下加注的方法——如本诗的题下即注为“戒边功也”，意在告诫统治者对待开边战争要谨慎——而且在诗歌的风格体制上也提出了一系列的要求。下面，我们就结合这首《新丰折臂翁》，来分析一下白居易“新乐府”诗的特点。

“新丰老翁八十八，头鬓眉须皆似雪。”首句的“新丰老翁八十八”即所谓的“首句标其目”。关于“首句标其目”的意思，各家有不同的解释。通行的解释是把“目”解释成“主题”，进而把这句话的意思阐释成“要求开头就要揭示主题”。有的则从写作学的角度，把这句话的意思概括为“文章开头就进入正题，要开门见山”。这第二种说法，实际是在第一种解释的基础之上所形成的一种推论。但依笔者看来，这些说法其实都存在很大问题。试问，一篇文字，在我们还未读完之前，如何确定它的主题？倘无下文，一句“新丰老翁八十八”，或是一句“关关雎鸠”，我们知道它说的是什么？如果将此“目”解释成“主题”，能够标明它的，其实并不是首句，而是原诗题下的小注。故此，在理解此“目”时，决不可将其与现代写作学里的“主题”或“中心思想”进行简单的对应。依照笔者的见解，这个“目”主要还是指所吟咏（或记叙）的对象。清代李渔在他的《闲情偶寄》中有一段话，可以作为我们的参考，《闲情偶寄·结构第一·立主脑》：“……一本戏中，有无数人名，究竟俱属陪宾，原其初心，止为一人而设。即此一人之身，自始至终，离合悲欢，中具无限情由，无穷关目，究竟俱属衍文，原其初心，又止为一事而设。此一人一事，即作传奇之主脑也。”白居易所说的“目”其实有点类似于李渔所说的“一人一事”，从吟咏（或记叙）的角度来看，它是对象，从功能的角度看，它是对全文的限定，但不是“中心思想”。综观《新乐府》，诸如《西凉妓》、《杜陵叟》、《卖炭翁》及本诗等，无不是写一人，诸如《七德舞》、《法曲歌》、《捕蝗》等，无不是写一事。而首句所能交代的，无非亦只是此“一人”或“一事”而已。白居易说他这样做是袭《诗》三百

【鉴赏】

之义。然《诗经》里的题目多为后人所加，并不能相提并论。而且《诗经》里的诗题，也并不是完全取自首句。故白之强调"《诗》三百之义"，不过是要突出他的诗和儒家传统间的联系。至于他是不是完全遵从了《诗》的创作模式，倒并不是重点。《诗经》里的诗题是后立上去的，但白居易的诗却是题目先行。通过"首句标其目"，他使诗歌和诗题衔扣得更加紧密，做到了"不蔓不枝"。

老翁须发皆白，自然很容易引起人注意，而姿势又很奇怪，"左臂凭肩右臂折"，故难免引起作者的疑问。"问翁臂折来几年，兼问致折何因缘。""您的胳膊断了多久了？又是因何折断的呢？"

自此以下直至"万人冢上哭呦呦"一段，皆是老翁自述，不仅回忆了自己的早年岁月，而且细致交代了断臂的原因。"翁云贯属新丰县，生逢圣代无征战。"由元和四年(809)上推八十年(参看注释①)，可知老翁大约生于开元十八年(730)前后。开元年间，唐朝正逢鼎盛时期，天子风流，又雅爱歌舞音乐，故少年时的老翁也自然而然的"惯听梨园歌管声，不识旗枪与弓箭"了。然而好景不长，天宝十载(751)，唐和南诏反目，战端遂起。唐先是令剑南节度使鲜于仲通将兵六万(又有说八万或十万者)征讨云南，大战于泸川，唐军大败，死于泸水者不可胜数(据《旧唐书·玄宗本纪》)。杨国忠本与鲜于仲通有私，遂掩其败状而叙其战功，玄宗不察。天宝十三载(754)，杨国忠既已为相，复遣司马李宓率师七万再讨云南。宓渡泸水，为蛮所诱，复败，李宓死于阵。国忠又隐其败，以捷书上闻。本诗下文有"是时翁年二十四"之语，按此推断，老翁所赶上的，正是这天宝十三载之战。这次战斗，征用的皆是"中国利兵"(《旧唐书·杨国忠传》)，故对内地百姓的生活影响极大。

"闻道云南有泸水，椒花落时瘴烟起。大军徒涉水如汤，未过十人二三死。"其实，这几句话在反映了人民厌战恐战心理的同时，亦交代了唐军失败的原因："其征发皆中国利兵，然于土风不便，沮洳之所陷，瘴疫之所伤，馈饷之所乏，物故者十八九。"(《旧唐书·杨国忠传》)中原人无法适应云南的恶劣自然条件，加上远道征伐，粮草难济，故有一败。"村南村北哭声哀，儿别爷娘夫别妻。皆云前后征蛮者，千万人行无一回。"明知道去云南是有去无回，爹娘妻子怎么能不号啕痛哭？所谓的开疆扩土，得利的永远是统治阶级，而失去亲人或生命的代价，却永远只要普通民众来承担。

"是时翁年二十四，兵部牒中有名字。夜深不敢使人知，偷将大石锤折臂。张弓簸旗俱不堪，从兹始免征云南。"时年二十四岁的老翁，正是该从军的年纪。为逃避客死他乡的命运，他只好在夜深人静之时偷偷用大石砸断了自己的右臂。既不能张弓，也不能摇旗，他终于得偿所愿，免于云南之役。《淮南子·人间训》里也为我们讲述了一个因残疾而避免兵役的故事，不过里面的塞翁之子是因骑马在无意间摔伤，而我们的主人公却是出于一种自主的选择。为了保全生命而不得不主动残害肢体，这更见出了主人公的无奈。

"骨碎筋伤非不苦，且图拣退归乡土。此臂折来六十年，一肢虽废一身全。"骨碎筋伤，自然是痛苦，但庆幸的是自己终于被征兵的淘汰(拣退)了。一条胳膊虽然废了，但是却保住了生命，而且又活了六十年，想想也真值得了。要知道，当时的很多人，包括一流的诗人李白和杜甫，他们的生命总共也不过是六十岁左右。甚至，有很多人还远远不到六十岁呢！

"至今风雨阴寒夜，直到天明痛不眠。"虽然是庆幸，但时不时发作的痛苦却像是一个闹钟，时刻在提醒老翁永远不要忘记这段痛苦的记忆。"痛不眠，终不悔，且喜老身今独在。不然当时泸水头，身死魂飞骨不收。应作云南望乡鬼，万人冢上哭呦呦。"这里，作者使用了一个章法上的回环。上文写到老翁庆幸"一肢虽废一身全"，这里又写到他的"终不悔"——作者在这里为我们画出的是一个类似于"痛苦→庆幸→再次痛苦→再次自我开解”的心理链条。这一章法上的回环，很好地刻画出老翁复杂而矛盾的心情。虽然避免了在云南做望乡鬼，但如果可能，谁不愿意做一个健康的正常人呢？

“老人言，君听取。”自此以下的话，便是所谓的“卒章显其志”。白居易通过一个对比来阐明自己的主张：“君不闻开元宰相宋开府，不赏边功防黩武。又不闻天宝宰相杨国忠，欲求恩幸立边功。”开元初的宰相宋璟为了避免少年天子走上穷兵黩武之途，不惜压制郝云岑，虽显得稍有不公，但他的政治理念是对的。而到了天宝年间的杨国忠作宰相，却先后发动了数次对外战争。征南诏失败虽不是唐朝衰败的直接原因，但它却为后来唐王朝无力平定安史之乱打下了伏笔。“边功未立生人怨，请问新丰折臂翁。”如果盲目地发动战争，不仅不会创立边功，反而会激发百姓的民怨。有了新丰折臂翁作为证明，白居易的观点就绝不是无据而发了。

白居易的这首诗，通过一个时代幸存者之口，讲述了一段真实的故事。其人其事，皆可和正史相互印证，的确做到了“其事核而实”。而他所取材的人和事也不仅仅是一个个例。《资治通鉴·唐纪十二》贞观十六年秋七月“庚申，制：‘自今有自伤残者，据法加罪，仍从赋役。’隋末赋役重数，人往往自折支体，谓之福手福足，至是遗风犹存，故禁之。”可知白居易所选取的人物和事件都是具有典型性的，足能“使采之者传信也”。在艺术方面，本诗语言虽然浅近，但在章法安排上却十分巧妙。诚如陈寅恪在《元白诗笺证稿》中所说：“此篇为乐天极工之作。其篇末‘老人言，君听取’以下，固《新乐府》大序所谓‘卒章显其志’者，然其气势若常山之蛇，首尾回环救应，则尤非他篇所可及也。后来微之作《连昌宫词》，恐亦依约摹仿此篇，盖《连昌宫词》假宫边老人之言，以抒写开元、天宝之治乱系于宰相之贤不肖及深戒用兵之意，实与此篇无不相同也。”

（刘竞飞）

【原文】

杜陵叟

杜陵叟，杜陵居，岁种薄田一顷余。
三月无雨旱风起，麦苗不秀多黄死。
九月降霜秋早寒，禾穗未熟皆青干。
长吏明知不申破，急敛暴征求考课。
典桑卖地纳官租，明年衣食将何如？
剥我身上帛，夺我口中粟。
虐人害物即豺狼，何必钩爪锯牙食人肉？
不知何人奏皇帝，帝心恻隐知人弊。
白麻纸上书德音，京畿尽放今年税。
昨日里胥方到门，手持尺牒牓乡村。
十家租税九家毕，虚受吾君蠲免恩。

唐宪宗元和三年(808)冬天到第二年春天，江南广大地区和长安周围，遭受严重旱灾。这时白居易新任左拾遗，上疏陈述民间疾苦，请求“减免租税”，“以实惠及人”。唐宪宗总算批准了白居易的奏请，还下了罪己诏；但实际上不过是搞了个笼络人心的骗局。为此，白居易写了《轻肥》和这首《杜陵叟》。

这首诗在禾穗青干，麦苗黄死，赤地千里的背景上展现出两个颇有戏剧性的场面：一个是，贪官污吏如狼似虎，逼迫灾民们“典桑卖地纳官租”；接着的一个是，在“十家租税九家毕”之后，里胥才慢腾腾地来到乡村，宣布“免税”的“德音”，让灾民们感谢皇帝的恩德。

【鉴赏】

诗人说他的这首诗是“伤农夫之困”的。“杜陵叟”这个典型所概括的，当然不仅是杜陵一地的“农夫之困”，而是所有农民的共同遭遇。由于诗人对“农夫之困”感同身受，所以当写到“典桑卖地纳官租，明年衣食将何如”的时候，无法控制自己的激愤，改第三人称为第一人称，用“杜陵叟”的口气，痛斥了那些为了自己升官发财而不顾农民死活的“长吏”：“剥我身上帛，夺我口中粟。虐人害物即豺狼，何必钩爪锯牙食人肉？”作为唐王朝的官员，敢于如此激烈地为人民鸣不平，不能不使我们佩服他的勇气。而他塑造的这个“我”的形象，以高度概括地反映了千百万农民的悲惨处境和反抗精神而闪耀着永不熄灭的艺术火花，至今仍有不可低估的认识意义和审美价值。

正面写“长吏”只用了两句诗，但由于先用灾情的严重作铺垫，后用“我”的控诉作补充，中间又揭露了封建社会最本质的东西，所以着墨不多而形象凸现，且有高度的典型性。“明知”农民遭灾，却硬是“不申破”，甚至美化现实以博取皇帝的欢心，这个长吏不是很有典型性吗？“明知”夏秋两熟，颗粒未收，农民已在死亡线上挣扎，却硬是“急敛暴征求考课”，这不是入木三分地揭露了最本质的东西吗？

从表面上看，诗人鞭挞了长吏和里胥，却歌颂了皇帝；然而细绎全诗，就会有不同的看法。对于长吏的揭露，集中到“求考课”；对于里胥的刻画，着重于“方到门”：显然是有言外之意的。考课者，考核官吏的政绩也。既然长吏们“急敛暴征”是为了追求在考课中名列前茅，得以升官，那么，考课的目的是什么，也就不言而喻了。“里胥”有多大的权力，竟敢等到“十家租税九家毕”之后“方到门”来宣布“免税”的“德音”，难道会没有人支持吗？事情很清楚：“帝心恻隐”是假，用考课的办法鼓励各级官吏搜刮更多的民脂民膏是真，这就是问题的实质所在。诗人能怀着“伤农夫之困”的深厚感情，通过笔下的艺术形象予以揭露，是难能可贵的。

事实上，当灾荒严重的时候，由皇帝下诏免除租税，由地方官加紧勒索，完成甚至超额完成“任务”，乃是历代统治者惯演的双簧戏。宋代苏轼在《应诏言四事状》里指出“四方皆有‘黄纸放而白纸催’之语”（在唐代，皇帝的诏书分两类：重要的用白麻纸写，叫“白麻”；一般的用黄麻纸写，叫“黄麻”。在宋代，皇帝的诏书用黄纸写，地方官的公文用白纸写），就足以证明这一点。此后，宋范成大在《后催租行》里所写的“黄纸放尽白纸催，卖衣得钱都纳却”，朱继芳在《农桑》里所写的“淡黄竹纸说蠲逋，白纸仍科不稼租”，就都是这种双簧戏。而白居易，则是最早、最有力地揭穿了这种双簧戏的现实主义诗人。

（霍松林）

缭绫

缭绫缭绫何所似？不似罗绡与纨绮；
应似天台山上明月前，四十五尺瀑布泉。
中有文章又奇绝，地铺白烟花簇雪。
织者何人衣者谁？越溪寒女汉宫姬。
去年中使宣口敕，天上取样人间织。
织为云外秋雁行，染作江南春水色。
广裁衫袖长制裙，金斗熨波刀剪纹。
异彩奇文相隐映，转侧看花花不定。
昭阳舞人恩正深，春衣一对直千金。
汗沾粉污不再着，曳土踏泥无惜心。
缭绫织成费功绩，莫比寻常缯与帛。

【原文】

丝细缲多女手疼，扎扎千声不盈尺。

昭阳殿里歌舞人，若见织时应也惜。

这首诗，是白居易《新乐府》五十篇中的第三十一篇，主题是“念女工之劳”。作者从缭绫的生产过程、工艺特点以及生产者与消费者的社会关系中提炼出这一主题，在艺术表现上很有独创性。

缭绫是一种精美的丝织品，用它做成“昭阳舞人”的“舞衣”，价值“千金”。本篇的描写，都着眼于这种丝织品的出奇的精美，而写出了它的出奇的精美，则出奇的费工也就不言而喻了。

“缭绫缭绫何所似?”——诗人以突如其来的一问开头，让读者迫切地期待下文的回答。回答用了“比”的手法，又不是简单的“比”，而是先说“不似……”，后说“应似……”，文意层层逼进，文势跌宕生姿。罗、绡、纨、绮，这四种丝织品都相当精美；而“不似罗绡与纨绮”一句，却将这一切全部抹倒，表明缭绫之精美，非其他丝织品所能比拟。那么，什么才配与它相比呢？诗人找到了一种天然的东西：“瀑布”。用“瀑布”与丝织品相比，唐人诗中并不罕见，徐凝写庐山瀑布的“今古长如白练飞，一条界破青山色”(《庐山瀑布》)，就是一例。但白居易在这里说“应似天台山上明月前，四十五尺瀑布泉”，仍显得新颖贴切。新颖之处在于照“瀑布”以“明月”；贴切之处在于既以“四十五尺”兼写瀑布的下垂与一匹缭绫的长度，又以“天台山”点明缭绫的产地，与下文的“越溪”相照应。缭绫是越地的名产，天台是越地的名山，而“瀑布悬流，千丈飞泻”(宋乐史《太平寰宇记·天台县》)，又是天台山的奇景。诗人把越地的名产与越地的名山奇景联系起来，说一匹四十五尺的缭绫高悬，就像天台山上的瀑布在明月下飞泻，不仅写出了形状、色彩，而且表现出闪闪寒光，耀人眼目。缭绫如此，已经是巧夺天工了；但还不止如此。瀑布是没有“文章”(图案花纹)的,而缭绫呢,却“中有文章又奇绝”,这又非瀑布所能比拟。写那“文章”的“奇绝”,又连用两“比”:“地铺白烟花簇雪。”“地”是底子,“花”是花纹。在不太高明的诗人笔下,只能写出缭绫白底白花罢了,而白居易一用“铺烟”、“簇雪”作比,就不仅写出了底、花俱白,而且连它们那轻柔的质感、半透明的光感和闪烁不定、令人望而生寒的色调都表现得活灵活现。

诗人用六句诗、一系列比喻写出了缭绫的精美奇绝,就立刻掉转笔锋,先问后答,点明缭绫的生产者与消费者,又从这两方面进一步描写缭绫的精美奇绝,突出双方悬殊的差距,新意层出,波澜迭起,如入山阴道上,令人目不暇接。

“织者何人衣者谁?”连发两问,“越溪寒女汉宫姬”,连作两答。生产者与消费者以及她们之间的对立,均已历历在目。“越溪女”既然那么“寒”,为什么不给自己织布御“寒”呢?就因为要给“汉宫姬”织造缭绫,不暇自顾。“中使宣口敕”,说明皇帝的命令不可抗拒,“天上取样”,说明技术要求非常高,因而也就非常费工。“织为云外秋雁行”,是对上文“花簇雪”的补充描写。“染作江南春水色”,则是说织好了还得染,而“染”的难度也非常大,因而也相当费工。织好染就,“异彩奇文相隐映,转侧看花花不定”,其工艺水平竟达到如此惊人的程度,那么,它耗费了“寒女”多少劳力和心血,也就不难想见了。

精美的缭绫要织女付出多么高昂的代价:“丝细缫多女手疼,扎扎千声不盈尺。”然而,“昭阳舞女”却把缭绫制成的价值千金的舞衣看得一文不值:“汗沾粉污不再着,曳土踏泥无惜心。”这种对比,揭露了一个事实:皇帝派中使,传口敕,发图样,逼使“越溪寒衣”织造精美绝伦的缭绫,就是为了给他宠爱的“昭阳舞人”做舞衣!就这样,诗人以缭绫为题材,深刻地反映了封建社会被剥削者与剥削者之间尖锐的矛盾,讽刺的笔锋,直触及君临天下、神圣不可侵犯的皇帝。其精湛的艺术技巧和深刻的思想意义，都值得重视。

这首诗也从侧面生动地反映了唐代丝织品所达到的惊人水平。“异彩奇文相隐映，转侧看花花不定”，是说从不同的角度去看缭绫，就呈现出不同的异彩奇文。这并非夸张。《资治通鉴》“唐中宗景龙二年”记载：安乐公主“有织成裙，值钱一亿。花绘鸟兽，皆如粟粒。正视、旁视，日中、影中，各为一色”，就可与此相参证。

（霍松林）

卖炭翁

卖炭翁，伐薪烧炭南山中。
满面尘灰烟火色，两鬓苍苍十指黑。
卖炭得钱何所营？身上衣裳口中食。
可怜身上衣正单，心忧炭贱愿天寒！
夜来城外一尺雪，晓驾炭车辗冰辙。
牛困人饥日已高，市南门外泥中歇。
翩翩两骑来是谁？黄衣使者白衫儿。
手把文书口称敕，回车叱牛牵向北。
一车炭，千余斤，宫使驱将惜不得。
半匹红纱一丈绫，系向牛头充炭直。

《卖炭翁》是白居易《新乐府》组诗中的第三十二首，自注云：“苦宫市也。”“宫市”的“宫”指皇宫，“市”是买的意思。皇宫所需的物品，本来由官

吏采买。中唐时期,宦官专权,横行无忌,连这种采购权也抓了过去,常有数十百人分布在长安东西两市及热闹街坊,以低价强购货物,甚至不给分文,还勒索"进奉"的"门户钱"及"脚价钱"。名为"宫市",实际是一种公开的掠夺(其详情见韩愈《顺宗实录》卷二、《旧唐书》卷一四〇《张建封传》及《通鉴》卷二三五),其受害者当然不止一个卖炭翁。诗人以个别表现一般,通过卖炭翁的遭遇,深刻地揭露了"宫市"的本质,对统治者掠夺人民的罪行给予有力的鞭挞。

开头四句,写卖炭翁的炭来之不易。"伐薪"、"烧炭",概括了复杂的工序和漫长的劳动过程。"满面尘灰烟火色,两鬓苍苍十指黑",活画出卖炭翁的肖像,而劳动之艰辛,也得到了形象的表现。"南山中"点出劳动场所,这"南山"就是王维《终南山》诗所写的"欲投人处宿,隔水问樵夫"的终南山,豺狼出没,荒无人烟。在这样的环境里披星戴月,凌霜冒雪,一斧一斧地"伐薪",一窑一窑地"烧炭",好容易烧出"千余斤"。每一斤炭都渗透着心血,也凝聚着希望。

写出卖炭翁的炭是自己艰苦劳动的成果,这就把他和贩卖木炭的商人区别了开来。但是,假如这位卖炭翁还有田地,凭自种自收就不至于挨饿受冻,只利用农闲时间烧炭卖炭,用以补贴家用的话,那么他的一车炭被掠夺,就还有别的活路。然而情况并非如此。诗人的高明之处在于没有自己出面向读者介绍卖炭翁的家庭经济状况,而是设为问答:"卖炭得钱何所营?身上衣裳口中食。"这一问一答,不仅化板为活,使文势跌宕,摇曳生姿,而且扩展了反映民间疾苦的深度与广度,使我们清楚地看到:这位劳动者已被剥削得贫无立锥,别无衣食来源;"身上衣裳口中食",全指望他千辛万苦烧成的千余斤木炭能卖个好价钱。这就为后面写宫使掠夺木炭的罪行做好了有力的铺垫。

"可怜身上衣正单,心忧炭贱愿天寒。"这是脍炙人口的名句。"身上衣正单”，自然希望天暖。然而这位卖炭翁是把解决衣食问题的全部希望寄托在“卖炭得钱”上的，所以他“心忧炭贱愿天寒”，在冻得发抖的时候，一心盼望天气更冷。诗人如此深刻地理解卖炭翁的艰难处境和复杂的内心活动，只用十多个字就如此真切地表现了出来；又用“可怜”两字倾注了无限同情，怎能不催人泪下！

这两句诗，从章法上看，是从前半篇向后半篇过渡的桥梁。“心忧炭贱愿天寒”，实际上是期待朔风凛冽，大雪纷飞。“夜来城外一尺雪”，这场大雪总算盼到了！也就不再“心忧炭贱”了！“天子脚下”的达官贵人、富商巨贾们为了取暖，难道还会在微不足道的炭价上斤斤计较吗？当卖炭翁“晓驾炭车辗冰辙”的时候，占据着他的全部心灵的，不是埋怨冰雪的道路多么难走，而是盘算着那“一车炭”能卖多少钱，换来多少衣和食。要是在小说家笔下，是可以用很多笔墨写卖炭翁一路上的心理活动的，而诗人却一句也没有写，这是因为他在前面已经给读者开拓了驰骋想象的广阔天地。

卖炭翁好容易烧出一车炭，盼到一场雪，一路上满怀希望地盘算着卖炭得钱换衣食。然而结果呢？他却遇上了“手把文书口称敕”的“宫使”。在皇宫的使者面前，在皇帝的文书和敕令面前，跟着那“叱牛”声，卖炭翁在从“伐薪”、“烧炭”、“愿天寒”、“驾炭车”、“辗冰辙”，直到“泥中歇”的漫长过程中所盘算的一切、所希望的一切，全都化为泡影！

从“南山中”到长安城，路那么遥远，又那么难行，当卖炭翁“市南门外泥中歇”的时候，已经是“牛困人饥”；如今又“回车叱牛牵向北”，把炭送进皇宫，当然牛更困，人更饥了。那么，当卖炭翁饿着肚子，吆喝着困牛走回终南山的时候，又想些什么呢？他往后的日子，又怎样过法呢？这一切，诗人都没有写，然而读者却不能不想。当想到这一切的时候，就不能不同情卖炭翁的遭遇，不能不憎恨统治者的罪恶，而诗人“苦宫市”的创作意图，也就收到了预期的效果。

这首诗具有深刻的思想性，艺术上也很有特色。诗人以“卖炭得钱何所营，身上衣裳口中食”两句展现了几乎濒于生活绝境的老翁所能有的唯一希望。——又是多么可怜的希望！这是全诗的诗眼。其他一切描写，都集中于这个诗眼。在表现手法上，则灵活地运用了陪衬和反衬。以“两鬓苍苍”突出年迈，以“满面尘灰烟火色”突出“伐薪”、“烧炭”的艰辛，再以荒凉险恶的南山作陪衬，老翁的命运就更激起了人们的同情。而这一切，正反衬出老翁希望之火的炽烈：卖炭得钱，买衣买食。老翁“衣正单”，再以夜来的“一尺雪”和路上的“冰辙”作陪衬，使人更感到老翁的“可怜”。而这一切，正反衬了老翁希望之火的炽烈：天寒炭贵，可以多换些衣和食。接下去，“牛困人饥”和“翩翩两骑”，反衬出劳动者与统治者境遇的悬殊；“一车炭，千余斤”和“半匹红纱一丈绫”，反衬出“宫市”掠夺的残酷。而就全诗来说，前面表现希望之火的炽烈，正是为了反衬后面希望化为泡影的可悲可痛。

这篇诗没有像《新乐府》中的有些篇那样“卒章显其志”，而是在矛盾冲突的高潮中戛然而止，因而更含蓄，更有力，更引人深思，扣人心弦。这首诗千百年来万口传诵，并不是偶然的。

（霍松林）

夜　雪

已讶衾枕冷，复见窗户明。
夜深知雪重，时闻折竹声。

在大自然众多的产儿中，雪可谓得天独厚。她以洁白晶莹的天赋丽

【鉴赏】

质，装点关山的神奇本领，赢得古往今来无数诗人的赞美。在令人目不暇接的咏雪篇章中，白居易这首《夜雪》，显得那么平凡，既没有色彩的刻画，也不作姿态的描摹，初看简直毫不起眼；但细细品味，便会发现它凝重古朴，清新淡雅，是一朵别具风采的小花。

这首诗新颖别致，首要在立意不俗。咏雪诗写夜雪的不多，这与雪本身的特点有关。雪无声无嗅，只能从颜色、形状、姿态见出分别，而在沉沉夜色里，人的视觉全然失去作用，雪的形象自然无从捕捉。然而，乐于创新的白居易正是从这一特殊情况出发，避开人们通常使用的正面描写的手法，全用侧面烘托，从而生动传神地写出一场夜雪来。

“已讶衾枕冷”，先从人的感觉写起，通过“冷”不仅点出有雪，而且暗示雪大。因为生活经验证明：初落雪时，空中的寒气全被水汽吸收以凝成雪花，气温不会马上下降，待到雪大，才会加重空气中的严寒。这里已感衾冷，可见落雪已多时。不仅“冷”是写雪，“讶”也是在写雪。人之所以起初浑然不觉，待寒冷袭来才忽然醒悟，皆因雪落地无声，这就于“寒”之外写出雪的又一特点。此句扣题很紧，感到“衾枕冷”正说明夜来人已拥衾而卧，从而点出是“夜雪”。“复见窗户明”，从视觉的角度进一步写夜雪。夜深却见窗明，正说明雪下得大，积得深，是积雪的强烈反光给暗夜带来了亮光。以上全用侧写，句句写人，却处处点出夜雪。

“夜深知雪重，时闻折竹声”，这里仍用侧面描写，却变换角度从听觉写出。传来的积雪压折竹枝的声音，可知雪势有增无已。诗人有意选取“折竹”这一细节，托出“重”字，别有情致。“折竹声”于“夜深”而“时闻”，显示了冬夜的寂静，更主要的是写出了诗人的彻夜无眠；这不只为了“衾枕冷”而已，同时也透露出诗人谪居江州（治今江西九江）时心情的孤寂。由于诗人是怀着真情实感抒写自己独特的感受，才使得这首《夜雪》别具一格，诗意含蓄，韵味悠长。

全诗诗境平易，浑成熨帖，无一点安排痕迹，也不假纤巧雕琢，这正是白居易诗歌固有的风格。

（张明非）

题浔阳楼[1]

常爱陶彭泽，文思何高玄。
又怪韦江州，诗情亦清闲。
今朝登此楼，有以[2]知其然。
大江寒见底，匡山[3]青倚天。
深夜湓浦月，平旦炉峰烟。[4]
清辉与灵气，日夕供文篇。
我无二人才，孰为来其间。
因高偶成句，俯仰愧江山。

〔注〕 ① 九江古称浔阳，楼或以此得名。 ② 有以：表示具有某种条件或原因。 ③ 匡山：即地处江西九江的“庐山”。 ④ 湓浦：即湓江或湓水。流经九江。 平旦：黎明，清晨。 炉峰：庐山的“香炉峰”。

此诗乃是白居易任江州司马期间，登九江浔阳楼时所作的题景抒怀诗。

作者在首联开篇谈到东晋诗人陶渊明，表明自己很喜欢陶渊明的作品，觉得他的文思高超玄妙；第二联提到和白氏同期稍早的诗人韦应物，称

【鉴赏】

赞其诗歌具有清新闲远的情调。陶氏和韦氏与江州（今江西九江、瑞昌等市县）都有着较深的联系。陶渊明是九江当地人，曾任江州祭酒和彭泽（隶属九江）县令。而韦应物曾担任过江州刺史，亦曾于诗中提及浔阳楼，曰："始罢永阳守，复卧浔阳楼。"（《登郡寄京师诸季淮南子弟》）白氏登楼而追忆曾居于江州的前人，对他们的才情抒发强烈的赞扬和佩服。

此二联中，作者以一"爱"字来说明陶氏的作品对自己有着很深的吸引力，又用一"怪"字来表达自己对韦氏的诗才感到很好奇，不知何以如此"清闲"。也正是"爱"与"怪"二字，引人好奇白氏究竟想要表达什么，或是发现了什么。

读至第三联，作者的想法渐渐明朗开来，他在登楼之后，知道了为何二人之诗风令他"爱"与"怪"。此联语言平实，内容简单，但却是承上启下之笔，既让人明白他提及陶韦二人，说"爱"与"怪"的目的，又引人欲观下文，想要了解作者在登上浔阳楼后，究竟是看到什么或感受到什么，让他"有以知其然"的呢？

四五联话题一转，以优美的对偶句向众人展现出了江州辽远大气的美景。

"大江"对"匡山"，体现江州山水俱备；"寒"对"青"，清冷的触感与沉郁的色彩，体现出山水的气势；"见底"与"倚天"相对，下深及江底，上高耸入云天，体现江州山水的壮阔。

在第四联的描写中，影像鲜明雄阔，色彩较重，更偏向于可感的视觉和触觉。而第五联则转向一种迷濛之中。"深夜"对"平旦"，江州无论晨昏日夜，皆有其独特的美景；"湓浦月"对"炉峰烟"，夜里月光洒在江水上，清晨的香炉峰云烟聚散，给人一种似实而幻，幽静淡雅的迷离感。此二句铺展出江州的柔美风光，与第四联形成较为明显的对比：色彩一重一淡，感受一真一幻，笔锋一刚一柔。

如此景观所包蕴的“清辉”与“灵气”日夜浸染着昔日的才子诗人，给予他们高玄的文思，清闲的诗情。诗至第六联，作者胸中已了然，正是这样的山水，赋予陶韦二人创作出令其“爱”和“怪”的作品！

抒怀至此，似乎可告一段落。但作者显然意犹未尽，他将视线投回自身，发出自谦之语，认为自己没有陶韦二人的才华，来这里做什么呢？有什么用呢？第七联所言，或许在说文才不如二人的同时，亦觉官才不如之。虽然对于他人来说，他的为官经历和诗作文笔皆可以证明白氏是有才之人，且丝毫不逊于陶韦，但白氏依然在前人才华前表达出了自谦。最后，他对自己写下此诗作了一番解释：“因高偶成句，俯仰愧江山。”自言这首诗是登高兴至而偶发之作。才情有限，无法将所见景物完美地表达，愧对江山美景。被贬谪为江州司马的白居易，其内心有着不得志的苦闷。在“俯仰”一句中，或许亦有可能些微传达出其在政治上挫折顿郁，志不能抒，虽仍为官却愧对自己想要在其间施展抱负的天地江山。

自古以来，登高望远往往能给文人骚客许多的感触或是情致。对于白居易来说亦然。诗题虽为《题浔阳楼》，实乃作者站在浔阳楼上饱览胜景，赞叹江州河山，并怀古抒情之作。登楼面对壮秀河山的白氏，在诗歌中一路笔锋飞扬，语句或直白或工巧，写景挥洒，抒情畅怀。使得全诗富有极强的情绪感染力。

（钱　方）

自蜀江至洞庭湖口，有感而作

江从西南来，浩浩无旦夕。

长波逐若泻，连山凿如劈。

【原文】

千年不壅溃，万姓无垫溺。
不尔民为鱼，大哉禹之绩。
导岷既艰远，距海无咫尺。
胡为不讫功，余水斯委积？
洞庭与青草，大小两相敌。
混合万丈深，淼茫千里白。
每岁秋夏时，浩大吞七泽。
水族窟穴多，农人土地窄。
我今尚嗟叹，禹岂不爱惜？
邈未究其由，想古观遗迹。
疑此苗人顽，恃险不终役。
帝亦无奈何，留患与今昔。
水流天地内，如身有血脉。
滞则为疽疣，治之在针石。
安得禹复生，为唐水官伯？
手提倚天剑，重来亲指画。
疏流似剪纸，决壅同裂帛。
渗作膏腴田，踏平鱼鳖宅。
龙宫变闾里，水府生禾麦。
坐添百万户，书我司徒籍。

本诗作于长庆二年(822)，体现了诗人“文章合为时而著，歌诗合为事而作”(《与元九书》)的文学理念。诗人从长安到杭州赴任，途经洞庭湖，有感于当地水多田少而作此诗。首句到八句叙说大禹治水的功绩，长江从西

南浩浩而来，日夜不息，而波涛如泻，群山如劈，千百年来江水不堵塞溃散，百姓不落水为鱼，禹的功绩是多么伟大！“浩浩”出自《尚书·益稷》“洪水滔天，浩浩怀山襄陵，下民昏垫”，“垫”即“垫溺”，淹入水中，“壅溃”出自《国语·周语上》“川壅而溃”。除一二句外，余下皆是对句，“不尔”句否定词前置，和“大哉”句形成松散的对仗。“导岷”句到“农人土地窄”十二句，遗憾大禹将江水从岷山导出直至入海，竟然没能“讫功”（即完工），导致此地积水浩大，洞庭青草二湖方圆千里，深达万丈，每年秋夏大涨，侵逼农田。“混合”和“淼茫”皆为双声字，“万丈”和“千里”一方面极尽夸张之势，另一方面和五六句的“千年”、“万姓”相对照，加重了大禹治水未能臻于完工的遗憾之意。

“我今”句转入纯粹的议论，诗人尚为此而嗟叹，难道大禹会不爱惜民田么？无法究其缘由，诗人只能纵观治水的遗迹，引用《尚书》中“苗顽弗即工”来为大禹开释，怀疑是苗人顽钝，不肯服从大禹的指挥完成工役，尧帝也无可奈何，只好留此祸患。在聊作解嘲之后，诗人以人身之血脉来比喻地上之水流，指出水的壅滞等同于人身血脉不畅，必须要加以治理，希望大禹能够复生为水官，为当朝治理水患。“手提”以下四句展示了诗人神奇的想象，将浚河决壅比为大禹以剑剪纸裂帛。杜甫诗“焉得并州快剪刀，剪取吴淞半江水”（《戏题王宰画山水图歌》），李贺诗“欲剪湘中一尺天”（《罗浮山人与葛篇》）、“一双瞳人剪秋水”（《唐儿歌》），俱有剪水之意象，比之本诗，精巧有余，气魄略逊。大禹“手提倚天剑”，指画山川，疏浚河流如同剪纸，决开壅塞如同裂帛，此景浩大壮阔犹如女娲补天、后羿射日，充满了史诗般的英雄气概。

“倚天剑”的意象出自宋玉《大言赋》“方地为车，圆天为盖，长剑耿耿倚天外”，在诗歌中出现主要有两种涵义，一是作为强大自然力的比喻，如张乔“谁将倚天剑，削出倚天峰”（《华山》）、皮日休“直拔倚天剑，又建横海纛”

(《吴中苦雨因书一百韵寄鲁望》),二是作为个人精神、意志、能力的外化体现,和个人价值的实现紧密联系在一起,如阮籍"弯弓挂扶桑,长剑倚天外"(《咏怀》)、李白"安得倚天剑,跨海斩长鲸"(《临江王节士歌》)、"手中电曳倚天剑,直斩长鲸海水开"(《司马将军歌(以代陇上健儿陈安)》)、陈陶"三朝倚天剑,十万浮云骑"(《赠江西周大夫》)、戴复古"平生倚天剑,终待斩楼兰"(《归后遣书问讯李敷文》)、王灼"高提倚天剑,万里无行迹"(《送智齐师出峡》)、杨冠卿"安得君王倚天剑,提携直上决浮云"(《塞上与郑将夜饮》)、陆游"醉斩长鲸倚天剑,笑凌骇浪济川舟"(《泛三江海浦》)、辛弃疾"倚天万里须长剑"(《水龙吟·过南剑双溪楼》)等。在本诗中,"倚天剑"不再是实现个人价值的工具,而成为英雄造福民众的武器,象征着人力对自然的征服,充分挖掘了"倚天"这一意象的内涵。

末尾六句展望了大禹再度"治水"之后的美好图景,"鱼鳖宅"化为"膏腴田",龙宫变成民居,水府生出禾麦,平添百万人家,登入朝廷籍簿。诗人治水以利民生的诗句并不是空谈,他在杭州任内疏浚西湖,修堤蓄水、加筑堤防、疏浚六井,解决了杭州居民的灌溉和饮水问题,并作《钱塘湖石记》,将治理湖水的方法原则和注意事项刻石置于湖边,以利后人。诗题中的"有感而作",确为诗人的真情实感,情感落实于现实,更可见本诗的真挚与切实。

(孔燕妮)

游襄阳怀孟浩然

楚山碧岩岩,汉水碧汤汤。①
秀气结成象,孟氏之文章。

今我讽遗文，思人至其乡。
清风无人继，日暮空襄阳。
南望鹿门山，蔼[2]若有余芳。
旧隐不知处，云深树苍苍。

〔注〕 ① 岩岩：险峻、险要的样子。汤汤(shānɡ)：水大的样子。 ② 蔼：草木茂盛的样子。

这首古体诗写作时间不详，有可能作于贞元年间，居易之父白季庚任襄州别驾时。

盛唐诗人孟浩然(689—740)是襄阳人。白居易出生时，孟浩然已经去世三十二年。此诗的内容，乃是白氏来到孟浩然的故乡襄阳时，对这位诗风清旷恬淡而又不乏飘逸之气的前辈诗人所生起的赞扬怀念与追古叹今之心。

首联山水相对，“楚山”与“汉水”扣题，点明了作者描写的地方不是别处，而是位于楚地的“襄阳”。二句皆以“碧”字来形容当地山水之色泽，初看觉得重复，但当细品后文内容，这一反复出现的“碧”字却有着强调的意味，它体现出天地间一片青绿的美景，令人遥想到孟氏诗歌的景物色彩，以及能由此体味到他那清丽的诗风。而其后以“岩岩”突出山之险峻，“汤汤”展现水之奔流浩荡，铺绘出颇具气势的襄阳山水。此联二句描写清秀壮阔的景色，“赋”中带“兴”，不仅向读者展现出当地的秀丽美景，亦对后文赞誉孟氏诗文奠定气氛，可谓是一举两得。

居其境，怀其人。诗歌第二联接前联之笔，由描写山水转入对孟氏诗文进行赞誉；如此壮丽的山水聚结而成的气象，正是孟氏诗文所散发出来的气势与风格。

前二联由彼及此，由景及人，衔接过渡极为自然，令人在景物的画卷中体味孟氏之作；虽未能多读孟氏诗作之人，亦能经由此景联想到其作品之风味。

第三联似有说明白氏来襄阳的原因：因诵读他留下来的作品而思念他，来到他的故乡。能令一个人由读其文而产生“至其乡”的想法的，其诗文必是产生了极大的吸引力和感染力。此二句文辞平白，直书其事，却在字句间深蕴了对孟氏的景仰，而且，亦可从侧面使人感受到孟氏诗文所具有的魅力。

然而，来到孟氏故里的白居易所生发的极大感触是什么呢？第四联的答案似乎令人有些意外：空！白氏在这一联中对孟氏之后再继无人的现状怅惘愁叹。再也没有谁的作品能如孟氏的诗文那般，散发出清淡畅逸之气。这样的心境，有些苍凉和无望，就像日暮时分所带给人的感觉一般；而这样的诗坛，也像夕阳中空荡的襄阳城那样清冷。前句书写感想，后句以带有空凉之气的日暮景色烘托心境，作者的情绪，顿时由前三联对孟氏的高誉跌入了对后继无人的慨叹之中。

末二联承接第四联的情绪而有所平缓。襄阳城东南面的鹿门山曾是孟浩然隐居的地方。于今当白氏南望此山之时，草木郁郁葱葱，好像还有当年留下来的芳草树木，好像还有当时隐者留下来的余韵，但这一切都只是好像。事实是，旧时的隐者，已寻不到踪迹。只留下望不到边的苍郁林木。寻隐者之踪影不见，是令人失落之事；但对于白氏来说，真正的失落是在这世间，再也寻不到如“旧隐”孟浩然一样，能创作出那般清逸诗篇的人，惟留下一片苍茫。末句“云深树苍苍”颇有些以实写虚之笔；虽然触目所见的是林木莽莽，但心中所感受到的，实则是“旧隐不知处”而“清风无人继”的空空荡荡。

全诗可以对半分为两个部分，前半部分写景叙事较为理性，对孟氏诗文进行了类比和高度赞誉，字里行间令人能够想见孟氏诗文的风格与成就，感受到白氏对孟氏深深的景仰。而后半部分毫无过渡地陡然转入感性的喟叹之中。景物从壮阔清丽变为苍茫空旷；情绪从赞誉落入无人继之的伤感中。虽只是欲借诗抒发个人情绪，但这一前一后的截然变化和情绪一高一低的对比，却使得无论是赞誉仰慕还是伤感慨叹，都抒发有力，令人情绪随之跌宕，对诗作者所表达的赞与叹皆感受深刻。

（钱　方）

长恨歌

汉皇重色思倾国，御宇多年求不得。
杨家有女初长成，养在深闺人未识。
天生丽质难自弃，一朝选在君王侧。
回眸一笑百媚生，六宫粉黛无颜色。
春寒赐浴华清池，温泉水滑洗凝脂。
侍儿扶起娇无力，始是新承恩泽时。
云鬓花颜金步摇，芙蓉帐暖度春宵。
春宵苦短日高起，从此君王不早朝。
承欢侍宴无闲暇，春从春游夜专夜。
后宫佳丽三千人，三千宠爱在一身。
金屋妆成娇侍夜，玉楼宴罢醉和春。
姊妹弟兄皆列土，可怜光彩生门户。
遂令天下父母心，不重生男重生女。
骊宫高处入青云，仙乐风飘处处闻。

缓歌慢舞凝丝竹，尽日君王看不足。
渔阳鼙鼓动地来，惊破霓裳羽衣曲。
九重城阙烟尘生，千乘万骑西南行。
翠华摇摇行复止，西出都门百余里。
六军不发无奈何，宛转蛾眉马前死。
花钿委地无人收，翠翘金雀玉搔头。
君王掩面救不得，回看血泪相和流。
黄埃散漫风萧索，云栈萦纡登剑阁。
峨嵋山下少人行，旌旗无光日色薄。
蜀江水碧蜀山青，圣主朝朝暮暮情。
行宫见月伤心色，夜雨闻铃肠断声。
天旋地转回龙驭，到此踌躇不能去。
马嵬坡下泥土中，不见玉颜空死处。
君臣相顾尽沾衣，东望都门信马归。
归来池苑皆依旧，太液芙蓉未央柳。
芙蓉如面柳如眉，对此如何不泪垂。
春风桃李花开日，秋雨梧桐叶落时。
西宫南内多秋草，落叶满阶红不扫。
梨园弟子白发新，椒房阿监青娥老。
夕殿萤飞思悄然，孤灯挑尽未成眠。
迟迟钟鼓初长夜，耿耿星河欲曙天。
鸳鸯瓦冷霜华重，翡翠衾寒谁与共。
悠悠生死别经年，魂魄不曾来入梦。
临邛道士鸿都客，能以精诚致魂魄。

【原文】

为感君王展转思，遂教方士殷勤觅。
排空驭气奔如电，升天入地求之遍。
上穷碧落下黄泉，两处茫茫皆不见。
忽闻海上有仙山，山在虚无缥缈间。
楼阁玲珑五云起，其中绰约多仙子。
中有一人字太真，雪肤花貌参差是。
金阙西厢叩玉扃，转教小玉报双成。
闻道汉家天子使，九华帐里梦魂惊。
揽衣推枕起徘徊，珠箔银屏迤逦开。
云髻半偏新睡觉，花冠不整下堂来。
风吹仙袂飘飖举，犹似霓裳羽衣舞。
玉容寂寞泪阑干，梨花一枝春带雨。
含情凝睇谢君王，一别音容两渺茫。
昭阳殿里恩爱绝，蓬莱宫中日月长。
回头下望人寰处，不见长安见尘雾。
唯将旧物表深情，钿合金钗寄将去。
钗留一股合一扇，钗擘黄金合分钿。
但教心似金钿坚，天上人间会相见。
临别殷勤重寄词，词中有誓两心知。
七月七日长生殿，夜半无人私语时。
在天愿作比翼鸟，在地愿为连理枝。
天长地久有时尽，此恨绵绵无绝期。

《长恨歌》是白居易诗作中脍炙人口的名篇，作于元和元年（806），当时

【鉴赏】

诗人正在盩厔县(今陕西周至)任县尉。这首诗是他和友人陈鸿、王质夫同游仙游寺,有感于唐玄宗、杨贵妃的故事而创作的。在这首长篇叙事诗里,作者以精练的语言,优美的形象,叙事和抒情结合的手法,叙述了唐玄宗、杨贵妃在安史之乱中的爱情悲剧:他们的爱情被自己酿成的叛乱断送了,正在没完没了地吃着这一精神的苦果。唐玄宗、杨贵妃都是历史上的人物,诗人并不拘泥于历史,而是借着历史的一点影子,根据当时人们的传说,街坊的歌唱,从中蜕化出一个回旋曲折、宛转动人的故事,用回环往复、缠绵悱恻的艺术形式,描摹、歌咏出来。由于诗中的故事、人物都是艺术化的,是现实中人的复杂真实的再现,所以能够在历代读者的心中漾起阵阵涟漪。

《长恨歌》就是歌"长恨","长恨"是诗歌的主题,故事的焦点,也是埋在诗里的一颗牵动人心的种子。而"恨"什么,为什么要"长恨",诗人不是直接铺叙、抒写出来,而是通过他笔下诗化的故事,一层一层地展示给读者,让人们自己去揣摩,去回味,去感受。

诗歌开卷第一句"汉皇重色思倾国",看来很寻常,好像故事原就应该从这里写起,不需要作者花什么心思似的;事实上这七个字含量极大,是全篇纲领,它既揭示了故事的悲剧因素,又唤起和统领着全诗。紧接着,诗人用极其省俭的语言,叙述了安史之乱前,唐玄宗如何重色、求色,终于得到了"回眸一笑百媚生,六宫粉黛无颜色"的杨贵妃。描写了杨贵妃的美貌、娇媚,进宫后因有色而得宠,不但自己"新承恩泽",而且"姊妹弟兄皆列土"。反复渲染唐玄宗得贵妃以后在宫中如何纵欲,如何行乐,如何终日沉湎于歌舞酒色之中。所有这些,就酿成了安史之乱:"渔阳鼙鼓动地来,惊破霓裳羽衣曲。"这一部分写出了"长恨"的内因,是悲剧故事的基础。诗人通过这一段宫中生活的写实,不无讽刺地向我们介绍了故事的男女主人公:一个重色轻国的帝王,一个娇媚恃宠的妃子。还形象地暗示我们,唐玄宗的迷色误国，就是这一悲剧的根源。

下面，诗人具体地描述了安史之乱发生后，皇帝兵马仓皇逃入西南的情景，特别是在这一动乱中唐玄宗和杨贵妃爱情的毁灭。“六军不发无奈何，宛转蛾眉马前死。花钿委地无人收，翠翘金雀玉搔头。君王掩面救不得，回看血泪相和流”，写的就是他们在马嵬坡生离死别的一幕。“六军不发”，要求处死杨贵妃，是愤于唐玄宗迷恋女色，祸国殃民。杨贵妃的死，在整个故事中，是一个关键性的情节，在这之后，他们的爱情才成为一场悲剧。接着，从“黄埃散漫风萧索”起至“魂魄不曾来入梦”，诗人抓住了人物精神世界里揪心的“恨”，用酸恻动人的语调，婉转形容和描述了杨贵妃死后唐玄宗在蜀中的寂寞悲伤，还都路上的追怀忆旧，回宫以后睹物思人，触景生情，一年四季物是人非事事休的种种感触。缠绵悱恻的相思之情，使人觉得回肠荡气。正由于诗人把人物的感情渲染到这样的程度，后面道士的到来，仙境的出现，便给人一种真实感，不以为纯粹是一种空中楼阁了。

从“临邛道士鸿都客”至诗的末尾，写道士帮助唐玄宗寻找杨贵妃。诗人采用的是浪漫主义的手法，忽而上天，忽而入地，“上穷碧落下黄泉，两处茫茫皆不见”。后来，在海上虚无缥缈的仙山上找到了杨贵妃，让她以“玉容寂寞泪阑干，梨花一枝春带雨”的形象在仙境中再现，殷勤迎接汉家的使者，含情脉脉，托物寄词，重申前誓，照应唐玄宗对她的思念，进一步深化、渲染“长恨”的主题。诗歌的末尾，用“天长地久有时尽，此恨绵绵无绝期”结笔，点明题旨，回应开头，而且做到“清音有余”，给读者以联想、回味的余地。

《长恨歌》首先给我们艺术美的享受的是诗中那个宛转动人的故事，是诗歌精巧独特的艺术构思。全篇中心是歌“长恨”，但诗人却从“重色”说起，并且予以极力铺写和渲染。“日高起”、“不早朝”、“夜专夜”、“看不足”

等，看来是乐到了极点，像是一幕喜剧，然而，极度的乐，正反衬出后面无穷无尽的恨。唐玄宗的荒淫误国，引出了政治上的悲剧，反过来又导致了他和杨贵妃的爱情悲剧。悲剧的制造者最后成为悲剧的主人公，这是故事的特殊、曲折处，也是诗中男女主人公之所以要“长恨”的原因。过去许多人说《长恨歌》有讽喻意味，这首诗的讽喻意味就在这里。那么，诗人又是如何表现“长恨”的呢？马嵬坡杨贵妃之死一场，诗人刻画极其细腻，把唐玄宗那种不忍割爱但又欲救不得的内心矛盾和痛苦感情，都具体形象地表现出来了。由于这“血泪相和流”的死别，才会有那没完没了的恨。随后，诗人用许多笔墨从各个方面反复渲染唐玄宗对杨贵妃的思念。但诗歌的故事情节并没有停止在一个感情点上，而是随着人物内心世界的层层展示，感应他的景物的不断变化，把时间和故事向前推移，用人物的思想感情来开拓和推动情节的发展。唐玄宗奔蜀，是在死别之后，内心十分酸楚愁惨；还都路上，旧地重经，又勾起了伤心的回忆；回宫后，白天睹物伤情，夜晚辗转难眠。日思夜想而不得，所以寄希望于梦境，却又是“悠悠生死别经年，魂魄不曾来入梦”。诗至此，已经把“长恨”之“恨”写得十分动人心魄，故事到此结束似乎也可以。然而诗人笔锋一折，别开境界，借助想象的彩翼，构思了一个妩媚动人的仙境，把悲剧故事的情节推向高潮，使故事更加回环曲折，有起伏，有波澜。这一转折，既出人意料，又尽在情理之中。由于主观愿望和客观现实不断发生矛盾、碰撞，诗歌把人物千回百转的心理表现得淋漓尽致，故事也因此而显得更为婉转动人。

《长恨歌》是一首抒情成分很浓的叙事诗，诗人在叙述故事和人物塑造上，采用了我国传统诗歌擅长的抒写手法，将叙事、写景和抒情和谐地结合在一起，形成诗歌抒情上回环往复的特点。诗人时而把人物的思想感情注入景物，用景物的折光来烘托人物的心境；时而抓住人物周围富有特征性的景物、事物，通过人物对它们的感受来表现内心的感情，层层渲染，恰如其分地表达人物蕴蓄在内心深处的难达之情。唐玄宗逃往西南的路上，四处是黄尘、栈道、高山，日色暗淡，旌旗无光，秋景凄凉，这是以悲凉的秋景来烘托人物的悲思。在蜀地，面对着青山绿水，还是朝夕不能忘情。蜀中的山山水水原是很美的，但是在寂寞悲哀的唐玄宗眼中，那山的“青”，水的“碧”，也都惹人伤心。大自然的美应该有恬静的心境才能享受，他却没有，所以就更增加了内心的痛苦。这是透过美景来写哀情，使感情又深入一层。行宫中的月色，雨夜里的铃声，本来就很撩人意绪，诗人抓住这些寻常但是富有特征性的事物，把人带进伤心、断肠的境界，再加上那一见一闻，一色一声，互相交错，在语言上、声调上也表现出人物内心的愁苦凄清，这又是一层。还都路上，“天旋地转”，本来是高兴的事，但旧地重过，玉颜不见，不由伤心泪下。叙事中，又增加了一层痛苦的回忆。回长安后，“归来池苑皆依旧，太液芙蓉未央柳。芙蓉如面柳如眉，对此如何不泪垂”。白日里，由于环境和景物的触发，从景物联想到人，景物依旧，人却不在了，禁不住就潸然泪下，从太液池的芙蓉花和未央宫的垂柳仿佛看到了杨贵妃的容貌，展示了人物极其复杂微妙的内心活动。“夕殿萤飞思悄然，孤灯挑尽未成眠。迟迟钟鼓初长夜，耿耿星河欲曙天。”从黄昏写到黎明，集中地表现了夜间被情思萦绕久久不能入睡的情景。这种苦苦的思恋，“春风桃李花开日”是这样，“秋雨梧桐叶落时”也是这样。及至看到当年的“梨园弟子”、“阿监青娥”都已白发衰颜，更勾引起对往日欢娱的思念，自是黯然神伤。从黄埃散漫到蜀山青青，从行宫夜雨到奏凯回归，从白日到黑夜，从春天到秋天，处处触物伤情，时时睹物思人，从各个方面反复渲染诗中主人公的苦苦追求和寻觅。现实生活中找不到，到梦中去找；梦中找不到，又到仙境中去找。如此跌宕回环，层层渲染，使人物感情回旋上升，达到了高潮。诗人正是通过这样的层层渲染，反复抒情，回环往复，让人物的思想感情蕴蓄得更深邃丰富，使诗歌“肌理细腻”，更富有艺术的感染力。

【原文】

作为一首千古绝唱的叙事诗,《长恨歌》在艺术上的成就是很高的。古往今来,许多人都肯定这首诗的特殊的艺术魅力。《长恨歌》在艺术上以什么感染和诱惑着读者呢?婉转动人,缠绵悱恻,恐怕是它最大的艺术个性,也是它能吸住千百年来的读者,使他们受感染、被诱惑的力量。

(饶芃子)

琵琶行

浔阳江头夜送客,枫叶荻花秋瑟瑟。
主人下马客在船,举酒欲饮无管弦。
醉不成欢惨将别,别时茫茫江浸月。
忽闻水上琵琶声,主人忘归客不发。
寻声暗问弹者谁,琵琶声停欲语迟。
移船相近邀相见,添酒回灯重开宴。
千呼万唤始出来,犹抱琵琶半遮面。
转轴拨弦三两声,未成曲调先有情。
弦弦掩抑声声思,似诉平生不得志。
低眉信手续续弹,说尽心中无限事。
轻拢慢撚抹复挑,初为《霓裳》后《六幺》。
大弦嘈嘈如急雨,小弦切切如私语。
嘈嘈切切错杂弹,大珠小珠落玉盘。
间关莺语花底滑,幽咽泉流冰下难。
冰泉冷涩弦凝绝,凝绝不通声渐歇。

【原文】

别有幽愁暗恨生，此时无声胜有声。
银瓶乍破水浆迸，铁骑突出刀枪鸣。
曲终收拨当心画，四弦一声如裂帛。
东船西舫悄无言，唯见江心秋月白。
沉吟放拨插弦中，整顿衣裳起敛容。
自言本是京城女，家在虾蟆陵下住。
十三学得琵琶成，名属教坊第一部。
曲罢曾教善才伏，妆成每被秋娘妒。
五陵年少争缠头，一曲红绡不知数。
钿头云篦击节碎，血色罗裙翻酒污。
今年欢笑复明年，秋月春风等闲度。
弟走从军阿姨死，暮去朝来颜色故。
门前冷落车马稀，老大嫁作商人妇。
商人重利轻别离，前月浮梁买茶去。
去来江口守空船，绕船月明江水寒。
夜深忽梦少年事，梦啼妆泪红阑干。
我闻琵琶已叹息，又闻此语重唧唧。
同是天涯沦落人，相逢何必曾相识！
我从去年辞帝京，谪居卧病浔阳城。
浔阳地僻无音乐，终岁不闻丝竹声。
住近湓江地低湿，黄芦苦竹绕宅生。
其间旦暮闻何物，杜鹃啼血猿哀鸣。
春江花朝秋月夜，往往取酒还独倾。
岂无山歌与村笛，呕哑嘲哳难为听。

【原文】

今夜闻君琵琶语，如听仙乐耳暂明。
莫辞更坐弹一曲，为君翻作琵琶行。
感我此言良久立，却坐促弦弦转急。
凄凄不似向前声，满座重闻皆掩泣。
座中泣下谁最多？江州司马青衫湿。

本题为《琵琶引并序》，“序”里却写作“行”。“行”和“引”，都是乐府歌辞的一体。“序”文如下：“元和十年(815)，予左迁九江郡司马。明年秋，送客湓浦口。闻舟中夜弹琵琶者，听其音，铮铮然有京都声。问其人，本长安倡女。尝学琵琶于穆、曹二善才，年长色衰，委身为贾人妇。遂命酒使快弹数曲，曲罢，悯默。自叙少小时欢乐事，今漂沦憔悴，转徙于江湖间。予出官二年，恬然自安，感斯人言，是夕始觉有迁谪意。因为长句，歌以赠之，凡六百一十二言，命曰《琵琶行》。”“一十二”当是传刻之误。宋人戴复古在《琵琶行诗》里已经指出：“一写六百十六字。”

《琵琶行》和《长恨歌》是各有独创性的名作。早在作者生前，已经是“童子解吟《长恨》曲，胡儿能唱《琵琶》篇”。此后，一直传诵国内外，显示了强大的艺术生命力。

如“序”中所说，诗里所写的是作者由长安贬到九江期间在船上听一位长安故倡弹奏琵琶、诉说身世的情景。

宋人洪迈认为夜遇琵琶女事未必可信，作者是通过虚构的情节，抒发他自己的“天涯沦落之恨”(《容斋随笔》卷七)，这是抓住了要害的。但那虚构的情节既然真实地反映了琵琶女的不幸遭遇，那么就诗的客观意义说，它也抒发了“长安故倡”的“天涯沦落之恨”。看不到这一点，同样有片面性。

诗人着力塑造了琵琶女的形象。

从开头到“犹抱琵琶半遮面”，写琵琶女的出场。

首句“浔阳江头夜送客”，只七个字，就把人物（主人和客人）、地点（浔阳江头）、事件（主人送客人）和时间（夜晚）一一作概括的介绍；再用“枫叶荻花秋瑟瑟”一句作环境的烘染，而秋夜送客的萧瑟落寞之感，已曲曲传出。惟其萧瑟落寞，因而反跌出“举酒欲饮无管弦”。“无管弦”三字，既与后面的“终岁不闻丝竹声”相呼应，又为琵琶女的出场和弹奏作铺垫。因“无管弦”而“醉不成欢惨将别”，铺垫已十分有力，再用“别时茫茫江浸月”作进一层的环境烘染，就使得“忽闻水上琵琶声”具有浓烈的空谷足音之感，无怪乎“主人忘归客不发”，要“寻声暗问弹者谁”，“移船相近邀相见”了。

从“夜送客”之时的“秋萧瑟”、“无管弦”、“惨将别”一转而为“忽闻”、“寻声”、“暗问”、“移船”，直到“邀相见”，这对于琵琶女的出场来说，已可以说是“千呼万唤”了。但“邀相见”还不那么容易，又要经历一个“千呼万唤”的过程，她才肯“出来”。这并不是她在拿身分。正像“我”渴望听仙乐一般的琵琶声，是“直欲摅写天涯沦落之恨”一样，她“千呼万唤始出来”，也是由于有一肚子“天涯沦落之恨”，不便明说，也不愿见人。诗人正是抓住这一点，用“琵琶声停欲语迟”、“犹抱琵琶半遮面”的肖像描写来表现她的难言之痛的。

下面的一大段，通过描写琵琶女弹奏的乐曲来揭示她的内心世界。

先用“转轴拨弦三两声”一句写校弦试音，接着就赞叹“未成曲调先有情”，突出了一个“情”字。“弦弦掩抑声声思”以下六句，总写“初为《霓裳》后《六幺》”的弹奏过程，其中既用“低眉信手续续弹”、“轻拢慢撚抹复挑”描写弹奏的神态，更用“似诉平生不得志”、“说尽心中无限事”概括了琵琶女借乐曲所抒发的思想情感。此后十四句，在借助语言的音韵摹写音乐的时候，兼用各种生动的比喻以加强其形象性。“大弦嘈嘈如急雨”，既用“嘈嘈”这个叠字词摹声，又用“如急雨”使它形象化。“小弦切切如私语”亦然。这还不够，“嘈嘈切切错杂弹”，已经再现了“如急雨”、“如私语”两种旋律的交错出现，再用“大珠小珠落玉盘”一比，视觉形象与听觉形象就同时显露出来，令人耳目应接不暇。旋律继续变化，出现了先“滑”后“涩”的两种意境。“间关”之声，轻快流利，而这种声音又好像“莺语花底”，视觉形象的优美强化了听觉形象的优美。“幽咽”之声，悲抑哽塞，而这种声音又好像“泉流冰下”，视觉形象的冷涩强化了听觉形象的冷涩。由“冷涩”到“凝绝”，是一个“声渐歇”的过程，诗人用“别有幽愁暗恨生，此时无声胜有声”的佳句描绘了余音袅袅、余意无穷的艺术境界，令人拍案叫绝。弹奏至此，满以为已经结束了。谁知那“幽愁暗恨”在“声渐歇”的过程中积聚了无穷的力量，无法压抑，终于如“银瓶乍破”，水浆奔迸，如“铁骑突出”，刀枪轰鸣，把“凝绝”的暗流突然推向高潮。才到高潮，即收拨一画，戛然而止。一曲虽终，而回肠荡气、惊心动魄的音乐魅力，却并没有消失。诗人又用“东船西舫悄无言，唯见江心秋月白”的环境描写作侧面烘托，给读者留下了涵泳回味的广阔空间。

如此绘声绘色地再现千变万化的音乐形象，已不能不使我们敬佩作者的艺术才华。但作者的才华还不仅表现在再现音乐形象，更重要的是通过音乐形象的千变万化，展现了琵琶女起伏回荡的心潮，为下面的诉说身世作了音乐性的渲染。

正像在“邀相见”之后，省掉了请弹琵琶的细节一样；在曲终之后，也略去了关于身世的询问，而用两个描写肖像的句子向“自言”过渡：“沉吟”的神态，显然与询问有关，这反映了她欲说还休的内心矛盾；“放拨”、“插弦中”，“整顿衣裳”、“起”、“敛容”等一系列动作和表情，则表现了她克服矛盾、一吐为快的心理活动。“自言”以下，用如怨如慕、如泣如诉的抒情笔调，为琵琶女的半生遭遇谱写了一曲扣人心弦的悲歌，与“说尽心中无限事”的乐曲互相补充，完成了女主人公的形象塑造。

女主人公的形象塑造得异常生动真实，并具有高度的典型性。通过这个形象，深刻地反映了封建社会中被侮辱、被损害的乐伎们、艺人们的悲惨命运。面对这个形象，怎能不一洒同情之泪！

作者在被琵琶女的命运激起的情感波涛中坦露了自我形象。“我从去年辞帝京，谪居卧病浔阳城”的那个“我”，是作者自己。作者由于要求革除暴政，实行仁政而遭受打击，从长安贬到九江，心情很痛苦。当琵琶女第一次弹出哀怨的乐曲、表达心事的时候，就已经拨动了他的心弦，发出了深长的叹息声。当琵琶女自诉身世，讲到“夜深忽梦少年事，梦啼妆泪红阑干”的时候，就更激起他的情感的共鸣：“同是天涯沦落人，相逢何必曾相识。”同病相怜，同声相应，忍不住说出了自己的遭遇。

写琵琶女自诉身世，详昔而略今；写自己的遭遇，则压根儿不提被贬以前的事。这也许是意味着以彼之详，补此之略吧！比方说，琵琶女昔日在京城里“曲罢曾教善才伏，妆成每被秋娘妒”的情况和作者被贬以前的情况是不是有某些相通之处呢？同样，他被贬以后的处境和琵琶女“老大嫁作商人妇”以后的处境是不是也有某些类似之处呢？看来是有的，要不然，怎么会发出“同是天涯沦落人”的感慨？

“我”的诉说，反转来又拨动了琵琶女的心弦，当她又一次弹琵琶的时候，那声音就更加凄苦感人，因而反转来又激动了“我”的感情，以致热泪直流，湿透青衫。

把处于封建社会底层的琵琶女的遭遇，同被压抑的正直的知识分子的遭遇相提并论，相互映衬，相互补充，作如此细致生动的描写，并寄予无限同情，这在以前的诗歌中还是罕见的。

（霍松林）

【原文】

花非花

花非花，雾非雾，夜半来，天明去。

来如春梦几多时？去似朝云无觅处。

白居易诗不仅以语言浅近著称，其意境亦多显露。这首“花非花”却有些“朦胧”化，在白诗中确乎是一个特例。

诗取前三字为题，近乎“无题”。首二句应读作“花——非花，雾——非雾”，先就给人一种捉摸不定的感觉。“非花”、“非雾”均系否定，却包含一个不言而喻的前提：似花、似雾。因此可以说，这是两个灵巧的比喻。宋代苏东坡似从这里获得一丝灵感，写出了“似花还似非花，也无人惜从教坠”(《水龙吟》)的名句。苏词所咏为杨花柳絮，而白诗所咏何物未尝显言。

单看“夜半来，天明去”，颇使读者疑心是在说梦。但从下句“来如春梦”四字，可见又不然了。“梦”原来也是一比。这里“来”、“去”二字，在音情上有承上启下作用，由此生发出两个新鲜比喻。“夜半来”者春梦也，春梦虽美却短暂，于是引出一问：“来如春梦几多时？”“天明”见者朝霞也，云霞虽美却易幻灭，于是引出一叹：“去似朝云无觅处。”

诗由一连串比喻构成，这叫博喻。它们环环紧扣，如云行水流，自然成文，反复以鲜明的形象比譬一个未尝点明的本体。诗词中善用博喻者不乏其例，如《古诗十九首》(明月皎夜光)之“南箕北有斗，牵牛不负轭”，贺铸《青玉案》的“一川烟草，满城风絮，梅子黄时雨”。但这些博喻都不过是诗词中一个组成部分，像此诗通篇用博喻构成则甚罕见。再者，前一例用南箕、北斗、牵牛等星象作比，喻在“虚名复何益”；后一例用烟草、风絮、梅雨等景象作比，喻在“借问闲愁都几许”，其本体（被喻之物）都是明确的。而此诗只见喻体（用作比喻之物）而不知本体，就像一个耐人寻思的谜。从而诗的意境也就蒙上一层“朦胧”的色彩了。

虽说如此，但此诗诗意却并不完全隐晦到不可捉摸。它被作者编在集中“感伤”之部，同部还有情调接近的作品。一是《真娘墓》，诗中写道：“霜摧桃李风折莲，真娘死时犹少年。脂肤荑手不坚固，世间尤物难留连。难留连，易销歇。塞北花，江南雪。”另一是《简简吟》，诗中写到“二月繁霜杀桃李，明年欲嫁今年死”，“大都好物不坚牢，彩云易散琉璃碎”。二诗均为悼亡之作，它们末句的比喻，尤其是那“易销歇”的“塞北花”和“易散”的“彩云”，与此诗末二句的比喻几乎一模一样，连音情都逼肖的。二诗都同样表现出一种对于生活中存在过，而又消逝了的美好的人与物的追念、惋惜之情。而《花非花》一诗在集中紧编在《简简吟》之后，更告诉读者关于此诗归趣的一个消息。此诗大约与《简简吟》属同类性质的作品，也就是悼亡之作。

另有一说，认为此诗是“为妓女而作”，见于今人施蛰存《唐诗百话》。因为唐代旅客招妓女伴宿，是夜半才来，黎明即去。如元稹《梦昔时》诗有云：“夜半初得处，天明临去时。”就是描写这一情况的。由于女方来的时间不多，旅客宛如做了一个春梦。她去了之后，就像清晨的云，消散得无踪无影。其说持之有故，点破了此诗写作的特定社会背景。但接着又作了一个很重要的补充，说白居易写这样的诗，“恐怕也还是作为一种比喻”。至于比喻什么，则没有说。总之，诗人抽象了具体的内容的同时，使诗朦胧起来，能指范围扩大，似乎比喻着什么——比如美好而短暂的人生。正因为如此，它才和《真娘墓》、《简简吟》一类悼亡之作在情调上有了某种程度的相通。

【原文】

此诗运用三字句与七字句轮换的形式(这是当时民间歌谣三三七句式的活用),兼有节律整饬与错综之美,极似后来的小令。所以后人竟采其句法为词调,而以“花非花”为调名。词对五、七言诗在内容上的一大转关,就在于更倾向于人的内在心境的表现。此诗亦如之。这种“诗似小词”的现象,出现在唐代较早从事词体创作的诗人白居易笔下,是不足为奇的。

(周啸天)

邯郸冬至夜思家

邯郸驿里逢冬至,抱膝灯前影伴身。

想得家中夜深坐,还应说着远行人。

在唐代,冬至是个重要节日,朝廷里放假,民间互赠饮食,穿新衣,贺节,一切和元旦相似。这样一个佳节,在家中和亲人一起欢度,才有意思。如今在邯郸(今属河北)的客店里碰上这个佳节,将怎样过法呢?第一句叙客中度节,已植“思家”之根。第二句,就写他在客店里过节。“抱膝”二字,活画出枯坐的神态。“灯前”二字,既烘染环境,又点出“夜”,托出“影”。一个“伴”字,把“身”与“影”联系起来,并赋予“影”以人的感情。只有抱膝枯坐的影子陪伴着抱膝枯坐的身子,其孤寂之感,思家之情,已溢于言表。

三、四两句,正面写“思家”,机杼与杜甫《月夜》相近。其感人之处是:他在思家之时想象出来的那幅情景,却是家里人如何想念自己。这个冬至佳节，由于自己离家远行，所以家里人一定也过得很不愉快。当自己抱膝灯前，想念家人，直想到深夜的时候，家里人大约同样还没有睡，坐在灯前，“说着远行人”吧！“说”了些什么呢？这就给读者留下了驰骋想象的广阔天地。每一个享过天伦之乐的人，有过类似经历的人，都可以根据自己的生活体验，想得很多。

宋人范希文在《对床夜语》里说：“白乐天‘想得家中夜深坐，还应说着远行人’，语颇直，不如王建‘家中见月望我归，正是道上思家时’有曲折之意。”这议论并不确切。二者各有独到之处，正不必抑此扬彼。此诗的佳处，正在于以直率而质朴的语言，道出了一种人们常有的生活体验，因而才更显得感情真挚动人。

（霍松林）

赋得古原草送别

离离原上草，一岁一枯荣。
野火烧不尽，春风吹又生。
远芳侵古道，晴翠接荒城。
又送王孙去，萋萋满别情。

此诗作于贞元三年(787)，作者时年十六。诗是应考的习作。按科场考试规矩，凡指定、限定的诗题，题目前须加“赋得”二字；作法与咏物相类，须缴清题意，起承转合要分明，对仗要精工，全篇要空灵浑成，方称得体。束缚如此之严，故此体向少佳作。据载，作者这年始自江南入京，谒

【鉴赏】

名士顾况时投献的诗文中即有此作。起初，顾况看着这年轻士子说："米价方贵，居亦弗易。"虽是拿居易的名字打趣，却也有言外之意，说京城不好混饭吃。及读至"野火烧不尽"二句，不禁大为嗟赏，道："道得个语，居亦易矣。"并广为延誉。（见唐张固《幽闲鼓吹》）可见此诗在当时就为人称道。

命题"古原草送别"颇有意思。草与别情，似从古代的骚人写出"王孙游兮不归，春草生兮萋萋"（《楚辞·招隐士》）的名句以来，就结了缘。但要写出"古原草"的特色而兼关送别之意，尤其是要写出新意，仍是不易的。

首句即破题面"古原草"三字。多么茂盛（"离离"）的原上草啊！这话看来平常，却抓住"春草"生命力旺盛的特征，可说是从"春草生兮萋萋"脱化而不着迹，为后文开出很好的思路。就"古原草"而言，何尝不可开作"秋来深径里"（僧古怀《原上秋草》），那通篇也就将是另一种气象了。野草是一年生植物，春荣秋枯，岁岁循环不已。"一岁一枯荣"意思似不过如此。然而写作"枯——荣"，与作"荣——枯"就大不一样。如作后者，便是秋草，便不能生发出三、四的好句来。两个"一"字复叠，形成咏叹，又先状出一种生生不已的情味，三、四句就水到渠成了。

"野火烧不尽，春风吹又生。"这是"枯荣"二字的发展，由概念一变而为形象的画面。古原草的特性就是具有顽强的生命力，它是斩不尽、锄不绝的，只要残存一点根须，来年会更青更长，很快蔓延原野。作者抓住这一特点，不说"斩不尽、锄不绝"，而写作"野火烧不尽"，便造就一种壮烈的意境。野火燎原，烈焰可畏，瞬息间，大片枯草被烧得精光。而强调毁灭的力量，毁灭的痛苦，是为着强调再生的力量，再生的欢乐。烈火是能把野草连茎带叶统统"烧尽"的，然而作者偏说它"烧不尽"，大有意味。因为烈火再猛，也无奈那深藏地底的根须，一旦春风化雨，野草的生命便会复苏，以迅猛的长势，重新铺盖大地，回答火的凌虐。看那“离离原上草”，不是绿色的胜利的旗帜么！“春风吹又生”，语言朴实有力；“又生”二字下语三分而含意十分。宋吴曾《能改斋漫录》说此两句“不若刘长卿‘春入烧痕青’语简而意尽”，实未见得。此二句不但写出“原上草”的性格，而且写出一种从烈火中再生的理想的典型。一句写枯，一句写荣，“烧不尽”与“吹又生”是何等唱叹有味，对仗亦工致天然，故卓绝千古。而刘句命意虽似，而韵味不足，远不如白句为人乐道。

如果说这两句是承“古原草”而重在写“草”，那么五、六句则继续写“古原草”而将重点落到“古原”，以引出“送别”题意，故是一转。上一联用流水对，妙在自然；而此联为的对，妙在精工，颇觉变化有致。“远芳”、“晴翠”都写草，而比“原上草”意象更具体、生动。芳曰“远”，古原上清香弥漫可嗅；翠曰“晴”，则绿草沐浴着阳光，秀色如见。“侵”、“接”二字继“又生”，更写出一种蔓延扩展之势，再一次突出那生存竞争之强者野草的形象。“古道”、“荒城”则扣题面“古原”极切。虽然道古城荒，青草的滋生却使古原恢复了青春。比较“乱蛬鸣古堑，残日照荒台”（僧古怀《原上秋草》）的秋原，该是如何生气勃勃！

作者并非为写“古原”而写古原，同时又安排一个送别的典型环境：大地春回，芳草芊芊的古原景象如此迷人，而送别在这样的背景上发生，该是多么令人惆怅，同时又是多么富于诗意呵。“王孙”二字借自楚辞成句，泛指行者。“王孙游兮不归，春草生兮萋萋”说的是看见萋萋芳草而怀思行游未归的人。而这里却变其意而用之，写的是看见萋萋芳草而增送别的愁情，似乎每一片草叶都饱含别情，那真是：“离恨恰如春草，更行更远还生。”（五代南唐李煜《清平乐》）这是多么意味深长的结尾啊！诗到此点明“送别”，结清题意，关合全篇，“古原”、“草”、“送别”打成一片，意境极浑成。

【原文】

全诗措词自然流畅而又工整，虽是命题作诗，却能融入深切的生活感受，故字字含真情，语语有余味；不但得体，而且别具一格，故能在“赋得体”中称为绝唱。

（周啸天）

自河南经乱，关内阻饥，兄弟离散，各在一处。因望月有感，聊书所怀，寄上浮梁大兄、於潜七兄、乌江十五兄，兼示符离及下邽弟妹

时难年荒世业空，弟兄羁旅各西东。
田园寥落干戈后，骨肉流离道路中。
吊影分为千里雁，辞根散作九秋蓬。
共看明月应垂泪，一夜乡心五处同。

白居易所处的中唐是一个多难的时代，他从十多岁开始，即因战乱而离家四处漂泊。德宗贞元十五年（799）春，宣武军（治所在今河南开封）节度使董晋死，其部下举兵叛乱。继之彰义军（治所在河南汝南）节度使吴少诚亦叛，唐朝廷不得不发兵征讨，河南一带再次沦为战乱的中心。由于漕运受阻，加上旱荒频仍，关内（今陕西省中部、北部及甘肃一部分地区）饥馑十分严重。就在这一年秋，白居易为宣州刺史所贡，第二年春在长安

考中进士，旋即东归省亲。这首河南经乱书怀的诗，大约就写于这一时期。

这是一首感情浓郁的抒情诗，读来如听诗人倾诉自己身受的离乱之苦。在这战乱饥馑灾难深重的年代里，祖传的家业荡然一空，兄弟姊妹抛家失业，羁旅行役，天各一方。回首兵燹后的故乡田园，一片寥落凄清。破敝的园舍虽在，可是流离失散的同胞骨肉，却各自奔波在异乡的道路之中。诗的前两联就是从“时难年荒”这一时代的灾难起笔，以亲身经历概括出战乱频年、家园荒残、手足离散这一具有典型意义的苦难的现实生活。接着诗人再以“雁”、“蓬”作比：手足离散各在一方，犹如那分飞千里的孤雁，只能吊影自怜；辞别故乡流离四方，又多么像深秋中断根的蓬草，随着萧瑟的西风，飞空而去，飘转无定。“吊影分为千里雁，辞根散作九秋蓬”两句，一向为人们所传诵。诗人不仅以千里孤雁、九秋断蓬作了形象贴切的比拟，而且以吊影分飞与辞根离散这样传神的描述，赋予它们孤苦凄惶的情态，深刻揭示了饱经战乱的零落之苦。孤单的诗人凄惶中夜深难寐，举首遥望孤悬夜空的明月，情不自禁联想到飘散在各地的兄长弟妹们，如果此时大家都在举目遥望这轮勾引无限乡思的明月，也会和自己一样潸潸泪垂吧！恐怕这一夜之中，流散五处深切思念家园的心，也都会是相同的。诗人在这里以绵邈真挚的诗思，构出一幅五地望月共生乡愁的图景，从而收结全诗，创造出浑朴真淳、引人共鸣的艺术境界。

全诗以白描的手法，采用平易的家常话语，抒写人们所共有而又不是人人俱能道出的真实情感。清刘熙载在《艺概》中说：“常语易，奇语难，此诗之初关也。奇语易，常语难，此诗之重关也。香山用常得奇，此境良非易到。”白居易的这首诗不用典故，不事藻绘，语言浅白平实而又意蕴精深，情韵动人，堪称“用常得奇”的佳作。

（左成文）

【原文】

同李十一醉忆元九

花时同醉破春愁，醉折花枝作酒筹。

忽忆故人天际去，计程今日到梁州。

唐人喜欢以行第相称。这首诗中的“元九”就是在中唐诗坛上与白居易齐名的元稹。元和四年(809)，元稹奉使去东川。白居易在长安，与他的弟弟白行简和李杓直(即诗题中的“李十一”)一同到曲江、慈恩寺春游，又到杓直家饮酒，席上忆念元稹，就写了这首诗。这是一首即景生情、因事起意之作，以情深意真见长。

诗的首句，据当时参加游宴的白行简在他写的《三梦记》中记作“春来无计破春愁”，照说应当是可靠的；但《白氏长庆集》中却作“花时同醉破春愁”。一首诗在传抄或刻印过程中会出现异文，而作者对自己的作品也会反复推敲，多次易稿。就此诗来说，白行简所记可能是初稿的字句，《白氏长庆集》所录则是最后的定稿。那么，诗人为什么要作这样的修改呢？在章法上，诗的首句是“起”，次句是“承”，第三句当是“转”。从首句与次句的关系看，把“春来无计”改为“花时同醉”，就与“醉折花枝”句承接得更紧密，而在上下两句中，“花”字与“醉”字重复颠倒运用，更有相映成趣之妙。再就首句与第三句的关系看，“春愁”原是“忆故人”的伏笔，但如果一开头就说“无计破春愁”，到第三句将无法显示转折。这样一改动，先说春愁已因花时同醉而破，再在第三句中用“忽忆”两字陡然一转，才见波澜起伏之美，从而跌出全篇的风神。

这首诗的特点是，即席拈来，不事雕琢，以极其朴素、极其浅显的语言，表达了极其深厚、极其真挚的情意。而情意的表达，主要在篇末“计程今日到梁州"一句。"计程"由上句"忽忆"来,是"忆"的深化。故人相别,居者忆念行者时,随着忆念的深入,常会计算对方此时已否到达目的地或正在中途某地。这里,诗人意念所到,深情所注,信手写出这一生活中的实意常情,给人以特别真实、特别亲切之感。

白居易对元稹行程的计算是很准确的。当他写这首《同李十一醉忆元九》诗时,元稹正在梁州,而且写了一首《梁州梦》:"梦君同绕曲江头,也向慈恩院院游。亭吏呼人排去马,忽惊身在古梁州。"元稹对这首诗的说明是:"是夜宿汉川驿,梦与杓直、乐天同游曲江,兼入慈恩寺诸院,倏然而寤,则递乘及阶,邮吏已传呼报晓矣。"巧的是,白居易诗中写的真事竟与元稹写的梦境两相吻合。这件事,表面上有一层神秘色彩,其实是生活中完全可能出现的巧合,而这一巧合正是以元、白平日的友情为基础的。唐代长安城东南的慈恩寺和曲江是当时游赏胜地。而且,进士登科后,皇帝就在曲江赐宴;慈恩寺塔即雁塔,又是新进士题名之处。元、白两人想必常到这两处共同游宴。对元稹说来,当他在孤寂的旅途中怀念故人、追思昔游时,这两处长安名胜,不仅在日间会时时浮上他的心头,当然也会在夜间进入他的梦境。由于这样一个梦原本来自对故人、对长安、对旧游的朝夕忆念,他也只是如实写来,未事渲染,而无限相思、一片真情已全在其中。其情深意真,是可以与白诗比美的。

联系元稹的诗,更可见两人的交谊之笃,也更可见白居易的这首忆元稹的诗虽像是偶然动念,随笔成篇,却有其深厚真挚的感情基础。如果把两人的诗合起来看:一写于长安,一写于梁州;一写居者之忆,一写行人之思;一写真事,一写梦境;而诗中情事却如唐孟棨《本事诗》所说,"合若符契"。而且,两诗写于同一天,又用的是同一韵。这是两情的异地交流和相互感应。读者不仅从诗篇的艺术魅力,而且从它的感情内容得到了真和美的享受。

(陈邦炎)

【原文】

惜牡丹花[1]

惆怅阶前红牡丹，晚来惟有两枝残。
明朝风起应吹尽，夜惜衰红把火看。

〔注〕 ①《惜牡丹花》共二首，此选其一。诗人原注：“一首翰林院北厅花下作。”

在群芳斗艳的花季里，被誉为国色天香的牡丹花总是姗姗迟开，待到她占断春光的时候，一春花事已经将到尽期。历代多愁善感的诗人，对于伤春惜花的题材总是百咏不厌。而白居易这首《惜牡丹花》却在无数惜花诗中别具一格。人们向来在花落之后才知惜花，此诗一反常情，却由鲜花盛开之时想到红衰香褪之日，以把火照花的新鲜立意表现了对牡丹的无限怜惜，寄寓了岁月流逝、青春难驻的深沉感慨。

全诗虽然只有短短的四句，但文气跌宕回环，语意层层深入。首句开门见山，点出题意：“惆怅阶前红牡丹。”淡淡一笔，诗人的愁思，庭院的雅致，牡丹的红艳，都已历历分明。“惆怅”二字起得突兀，造成牡丹花似已开败的错觉，立即将人引入惜花的惆怅气氛之中。第二句却将语意一转：“晚来惟有两枝残”。强调到晚来只有两枝残败，才知道满院牡丹花还开得正盛呢！“惟有”、“两枝”，语气肯定，数字确切，足见诗人赏花之细心。只有将花枝都认真数过，才能得出这样精确的结论。而惟其如此精细，才见出诗人惜花之情深。这两句自然朴质，不加雕饰，仅用跌宕起伏的语气造成一种写意的效果，通过惜花的心理描绘表现诗人黄昏时分在花下流连忘返的情景，可谓情笃而意深。

既然满院牡丹只有两枝残败，似乎不必如此惆怅；然而一叶知秋，何况两枝？诗人从两枝残花看到了春将归去的消息，他的担心并非多余。“明朝风起应吹尽”，语气又是一转，从想象中进一步写出惜花之情。明朝或许未必起风，“应”字也说明这只是诗人的忧虑。但天有不测风云，已经开到极盛的花朵随时都会遭到风雨的摧残。一旦风起，“寂寞萎红低向雨，离披破艳散随风”（《惜牡丹花》其二），那种凄凉冷落实在使人情不能堪。但是诗人纵有万般惜花之情，他也不能挽住春天归去的脚步，更不能阻止突如其来的风雨，这又如何是好呢？古人说过：“昼短苦夜长，何不秉烛游？”（《古诗十九首》）那么，趁着花儿尚未被风吹尽，夜里起来把火看花，不也等于延长了花儿的生命么？何况在摇曳的火光映照下，将要衰谢的牡丹越发红得浓艳迷人，那种美丽而令人伤感的情景又自有白天所领略不到的风味。全篇诗意几经转折，诗人怜花爱花的一片痴情已经抒发得淋漓尽致，至于花残之后的心情又如何，也就不难体味了。

白居易此诗一出，引起后人争相模仿。李商隐的《花下醉》：“客散酒醒深夜后，更持红烛赏残花。”在残花萎红中寄托人去筵空的伤感，比白诗写得更加秾丽含蓄，情调也更凄艳迷惘。而在豁达开朗的苏东坡笔下，与高烛相对的花儿则像浓妆艳抹的美女一样娇懒动人：“只恐夜深花睡去，故烧高烛照红妆。”（《海棠》）惜花的惆怅已经消溶在诗人优雅风趣的情致之中。无可否认，李商隐和苏东坡这两首诗历来更为人们所称道。但后人艺术上的成功是由于撷取了前人构思的精英，因此，当人们陶醉在李商隐、苏东坡所创造的优美意境之中的时候，也不应当忘记白居易以烛光照亮了后人思路的功劳。

（葛晓音）

【原文】

望驿台

靖安宅里当窗柳，望驿台前扑地花。

两处春光同日尽，居人思客客思家！

元和四年(809)三月，元稹以监察御史身分出使东川按狱，往来鞍马间，写下《使东川》一组绝句。稍后，白居易写了十二首和诗，《望驿台》便是其中一首。

元稹《望驿台》云："可怜三月三旬足，怅望江边望驿台。料得孟光今日语，不曾春尽不归来！"

这是元稹在三月的最后一天，为思念妻子韦丛而作。结句"不曾春尽不归来"，乃诗人悬揣之辞。料想妻子以春尽为期，待他重聚，而现在竟无法实现，怅惘之情，宛然在目。

白居易的和诗更为出色。首句"靖安宅里当窗柳"，元稹宅在长安靖安里，他的夫人韦丛此时就住在那里，写其宅自见其人。"当窗柳"意即怀人。唐人风俗，爱折柳以赠行人，因柳而思游子。大概是取柳丝柔长不断，以寓彼此情愫不绝之意。我们从这诗句里，依稀看见韦丛天天守着窗前碧柳、凝眸望远的情景，她对丈夫怀念之情太深了！次句"望驿台前扑地花"，自然是写元稹。春意阑珊，落红满地。他一人独处驿邸，见落花而念彼如花之人。这一句巧用比喻，富于联想，也很饶诗情。第三句"两处春光同日尽"，更是好句。"尽"字如利刀割水，效果强烈，它含有春光尽矣，人在天涯的感伤情绪。"春光"，不单指春天，而兼有美好的时光、美好的希望的意思。"春光同日尽"，也就是两人预期的欢聚落空了。这样，就自然导出了"居人思客客思家"。

本来，思念决不限此一日，但这一日既是春尽日，这种思念之情便更加重了。一种相思，两处离愁，感情的暗线把千里之外的两颗心紧紧联系起来了。

诗的中心是一个“思”字。全诗紧扣“思”字，含蓄地、层层深入地展开。首句“当窗柳”，传出闺中绮思；次用“扑地花”，写出驿旅苦思。这两句都通过形象以传情，不言思而“思”字灼然可见。第三句推进一层，写出了三月三十日这个特定时日由希望转入失望的刻骨相思。但仍不直遂，只以“春光尽”三字出之，颇富含蓄之妙。四句更推进一层，含蓄变成了爆发，直点“思”字，而且迭用两个“思”字，将前三句都绾合起来，点明诗旨，收束得很有力量。此诗诗格与原作一样，采平起仄收式；但又与原诗不同，下笔便用对句，且对仗工稳，不仅具有形式整饬之美，且加强了表达力量。因为，在内容上，这两句是赅举双方，用了对句，则见双方感情同等深挚，相思同样缠绵，形式与内容和谐一致，相得益彰。又由于对起散收，章法于严谨中有变化，也就增加了诗的声情之美。

（赖汉屏）

江楼月

嘉陵江曲曲江池，明月虽同人别离。
一宵光景潜相忆，两地阴晴远不知。
谁料江边怀我夜，正当池畔望君时。
今朝共语方同悔，不解多情先寄诗。

这是白居易给元稹的一首赠答诗。元和四年（809）春，元稹以监察御

【鉴赏】

史使东川，不得不离开京都，离别正在京任翰林的挚友白居易。他独自在嘉陵江岸驿楼中，见月圆明亮，波光荡漾，遂浮想联翩，作七律《江楼月》寄乐天，表达深切的思念之情。后来，白居易作《酬和元九东川路诗十二首》，在题下注云："十二篇皆因新境追忆旧事，不能一一曲叙，但随而和之，惟予与元知之耳。"这首七律《江楼月》是其中第五首。

诗的前半是"追忆旧事"，写离别后彼此深切思念的情景。"嘉陵江曲曲江池，明月虽同人别离。"明月之夜，清辉照人，最能逗引离人幽思：月儿这样圆满，人却相反，一个在嘉陵江岸，一个在曲江池畔；虽是一般明月，却不能聚在一起共同观赏，见月伤别，顷刻间往日欢聚步月的情景浮现眼前，涌上心头。"一宵光景潜相忆，两地阴晴远不知。"以"一宵"言"相忆"时间之长；以"潜"表深思的神态。由于夜不能寐，思绪万千，便从人的悲欢离合又想到月的阴晴圆缺：嘉陵江岸与曲江池畔相距甚远，能否都是"明月"之夜呢？离情别绪说得多么动人。"两地阴晴远不知"，在诗的意境创造上堪称别具机杼。第一联里离人虽在两地还可以共赏一轮团圞"明月"，而在第二联里却担心着连这点联系也难于存在，从而表现出更朴实真挚的情谊。

诗的后半则是处于"新境"，叙述对"旧事"的看法。"谁料江边怀我夜，正当池畔望君时。""正当"表现出元白推心置腹的情谊。以"谁料"冠全联，言懊恼之意，进一层表现出体贴入微的感情：若知如此，就该早寄诗抒怀，免得尝望月幽思之苦。"今朝共语方同悔，不解多情先寄诗。"以"今朝"、"方"表示悔寄诗之迟，暗写思念时间之长，"共语"和"同悔"又表示出双方思念的情思是一样地深沉。

这首诗，虽是白居易写给元稹的，却通篇都道双方的思念之情，别具一格。诗在意境创造上有它独特成功之处，主要是情与景的高度融合。看起来全诗句句抒情，实际上景已寓于情中，每一句诗都会在读者脑海中浮现出动人的景色，而且产生联想。当你读了前四句，不禁眼前闪现江楼、圆月，诗人在凝视吟赏的情景，这较之实写景色更丰富、更动人。

（宛新彬）

村　夜

霜草苍苍虫切切，村南村北行人绝。
独出门前望野田，月明荞麦花如雪。

这首诗没有惊人之笔，也不用艳词丽句，只以白描手法画出一个常见的乡村之夜。信手拈来，娓娓道出，却清新恬淡，诗意很浓。

“霜草苍苍虫切切，村南村北行人绝”，苍苍霜草，点出秋色的浓重；切切虫吟，渲染了秋夜的凄清。行人绝迹，万籁无声，两句诗鲜明勾画出村夜的特征。这里虽是纯然写景，却如近代王国维《人间词话》所说：“一切景语皆情语。”萧瑟凄凉的景物透露出诗人孤独寂寞的感情。这种寓情于景的手法比直接抒情更富有韵味。

“独出门前望野田”一句，既是诗中的过渡，将描写对象由村庄转向田野；又是两联之间的转折，收束了对村夜萧疏暗淡气氛的描绘，展开了另外一幅使人耳目一新的画面：皎洁的月光朗照着一望无际的荞麦田，远远望去，灿烂耀眼，如同一片晶莹的白雪。“月明荞麦花如雪”，多么动人的景色，大自然的如画美景感染了诗人，使他暂时忘却了自己的孤寂，情不自禁地发出不胜惊喜的赞叹。这奇丽壮观的景象与前面两句的描写形成强烈鲜明的对比。诗人匠心独运地借自然景物的变换写出人物感情变化，写来是那么灵活自如，不着痕迹；而且写得朴实无华，浑然天成，读来亲切动人，余味无穷。无怪清人所编《唐宋诗醇》称赞它“一味真朴，不假妆点，自具苍老之致，七绝中之近古者”。

（张明非）

欲与元八卜邻，先有是赠

平生心迹最相亲，欲隐墙东不为身。
明月好同三径夜，绿杨[1]宜作两家春。
每因暂出犹思伴，岂得安居不择邻。
可独终身数相见，子孙长作隔墙人。

〔注〕 ①《南史・陆慧晓传》：“慧晓与张融并宅，其间有池，池上有二株杨柳。”

元八，名宗简，字居敬，排行第八，河南人，举进士，官至京兆少尹。他是白居易的诗友，两人结交二十余年。卜邻，即选择作邻居。宪宗元和十年(815)春，诗人和宗简都在朝廷供职，宗简在长安升平坊购了一所新宅，诗人很想同他结邻而居，乃作这首七律相赠。

诗的前四句写两家结邻之宜行。“墙东”、“三径”和“绿杨”，都是典故。“墙东”用“避世墙东王君公”典(事见《后汉书・逸民传》)，“三径”语出晋陶潜《归去来辞》“三径就荒，松菊犹存”句，都用来指代隐士居住的地方。“绿杨”一句，则借南朝陆慧晓与张融比邻旧事，表示欲与元氏卜邻之意。这四句说：你我是生平最知心最亲密的朋友，彼此志趣相同，都渴望隐居生活而不谋求自身的功名利禄。既然如此，就让我们结为邻居吧，到那时，明月清辉共照两户，绿杨春色同到两家。这几处用典做到了"用事不使人觉，若胸臆语"（北齐颜之推《颜氏家训·文章》）。诗人未曾陈述卜邻的愿望，先借古代隐士的典故，对墙东林下之思做了一番渲染，说明二人心迹相亲，志趣相同，一定会成为理想的好邻居。

后四句写自己卜邻之恳切。诗人对朋友说：暂时外出，尚思良侣偕行；长期定居，怎可不择佳邻？必欲择邻，我舍君而求谁，君弃我其谁属？一旦结邻，不但终身可时常相见，子孙后代也能永远和睦相处，岂不是更加令人神往？暂出，定居，终身，后代——衬托复兼层递，步步推进，愈转愈深；"岂得"，怎能也；"可独"，何止也——反问一句，紧追一句，叫人不能不生实获我心的同感。四句貌似说理，实为抒情；好像是千方百计要说服人家接受自己的要求，其实是在推心置腹地诉说对朋友的极端的渴慕，表现出殷切而纯真的友情。

颔联"明月好同三径夜，绿杨宜作两家春"，是脍炙人口的名句。诗人驰骋想象，描绘出明月在天、绿柳拂地的两幅画面，抒写自己对结邻之后的情景的美丽憧憬：在明月的清辉之中，"三径"那几株青松会显得格外苍郁深沉，那夹径黄花也不减其清芬淡雅。还有那两家同饮的一池清水，闪着鱼鳞般的银光，那池边春风吹拂的杨柳，细软的长条轻轻地蘸着池水。在这幽美的境界中，挚友——诗人和元八，或闲庭散步，或月下对酌，或池畔观鱼，或柳荫赋诗，恬然陶然，优哉游哉。这两句诗总共十四个字，竟能描绘如此富有诗情画意的境界，启发读者展开如此丰富多彩的想象，使人不能不惊叹于对仗和用典的巨大修辞效用，不能不服膺于诗人那妙笔生花的语言艺术。

（赵庆培）

【原文】

燕子楼

满窗明月满帘霜，被冷灯残拂卧床。
燕子楼中霜月夜，秋来只为一人长。

钿晕罗衫色似烟，几回欲著即潸然。
自从不舞《霓裳曲》，叠在空箱十一年。

今春有客洛阳回，曾到尚书墓上来。
见说白杨堪作柱，争教红粉不成灰？

诗人张仲素曾以《燕子楼》为题，作诗三首。白居易读后，即以原韵和诗三首。燕子楼的故事及两人作诗的缘由，见于白居易诗的小序。其文云："徐州故张尚书有爱妓曰盼盼，善歌舞，雅多风态。予为校书郎时，游徐、泗间。张尚书宴予，酒酣，出盼盼以佐欢，欢甚。予因赠诗云：'醉娇胜不得，风袅牡丹花。'一欢而去，尔后绝不相闻，迨兹仅一纪矣。昨日，司勋员外郎张仲素绘之访予，因吟新诗，有《燕子楼》三首，词甚婉丽，诘其由，为盼盼作也。绘之从事武宁军（唐代地方军区之一，治徐州。）累年，颇知盼盼始末，云：'尚书既殁，归葬东洛，而彭城（即徐州）有张氏旧第，第中有小楼名燕子。盼盼念旧爱而不嫁，居是楼十余年，幽独块然，于今尚在。'予爱绘之新咏，感彭城旧游，因同其题，作三绝句。"张尚书名愔，是名臣张建封之子。有的记载以尚书为建封，是错误的。因为白居易做校书郎是在贞元十九年到元和元年（803—806），而张建封则已于贞元十六年（800）

去世，而且张愔曾任武宁军节度使、检校工部尚书，最后又征为兵部尚书，没有到任就死了，与诗序合。再则张仲素原唱三篇，都是托为盼盼的口吻而写的，有的记载又因而误认为是盼盼所作。这都是应当首先加以辨正的。

为便于欣赏，兹将张、白唱和之作一并对照讲析。

楼上残灯伴晓霜，独眠人起合欢床。
相思一夜情多少，地角天涯未是长。

——张仲素

满窗明月满帘霜，被冷灯残拂卧床。
燕子楼中霜月夜，秋来只为一人长。

——白居易

张仲素这第一首诗写盼盼在十多年中经历过的无数不眠之夜中的一夜。起句中“残灯”、“晓霜”，是天亮时燕子楼内外的景色。用一个“伴”字，将楼外之寒冷与楼内之孤寂联系起来，是为人的出场作安排。次句正面写盼盼。这很难着笔。写她躺在床上哭吗？写她唉声叹气吗？都不好。因为已整整过了一夜，哭也该哭过了，叹也该叹过了。这时，她该起床了，于是，就写起床。用起床的动作，来表达人物的心情，如元稹在《会真记》中写的“自从消瘦减容光，万转千回懒下床”，就写得很动人。但张仲素在这里并不多写她本人的动作，而另出一奇，以人和床作极其强烈的对比，深刻地发掘了她的内心世界。合欢是古代一种象征爱情的花纹图案，也可用来指含有此类意义的器物，如合欢襦、合欢被等。一面是残灯、晓霜相伴的不眠人，一面是值得深情回忆的合欢床。在寒冷孤寂之中，这位不眠人煎熬了一整夜之后，仍然只好从这张合欢床上起来，心里是一种什么滋味，还用得着多费笔墨吗？

【鉴赏】

后两句是补笔，写盼盼的彻夜失眠，也就是《诗经》第一篇《关雎》所说的"悠哉悠哉，辗转反侧"。"地角天涯"，道路可算得长了，然而比起自己的相思之情，又算得什么呢？一夜之情的长度，已非天涯地角的距离所能比拟，何况是这么地过了十多年而且还要这么地过下去呢？

先写早起，再写失眠；不写梦中会见情人，而写相思之极，根本无法入梦，都将这位"念旧爱"的女子的精神活动描绘得更为突出。用笔深曲，摆脱常情。

白居易和诗第一首的前两句也是写盼盼晓起情景。天冷了，当然要放下帘子御寒。霜花结在帘上，满帘皆霜，足见寒气之重。帘虽可防霜，却不能遮月，月光依旧透过窗子而洒满了这张合欢床。天寒则"被冷"，夜久则"灯残"。被冷灯残，愁人无奈，于是只好起来收拾卧床了。古人常以"拂枕席"或"侍枕席"这类用语代指侍妾。这里写盼盼"拂卧床"，既暗示了她的身分，也反映了她生活上的变化，因为过去她是为张愔拂床，而今则不过是为自己了。原唱将楼内残灯与楼外晓霜合写，独眠人与合欢床对照。和诗则以满窗月与满帘霜合写，被冷与灯残合写，又增添了她拂床的动作，这就与原唱既相衔接又不雷同。

后两句也是写盼盼的失眠，但将这位独眠人与住在"张氏旧第"中的其他人对比着想。在寒冷的有月有霜的秋夜里，别人都按时入睡了。沉沉地睡了一夜，醒来之后，谁会觉得夜长呢？古诗云："愁多知夜长。"只有因愁苦相思而不能成眠的人，才会深刻地体会到时间多么难以消磨。燕子楼中虽然还有其他人住着，但感到霜月之夜如此之漫长的，只是盼盼一人而已。原唱作为盼盼的自白，感叹天涯地角都不及自己此情之长。和诗则是感叹这凄凉秋夜竟似为她一人而显得特别缓慢，这就是同中见异。

北邙松柏锁愁烟，燕子楼中思悄然。
自埋剑履歌尘散，红袖香销已十年。

——张仲素

钿晕罗衫色似烟，几回欲著即潸然。
自从不舞《霓裳曲》，叠在空箱十一年。

——白居易

原唱第二首，写盼盼抚今追昔，怀念张愔，哀怜自己。起句是张愔墓前景色。北邙山是汉、唐时代洛阳著名的坟场，张愔"归葬东洛"，墓地就在那里。北邙松柏，为惨雾愁烟重重封锁，乃是盼盼想象中的景象。所以次句接写盼盼在燕子楼中沉寂地思念的情形。"思悄然"，也就是她心里的"锁愁烟"。情绪不好，无往而非凄凉黯淡。所以出现在她幻想之中的墓地，也就不可能是为丽日和风所煦拂，只能是被惨雾愁烟所笼罩了。

古时皇帝对大臣表示宠信，特许剑履上殿，故剑履为大臣的代词。后两句是说：自从张愔死后，她再也没有心绪歌舞，歌声云散，舞袖香销，已经转眼十年了。白居易说她"善歌舞，雅多风态"，比之为"风袅牡丹花"，可见她去伺候其他贵人，是不愁没有出路的。然而她却毫无此念，忠于自己的爱情，无怪当时的张仲素、白居易乃至后代的苏轼等都对她很同情并写诗加以颂扬了。（《永遇乐·彭城夜宿燕子楼梦盼盼因作此词》是苏词中名篇之一。）

白居易的第二首和诗便从盼盼不愿再出现在舞榭歌台这一点生发，着重写她怎样对待歌舞时穿着的首饰衣裳。

年轻貌美的女子谁个不爱打扮呢？可是盼盼几回想穿戴起来，却又被另外一种想头压了下去，即：打扮了给谁看呢？想到这里，就只有流泪的份儿了。所以，尽管金花褪去了光彩，罗衫改变了颜色，也只有随它们去吧。“自从不舞《霓裳曲》”，谁还管得了这些。《霓裳羽衣》是唐玄宗时代著名的舞曲，这里特别点出，也是暗示她的艺术之高妙。“空箱”的“空”字，是形容精神上的空虚，如妇女独居的房称“空房”、“空闺”，独睡的床称“空床”、“空帷”。在这些地方，不可以词害意。张诗说“已十年”，张愔死于元和元年(806)，据以推算，其诗当作于元和十年。白诗说“十一年”，当是“一十年”的误倒。元和十年秋季以前，两位诗人同在长安，诗当作于此时。其年秋，白居易就被贬出京，十一年，他在江州，无缘与张仲素唱和了。

在这首诗里，没有涉及张愔。但他并非消失，而是存在于盼盼的形象中。诗人展现的盼盼的精神活动，乃是以张愔在她心里所占有的巨大位置为依据的。

适看鸿雁洛阳回，又睹玄禽逼社来。
瑶瑟玉箫无意绪，任从蛛网任从灰。

——张仲素

今春有客洛阳回，曾到尚书墓上来。
见说白杨堪作柱，争教红粉不成灰？

——白居易

原唱第三首，写盼盼感节候之变迁，叹青春之消逝。第一首写秋之夜，这一首则写春之日。

起句是去年的事。鸿雁每年秋天由北飞南。徐州在洛阳之东，经过徐州的南飞鸿雁，不能来自洛阳。但因张愔墓在洛阳，而盼盼则住在徐州，所以诗人缘情构想，认为在盼盼的心目中，这些相传能够给人传书的候鸟，一定是从洛阳来的，可是人已长眠，不能写信，也就更加睹物思人了。

次句是当前的事。玄禽即燕子。社日是春分前后的戊日，古代祭祀土神、祈祷丰收的日子。燕子每年春天，由南而北。逼近社日，它们就来了。燕子雌雄成对地生活，双宿双飞，一向用来比喻恩爱夫妻。盼盼现在是合欢床上的独眠人，看到双宿双飞的燕子，怎么能不生发人不如鸟的感叹呢？

人在感情的折磨中过日子，有时觉得时间过得很慢，所以前诗说“相思一夜情多少，地角天涯未是长”；而有时又变得麻木，觉得时间流逝很快，所以本诗说“适看鸿雁洛阳回，又睹玄禽逼社来”。这两句只作客观描写，但却从另外两个角度再次发掘和显示了盼盼的深情。

后两句从无心玩弄乐器见意，写盼盼哀叹自己青春随爱情生活的消逝而消逝。宋代周邦彦《解连环》云：“燕子楼空，暗尘锁一床弦索。”即从这两句化出，又可以反过来解释这两句。瑟以瑶饰，箫以玉制，可见贵重；而让它们蒙上蛛网灰尘，这不正因为忆鸿雁之无法传书，看燕子之双飞双宿而使自己发生“绮罗弦管，从此永休”（唐蒋防《霍小玉传》）之叹吗？前两句景，后两句情，似断实连，章法极妙。

和诗的最后一首，着重在“感彭城旧游”，但又不直接描写对旧游之回忆，而是通过张仲素告诉他的情况，以抒所感。

当年春天，张仲素从洛阳回来与白居易相见，提到他曾到张愔墓上去过。张仲素当然也还说了许多别的，但使白居易感到惊心动魄的，乃是坟边种的白杨树都已经长得又粗又高，可以作柱子了。那么，怎么能使得盼盼的花容月貌最后不会变成灰土呢？彭城旧游，何可再得？虽只是感今，而怀旧之意自在其内。

这两组诗，遵循了最严格的唱和方式。诗的题材主题相同，诗体相同，和诗用韵与唱诗又为同一韵部，连押韵各字的先后次序也相同，既是和韵又是次韵。唱和之作，最主要的是在内容上要彼此相应。张仲素的原唱，是代盼盼抒发她“念旧爱而不嫁”的生活和感情的，白居易的继和则是抒发了他对于盼盼这种生活和感情的同情和爱重以及对于今昔盛衰的感叹。一唱一和，处理得非常恰当。当然，内容彼此相应，并不是说要亦步亦趋，使和诗成为唱诗的复制品和摹拟物，而要能同中见异，若即若离。从这一角度讲，白居易的和诗艺术上的难度就更高一些。总的说来，这两组诗如两军对垒，工力悉敌，表现了两位诗人精湛的艺术技巧，是唱和诗中的佳作。

（沈祖棻　程千帆）

蓝桥驿见元九诗

蓝桥春雪君归日，秦岭秋风我去时。

每到驿亭先下马，循墙绕柱觅君诗。

元和十年(815)，元稹自唐州(治今河南泌阳)奉召还京，春风得意，道经蓝桥驿，在驿亭壁上留下一首《留呈梦得子厚致用》的七律。八个月后，白居易自长安贬江州(治今江西九江、瑞昌、德安等市县地)，满怀侘傺，经过这里，读到了元稹这首律诗。前后八个月，风云变幻如此诡谲，白居易感慨万千地写下这首绝句——《蓝桥驿见元九诗》。

元稹题在驿亭的那首诗说：“千层玉帐铺松盖，五出银区印虎蹄。”“玉帐”、“银区”说明他经过这里时正逢春雪，所以白诗一开头就说：“蓝桥春雪君归日。”元稹西归长安，事在初春，小桃初放；白居易东去江州，时为八月，满目秋风，因此，第二句接上“秦岭秋风我去时”。“秦岭”泛指商州(治今陕西商洛市商州区）道上的山岭，是他此行所经之地。白居易《东南行》长诗，有一段记贬江州之行，有句云："秦岭驰三驿，商山上二邗。""三驿"，指蓝田驿、蓝桥驿、商山驿。白居易谪江州，自长安经商州这一段，与元稹西归的道路是一致的。在蓝桥驿既然看到元诗，后此沿途驿亭很多，还可能留有元稹的题咏，所以三、四句接着说："每到驿亭先下马，循墙绕柱觅君诗。"

这首绝句，乍读只是平淡的征途记事，顶多不过表现白与元交谊甚笃，爱其人而及其诗而已。其实，这貌似平淡的二十八字，却暗含着诗人心底下的万顷波涛。

元稹于元和五年自监察御史贬为江陵士曹参军，经历了五年屈辱生涯。到元和十年春奉召还京，他是满心喜悦、满怀希望的。题在蓝桥驿的那首七律的结句说："心知魏阙无多地，十二琼楼百里西。"那种得意的心情，简直呼之欲出。可是，好景不长，他正月刚回长安，三月就再一次远谪通州（治今四川达州市）。所以，白诗第一句"蓝桥春雪君归日"，显然在欢笑中含着眼泪。更难堪的是：正当他为元稹再一次远谪而难过的时候，自己又被贬江州。那么，被秦岭秋风吹得飘零摇落的，又岂止是白氏一人而已，实际上，这秋风吹撼的，正是两位诗人共同的命运。春雪、秋风，西归、东去，道路往来，风尘仆仆。这道路，乃是一条悲剧的人生道路！"每到驿亭先下马，循墙绕柱觅君诗"，诗人处处留心，循墙绕柱寻觅的，岂止是元稹的诗句，简直是元稹的心，是两人共同的悲剧道路的轨迹！友情可贵，题咏可歌，共同的遭际，更是可泣。而这许多可歌可泣之事，诗中一句不说，只写了春去秋来，雪飞风紧，让读者自己去寻觅包含在春雪秋风中的人事升沉变化，去体会诗人那种沉痛凄怆的感情。这正是所谓"言浅而深，意微而显"，极尽风人之能事。

一首诗总共才二十八个字，却容纳如许丰富的感情，这是不容易的。关键在于遣词用字。如，写元稹当日奉召还京，着一"春"字、"归"字，喜悦自明；写自己今日远谪江州，着一“秋”字、“去”字，悲戚立见。“春”字含着希望，“归”字藏着温暖，“秋”字透出悲凉，“去”字暗含斥逐。这几个字，既显得对仗工稳，见记时叙事之妙用；又显得感情色彩鲜明，尽抒情写意之能事。尤其可贵者，结处别开生面，以人物行动收篇，用细节刻画形象，取得了七言绝句往往难以达到的艺术效果。这种细节传神，主要表现在“循”、“绕”、“觅”三个字上。墙言“循”，则见寸寸搜寻；柱言“绕”，则见面面俱到；诗言“觅”，则见片言只字，无所遁形。三个动词连在一句，准确地描绘出诗人在本来不大的驿亭里转来转去，摩挲拂拭，仔细辨认的动人情景。且七言中三用动词，构成三个意群，吟诵起来，就显得节奏短而迫促，如繁弦急管并发，更衬出诗人匆遽的行动和急切的心情。通过这种传神的细节描绘和音乐旋律的烘托，诗人的形象和内心活动，淋漓尽致地展现在我们面前，使人深深为他怀友思故的真情挚意所感动，激起我们对他遭逢贬谪、天涯沦落的无限同情。一个结句获得如此强烈的艺术效果，更是这首小诗的特色。

（赖汉屏）

登郢州白雪楼

白雪楼中一望乡，青山簇簇水茫茫。
朝来渡口逢京使，说道烟尘近洛阳。

这首诗是白居易登白雪楼时兴起所咏的七言绝句。郢州白雪楼位于今湖北钟祥市。

【鉴赏】

此诗作于元和十年(815),作者曾于诗末附言“时淮西寇未平”,时值淮西吴元济作乱之时。

首句开头即点明地点,随后道出登上高楼后所行之事:望乡。登高望乡思乡,历来是文人喜欢做的事情,而白氏在此诗中,也正做了这样一件平凡的事情,抒发自己的念乡情怀。

登高望乡,但故乡却不见,只看见重叠无数的青山和茫茫无边的流水。山重水复,虽然也是一片开阔清秀的风景,但在望乡人眼里,却成了阻隔自己视线的物事。在第二句中,作者用“簇簇”二字来形容“青山”,这一搭配较值得注意。“簇”常形容林木丛生的样子,而这里却用于描绘青山之多,令人不由得将植物一丛丛聚集的样子投射到诗中的青山这一意象上,进而可以想见在望乡人的视野中,青山层叠,绵延不绝的画面。此外,相对于林木而言,山本是高大之景,但这里却用了“簇簇”二字,侧面体现了作者所登上的白雪楼,应是一处较高的所在。但即便是在很高的地方望远,他的眼中却也只能看到无尽的山水,故乡迢迢不可见。如此将看起来有些不太搭配的两个词语放在一处,初见觉得有些奇怪,但若细细玩味,实可体味到身在其间的望乡者内心深深的乡愁。

在登楼这日的早晨,作者在渡口遇到了自京城而来的使者,使者告诉他“烟尘近洛阳”。作者在诗末曾提及,作此诗之时,淮西的战乱还没有停止;因此这里所说的烟尘,应指战乱之火。彼时吴元济叛乱,战事主要在河南一带,而洛阳亦属于河南。最后一句正是说明在河南的纷乱中,洛阳的太平岌岌可危。

据史料记载,白居易的祖籍是山西太原,后来迁居至陕西渭南,而白居易则是在河南新郑出生。诗作首句有“望乡”一语,这里的“乡”到底所指何处呢?白氏曾自言“然仆又自思关东一男子耳……”(《旧唐书·白居易传》),此处“关东”当指函谷关以东的晋冀鲁豫一带;而白氏诗中言及洛阳,所关心的似是洛阳及其所处的河南一地的战况；在诗末白氏又附曰“时淮西寇未平”，这是在说蔡州（今河南汝南）刺史吴元济在河南境内拥兵自立，企图叛乱一事。据史料及全诗的关注点来看，白氏此处所谓的“乡”指的应当是河南。

作者在诗的末句专言战火烧近了洛阳；而白氏晚年也置宅于洛阳；又与当地香山寺的僧人结社，往来密切，并自号“香山居士”；更告诉家人要将其葬于香山寺等；各种举动，说明白氏对洛阳有着较深的感情。而此时，无论是洛阳，还是整个河南，皆处在战火的危难中。

既然如此，作者登高望乡时所怀抱的心情，已经不止思乡那么简单了。京使所带给他的信息，诗末的附言，作者对河南战事的关注，皆显露出了他对身处战火中的故乡的担忧。

思乡、忧乡，白氏这首登楼望乡之作所表达的正是这两种情绪。全诗四句，寥寥二十八字，虽只字未言“思念”与“担忧”，却将个人的情绪隐晦含蓄地融入了平白如话的语言和看似平缓温和的感情之中。而这样的情绪，只有当观诗之人去细细品味体察诗作内容的时候，才会一点点浮现出来。

（钱　方）

舟中读元九诗

把君诗卷灯前读，诗尽灯残天未明。

眼痛灭灯犹暗坐，逆风吹浪打船声。

唐宪宗元和十年（815），宰相武元衡遇刺身死，白居易上书要求严缉凶

手，因此得罪权贵，被贬为江州司马。他被撵出长安，九月抵襄阳，然后浮汉水，入长江，东去九江。在这寂寞的谪戍旅途中，他想念那早五个月远谪通州（治今四川达州）的好朋友元稹（排行第九，人称元九）。在漫长水途中，一个深秋的夜晚，诗人伴着荧荧灯火，细读微之的诗卷，写下了这首《舟中读元九诗》。

这首小诗，字面上"读君诗"，主题是"忆斯人"，又由"斯人"的遭际飘零，转见自己"同是天涯沦落人"（《琵琶行》）的感慨，诗境一转一深，一深一痛。"眼痛灭灯犹暗坐"，已经读了大半夜了，天也快要亮了，为什么诗人还要"暗坐"，不肯就寝呢？读者自然而然要想到：由于想念微之，更想起坏人当道，朝政日非，因而，满腔汹涌澎湃的感情，使得他无法安枕。此刻，他兀坐在一个小船内。船下江中，不断翻卷起狂风巨浪；心头眼底，像突然展现一幅大千世界色彩黯淡的画图。这风浪，变成了"逆风吹浪打船声"。这是一幅富有象征意义的画图，悲中见愤，熔公义私情于一炉，感情复杂，容量极大。

凄苦，是这首小诗的基调。这种凄苦之情，通过"灯残"、"诗尽"、"眼痛"、"暗坐"这些词语所展示的环境、氛围、色彩，已经渲染得十分浓烈了，对读者形成一种沉重的压力。到"眼痛灭灯犹暗坐"，压力简直大到了超过人所能忍受的程度。突然又传来一阵阵"逆风吹浪打船声"，像塞马悲鸣，胡笳呜咽，一起卷入读者的耳里、心中。这声音里，充满了悲愤不平的感情。读诗至此，自然要坐立不安，像韩愈听颖师鼓琴时那样："推手遽止之，湿衣泪滂滂"（《听颖师弹琴》）了。诗的前三句蓄势，于叙事中抒情；后一句才哗然打开感情的闸门，让激浪涡流咆哮奔鸣而下，让乐曲终止在最强音上，收到了"四弦一声如裂帛"（《琵琶行》）的最强烈的音乐效果。

如果你反复吟哦，还会发现这首小诗在音律上的另一个特点。向来，诗家最忌"犯复"，即一诗中不宜用重复的字，小诗尤其如此。这首绝句，却

【原文】

一反故常，四句中三用“灯”字。但是，我们读起来，丝毫不感重复，只觉得较之常作更为自然流泻。原来，诗人以这个“灯”字作为一根穿起一串明珠的彩线，在节律上形成一句紧连一句的效果。音节蝉联，委蛇曲折，如金蛇盘旋而下，加强了表达的力量。

（赖汉屏）

放言五首 （其一）

朝真暮伪何人辨，古往今来底事无。

但爱臧生[①]能诈圣，可知宁子[②]解佯愚。

草萤有耀终非火，荷露虽团岂是珠。

不取燔柴兼照乘[③]，可怜光彩亦何殊。

〔注〕 ① 臧生：臧武仲。《左传·襄公二十二年》杜预注：“武仲多知，时人谓之圣。”《论语·宪问》：“子曰：臧武仲以防求为后于鲁。虽曰不要君，吾不信也。”防：武仲封邑。为后：确认后代的继承权。 ② 宁子：宁武子。《论语·公冶长》：“宁武子，邦有道则知，邦无道则愚。其知可及也，其愚不可及也。” ③ 照乘：珠名。《史记·田敬仲完世家》：“梁王曰：‘若寡人国小也，尚有径寸之珠，照车前后各十二乘者十枚，奈何以万乘之国而无宝乎？’”

白居易七律《放言五首》，是一组政治抒情诗。诗前有序：“元九（元稹，元和五至九年，谪任江陵士曹参军）在江陵时有《放言》长句诗五首，韵高而体律，意古而词新。……予出佐浔阳，未届所任，舟中多暇，江上独吟，因缀五篇，以续其意耳。"据序文可知，这是宪宗元和十年(815)诗人被贬赴江州(治今江西九江)途中所作。当年六月，诗人因上疏急请追捕刺杀宰相武元衡的凶手，遭当权者忌恨，被贬为江州司马。诗题"放言"，就是无所顾忌，畅所欲言。组诗就社会人生的真伪、祸福、贵贱、贫富、生死诸问题纵抒己见，宣泄了对当时朝政的不满和对自身遭遇的愤愤不平。此诗为第一首，放言政治上的辨伪——略同于近世所谓识别两面派的问题。

"朝真暮伪何人辨，古往今来底事无。""底事"，何事，指的是朝真暮伪的事。首联单刀直入地发问：早晨还装得俨乎其然，到晚上却揭穿了是假的，古往今来，什么样的怪事没出现过？可有谁预先识破呢？开头两句以反问的句式概括指出：作伪者古今皆有，人莫能辨。

"但爱臧生能诈圣，可知宁子解佯愚。"颔联两句都是用典。"臧生"，即春秋时的臧武仲，当时人称他为圣人，孔子却一针见血地斥之为凭实力要挟君主的奸诈之徒。"宁子"，即宁武子，孔子十分称道他在乱世中大智若愚的韬晦本领。臧生奸而诈圣，宁子智而佯愚，性质不同，作伪则一。然而可悲的是，世人只爱臧武仲式的假圣人，哪晓得世间还有宁武子那样的高贤？

"草萤有耀终非火，荷露虽团岂是珠。"颈联两句都是比喻。草丛间的萤虫，虽有光亮，可它终究不是火；荷叶上的露水，虽呈球状，难道那就是珍珠吗？然而它们偏能以闪光、晶莹的外观炫人，人们又往往为假象所蒙蔽。

"不取燔柴兼照乘，可怜光彩亦何殊。"尾联紧承颈联萤火露珠之喻，明示辨伪之法。"燔柴"，语出《礼记·祭法》："燔柴于泰坛。"这里用作名词，意为大火。"照乘"，明珠。两句是说：倘不取燔柴大火照乘明珠来作比较，又何从判定草萤非火，荷露非珠呢？谚云："不怕不识货，就怕货比货。"诗人提出对比是辨伪的重要方法。当然，如果昏暗到连燔柴之火、照乘之珠都茫然不识，比照也就失掉了依据。所以，最后诗人乃有"不取"、"可怜"的感叹。

这首诗，通篇议论说理，却不使人感到乏味。诗人借助形象，运用比喻，阐明哲理，把抽象的议论，表现为具体的艺术形象了。而且八句四联之中，五次出现反问句，似疑实断，以问为答，不仅具有咄咄逼人的气势，而且充满咄咄怪事的感叹。从头至尾，“何人”、“底事”、“但爱”、“可知”、“终非”、“岂是”、“不取”、“何殊”，连珠式地运用疑问、反诘、限制、否定等字眼，起伏跌宕，通篇跳荡着不可遏制的激情，给人以骨鲠在喉、一吐为快的感觉。联系诗人直言取祸的冤案，读者自会领悟到辨伪之说并非泛泛而发的宏论，而是对当时黑暗政治的针砭，是为抒发内心忧愤而做的《离骚》式的呐喊。

（赵庆培）

放言五首 （其三）

赠君一法决狐疑，不用钻龟与祝蓍[①]。
试玉要烧三日满[②]，辨材须待七年期[③]。
周公恐惧流言日，王莽谦恭未篡时。
向使当初身便死，一生真伪复谁知？

〔注〕 ① 钻龟：古代用龟甲占卜吉凶。祝蓍（shī）：古代占卜的一种方法，取蓍草的茎以卜吉凶。 ② 作者自注：“真玉烧三日不热。” ③ 作者自注：“豫章木生七年而后知。”

元和五年（810），白居易的好友元稹因得罪了权贵，被贬为江陵士曹参

军。元稹在江陵期间，写了五首《放言》诗表示自己的心情："死是老闲生也得，拟将何事奈吾何"（其一），"两回左降须知命，数度登朝何处荣"（其五）。过了五年，白居易也被贬为江州司马。这时元稹已转官通州司马，闻讯后写下了充满深情的诗篇《闻乐天授江州司马》。白居易在贬官途中，风吹浪激，感慨万千，也写了五首《放言》诗奉和。

这是一首富有理趣的好诗。它以极通俗的语言说出了一个道理：对人、对事要得到全面的认识，都要经过时间的考验，从整个历史去衡量、去判断，而不能只根据一时一事的现象下结论，否则就会把周公当成篡权者，把王莽当成谦恭的君子了。诗人表示像自己以及友人元稹这样受诬陷的人，是经得起时间考验的，因而应当多加保重，等待"试玉"、"辨材"期满，自会澄清事实，辨明真伪。这是用诗的形式对自身遭遇进行的总结。

在表现手法上，虽以议论为诗，但行文却极为曲折，富有情味。

"赠君一法决狐疑"，诗一开头就说要告诉人一个决狐疑的方法，而且很郑重，用了一个"赠"字，强调这个方法的宝贵，说明是经验之谈。这就紧紧抓住了读者。因在生活中不能做出判断的事是很多的，大家当然希望知道是怎样的一种方法。

这个方法是什么呢？"不用钻龟与祝蓍"。先说不是什么，不是什么；是什么，却不径直说出。这就使诗歌有曲折、有波澜，对读者也更有吸引力。

诗的第三、四句才把这个方法委婉地介绍出来："试玉要烧三日满，辨材须待七年期。"很简单，要知道事物的真伪优劣只有让时间去考验。经过一定时间的观察比较，事物的本来面目终会呈现出来的。

这是从正面说明这个方法的正确性，然后掉转笔锋，再从反面说明："周公恐惧流言日，王莽谦恭未篡时。"如果不用这种方法去识别事物，就往往不能做出准确的判断。对周公和王莽的评价，就是例子。周公在辅佐成王的时期，某些人曾经怀疑他有篡权的野心，但历史证明他对成王一片赤诚，他忠心耿耿是真，说他篡权则是假。王莽在未代汉时，假装谦恭，曾经迷惑了一些人。《汉书》本传说他“爵位愈尊，节操愈谦”；但历史证明他的“谦恭”是伪，代汉自立才是他的真面目。

“向使当初身便死，一生真伪复谁知?”是一篇的关键句。“决狐疑”的目的是分辨真伪，真伪分清了，狐疑自然就没有了。如果过早地下结论，不用时间来考验，就容易为一时表面现象所蒙蔽，不辨真伪，冤屈好人。

诗的意思极为明确，出语却纡徐委婉。从正面、反面叙说“决狐疑”之“法”，都没有径直点破。前者举出“试玉”、“辨材”两个例子，后者举出周公、王莽两个例子，让读者思而得之。这些例子，既是论点，又是论据，寓哲理于形象之中，以具体事物表现普遍规律，小中见大，耐人寻思。以七言律诗的形式，表达一种深刻的哲理，令人思之有理，读之有味。

（张燕瑾）

读李杜诗集因题卷后

翰林江左日，员外剑南时。
不得高官职，仍逢苦乱离。
暮年逋客恨，浮世谪仙悲。
吟咏流千古，声名动四夷。
文场供秀句，乐府待新辞。
天意君须会，人间要好诗。

元和十年(815)六月(《旧唐书·白居易传》作七月)，唐朝发生了一个震惊朝野的大事件：宰相武元衡被刺身亡。时任太子左赞善大夫的白居易上疏言事，请捕刺客，以雪国耻。宰相以宫官非谏职，不当先谏官言事。亦有素恶居易者指摘居易言浮华无行，其母因看花坠井而死，而居易作《赏花》及《新井》诗，甚伤名教，不宜担任朝官。执政方恶其言事，奏贬为江表刺史。诏出，中书舍人王涯上疏论之，言居易所犯状迹不宜治郡，追诏授江州司马。此诗即是写于由长安至江州的途中，白居易时年四十四岁。

在李白和杜甫生前，二者虽各有诗名，但很少被并称。但到中唐以后，将二人并称的人逐渐多了起来。像韩愈，就有一首很有名的《调张籍》诗："李杜文章在，光焰万丈长。"在《荐士》诗里他又说："勃兴得李杜，万类困陵暴。后来相继生，亦各臻阃隩。"李、杜俨然已经成为唐诗传统最重要的开创者。至于元稹，在将李、杜并称之余，更是对二者进行了比量："时山东人李白亦以奇文取称，时人谓之李杜。予观其壮浪纵恣，摆去拘束，摹写物象，及乐府歌诗，诚亦差肩于子美矣。至若铺陈终始，排比声韵，大或千言，次犹数百，词气豪迈而风调清深，属对律切而脱弃凡近，则李尚不能历其藩翰，况堂奥乎？"(《唐故工部员外郎杜君墓系铭并序》)自此开启了千百年来的李杜优劣论争。

白居易的这首《读李杜诗集因题卷后》虽然亦将李杜并列，但并没有对二者的诗艺进行比较，而是从另一个角度对二人的生平和创作进行了解读。在对李、杜二人生平与创作关系的剖析中，白居易不仅阐明了李、杜之所以能够取得巨大成就的原因，而且再一次高扬了儒家"写人生"的文学旗帜。

"翰林江左日，员外剑南时。""翰林"，指李白。范传正《唐左拾遗翰林学士李公新墓碑并序》："天宝初，召见于金銮殿，玄宗明皇帝降辇步迎，如见园、绮。论当世务，草答蕃书，辩如悬河，笔无停缀。玄宗嘉之，以宝床方丈赐食于前，御手和羹，德音褒美。褐衣恩遇，前无比俦。遂直翰林，专掌

【鉴赏】

密命。”“员外”指杜甫。元稹《唐故工部员外郎杜君墓系铭并序》:“京师乱,步谒行在,拜左拾遗。岁余,以直言失官,出为华州司功,寻迁京兆功曹。剑南节度严武状为工部员外郎,参谋军事。旋又弃去,扁舟下荆、楚间,竟以寓卒,旅殡岳阳,享年五十九。”李白在被玄宗召见后不久,即因不见容于朝而再次离开长安,再游东南。在经过了一番波折和漂泊之后,李白最后卒于宣城。“江左日”指的就是这段日子。“剑南时”的所指已见上引文。当时杜甫在四川依附于剑南节度使严武,严武虽为杜甫提供庇护,但据说对其甚怀嫉恨,每欲杀之(事参《新唐书·杜甫传》)。关于杜甫和严武之间真正的关系,学者们有不同说法,但可以肯定的一点是,寄人篱下、仰人鼻息的日子终归是不好过的。老杜当时生活的困苦,已屡屡见于他的诗歌当中。

“不得高官职,仍逢苦乱离。暮年逋客恨,浮世谪仙悲。”此时此刻,同样处在漂泊途中的白居易自然而然地联想起了这两位前代名家的命运。白居易所处的时代,唐王朝虽已今非昔比,但好在天下大体太平。比起李白、杜甫不仅得不到高官,更遭逢安史之乱的命运来说,白居易多多少少算是幸运了。逋,逃窜。逋客,意谓漂泊流亡的人,指杜甫。谪仙,自不必说,是指李白了。浮世无常,连这位豪放的“谪仙人”都要悲伤不已了。

然而,时事不幸诗家幸。正是因为遭遇了这些挫折和不幸,李、杜二人才有了澎湃不息的创作激情。“吟咏流千古,声名动四夷。”韩愈曾有言:“大凡物不得其平则鸣……人之于言也亦然,有不得已者而后言。其歌也有思,其哭也有怀,凡出乎口而为声者,其皆有弗平者乎!”(《送孟东野序》)痛苦的命运成就了李、杜二人的诗名,其影响甚至远播于四夷。

“文场供秀句,乐府待新辞。”供,本意是提供、供给,这里则应是与“待”互文,意谓“需要”。李白曾创作过《清平调》词进献玄宗,而杜甫则创造了诸多“即事名篇,无复依傍”(元稹《乐府古题序》)的歌行体诗,这些诗(词)

在本质上均属于“乐府新辞”。

“天意君须会，人间要好诗。”这最后的一句，包含着极为复杂的情绪。表面上这像是在对李杜发言：“二位，你们要理解老天的意思啊。正是因为人间需要好的诗歌，他才赐给你们这样不幸的命运啊！”其实背后却包含着对于自己的开解：“老天大约也是要成就我的诗名吧，才赋予我和李、杜同样的命运。”这其中既有无奈，亦有豁达，既蕴藏委屈，亦包含坚守。《旧唐书·白居易传》说“居易儒学之外尤通释典，常以忘怀处顺为事，都不以迁谪介意”，由此诗观之，良非如是。

到了宋代以后，学者们从儒家传统的“忠君爱国”思想出发，对杜甫的评价日高，渐有压过李白之势。白居易本身亦是一个儒者，但他的这首诗却并没有做出任何过激的评价。他是将李白和杜甫重新还原到了各自的人生境遇之中，以生命为基础，去对他们的创作进行领悟。他的这种评价方式有些类似于后来存在主义文论所讲的“在存在中的相遇”。通过这种领悟，他不仅在历史中寻找到了知己，亦使得自己的文学使命感得以继续保持。

（刘竞飞）

大林寺桃花

人间四月芳菲尽，山寺桃花始盛开。
长恨春归无觅处，不知转入此中来。

这首诗作于元和十二年（817）初夏，当时白居易在江州（治今江西九

【鉴赏】

江)司马任上。这是一首纪游诗,大林寺在庐山香炉峰顶。关于他写这首诗的一点情况,本书载有《游大林寺序》一文,可参考。

全诗短短四句,从内容到语言都似乎没有什么深奥、奇警的地方,只不过是把“山高地深,时节绝晚”、“与平地聚落不同”的景物节候,做了一番记述和描写。但细读之,就会发现这首平淡自然的小诗,却写得意境深邃,富于情趣。

诗的开首“人间四月芳菲尽,山寺桃花始盛开”两句,是写诗人登山时已届孟夏,正属大地春归,芳菲落尽的时候了。但不期在高山古寺之中,又遇上了意想不到的春景——一片始盛的桃花。我们从紧跟后面的“长恨春归无觅处”一句可以得知,诗人在登临之前,就曾为春光的匆匆不驻而怨恨,而恼怒,而失望。因此当这始所未料的一片春景冲入眼帘时,该是使人感到多么的惊异和欣喜!诗中第一句的“芳菲尽”,与第二句的“始盛开”,是在对比中遥相呼应的。它们字面上是记事写景,实际上也是在写感情和思绪上的跳跃——由一种愁绪满怀的叹逝之情,突变到惊异、欣喜,以至心花怒放。而且在首句开头,诗人着意用了“人间”二字,这意味着这一奇遇、这一胜景,给诗人带来一种特殊的感受,即仿佛从人间的现实世界,突然步入到一个什么仙境,置身于非人间的另一世界。

正是在这一感受的触发下,诗人想象的翅膀飞腾起来了。“长恨春归无觅处,不知转入此中来。”他想到,自己曾因为惜春、恋春,以至怨恨春去的无情,但谁知却是错怪了春。原来春并未归去,只不过像小孩子跟人捉迷藏一样,偷偷地躲到这块地方来罢了。

这首诗中,既用桃花代替抽象的春光,把春光写得具体可感,形象美丽;而且还把春光拟人化,把春光写得仿佛真是有脚似的,可以转来躲去。不,岂止是有脚而已?你看它简直还具有顽皮惹人的性格呢!

在这首短诗中，自然界的春光被描写得是如此生动具体，天真可爱，活灵活现，如果没有对春的无限留恋、热爱，没有诗人的一片童心，是写不出来的。这首小诗的佳处，正在立意新颖，构思灵巧，而戏语雅趣，又复启人神思，惹人喜爱，可谓唐人绝句小诗中的又一珍品。

（褚斌杰）

建昌江

建昌江水县门前，立马教人唤渡船。
忽似往年归蔡渡，草风沙雨渭河边！

白居易作此诗时，正谪任江州司马，因公到江州附近的建昌江去，以渡口所见所感，写下了这首绝句。诗表面上写渡口风光，其实蕴藏了深沉复杂的思想。

原来，白氏在长安作校书郎时，丁母忧去职，在长安附近的渭村住了四年。他从风波险恶的宦场，来到农村的自由天地，心情十分坦荡舒畅。丧服满了之后，他又被起用为太子左赞善大夫，还是卷进了宦海波涛。仅仅一年，就因开罪权贵贬为江州司马。现在，他满怀忧郁地来到建昌江边，目击这渡口风光酷似渭河边上的蔡渡，就很自然地联想到当年退居渭村时那种身心闲适的境地，回味起当时“一朝归渭上，泛如不系舟”（白居易《适意》）的心情来了。可见，此时此地，他想起渭村，不止是渭村风景优美，人心淳朴，更重要的是，渭村是一个可以躲避政治风雨的安谧的小港；在那里，他的心灵之舟可以安详宁静地停泊。

【原文】

这首诗看似一幅淡墨勾染的风景画，其实是一首情思邈远的抒情诗，全诗四句二十八字熔诗画于一炉。诗的一、二句是一幅“待渡图”：一江修水，横在县城边，城郭房舍，倒映在清清江水里，见其幽；渡船要教人唤，则行人稀少，见其静。我们就在这幽静的画面上，看到立马踟蹰的江州司马待渡在水边。陡然接个“忽似”，领起三、四句，又推出另一幅似是而非的“待渡图”。展现在读者眼前的依然是一条江水，但这儿是渭水；依然是一个渡口，但这儿是蔡渡。所似者，微风吹拂着岸边的青草，如银似雪的细沙铺满滩头；而毛毛细雨，把画面渲染得一片迷濛。无限往事，涌上心头；无限归思，交织在这两幅既相似又不相同的画图里。“草风沙雨”，色调凄迷，衬托出诗人幽独凄怆的心境。这种出言平淡而造境含蓄深远的诗风，正是白居易的独特风格。

绝句规律，要转得出，结得好。第三句“忽似”一转，立见感情跳跃，从而导出了无限风情的第四句。这个“忽似”，妙在凌空而来，触景而及，推出了新的境界。而这种突然而来的新境界，又正说明诗人经常想着渭村。经常梦魂萦绕，才产生了这突然的联想，让我们于无声处，听到了诗人在高吟“归去来”！明钟惺在《唐诗归》里赞许白诗说：“看古人轻快诗，当另察其精神静深处。……此乃白诗所由出，与其所以传之本也。”这诗从“轻快”中取得“静深”之妙，全赖一转得之。

（赖汉屏）

问刘十九

绿蚁新醅酒，红泥小火炉。

晚来天欲雪，能饮一杯无？

【鉴赏】

这首诗可以说是邀请朋友前来小饮的劝酒词。给友人备下的酒，当然是可以使对方致醉的，但这首诗本身却是比酒还要醇浓。

"绿蚁新醅酒，红泥小火炉。"酒是新酿的酒(未滤清时，酒面浮起酒渣，色微绿，细如蚁，称为"绿蚁")，炉火又正烧得通红。这新酒红火，大约已经摆在席上了，泥炉既小巧又朴素；嫣红的火，映着浮动泡沫的绿酒，是那样地诱人，那样地叫人口馋，正宜于跟一二挚友小饮一场。

酒，是如此吸引人。但备下这酒与炉火，却又与天气有关。"晚来天欲雪"——一场暮雪眼看就要飘洒下来。可以想见，彼时森森的寒意阵阵向人袭来，自然免不了引起人们对酒的渴望。而且天色已晚，有闲可乘，除了围炉对酒，还有什么更适合于消度这欲雪的黄昏呢？

酒和朋友在生活中似乎是结了缘的。所谓"酒逢知己千杯少"，所谓"独酌无相亲"，说明酒还要加上知己，才能使生活更富有情味。杜甫的《对雪》有"无人竭浮蚁，有待至昏鸦"之句，为有酒无朋感慨系之。白居易在这里，也是雪中对酒而有所待，不过所待的朋友不像杜甫彼时那样茫然，而是可以招之即来的。他向刘十九发问："能饮一杯无？"这是生活中那惬心的一幕经过充分酝酿，已准备就绪，只待给它拉开帷布了。

诗写得很有诱惑力。对于刘十九来说，除了那泥炉、新酒和天气之外，白居易的那种深情，那种渴望把酒共饮所表现出的友谊，当是更令人神往和心醉的。生活在这里显示了除物质的因素外，还包含着动人的精神因素。

诗在开门见山地点出酒的同时，就一层层地进行渲染，但并不因为渲染，不再留有余味，相反地仍然极富有包蕴。读了末句"能饮一杯无"，可以想象，刘十九在接到白居易的诗之后，一定会立刻命驾前往。于是，两位朋友围着火炉，"忘形到尔汝"地斟起新酿的酒来。也许室外真的下起雪来，但室内却是那样温暖、明亮。生活在这一刹那间泛起了玫瑰色，发出了甜美和谐的旋律……这些，是诗自然留给人们的联想。由于既有所渲染，又简练含蓄，所以不仅富有诱惑力，而且耐人寻味。它不是使人微醺的薄酒，而是醇醪，可以使人真正身心俱醉的。

（余恕诚）

竹枝词四首 （其一）

瞿塘峡口水烟低，白帝城头月向西。
唱到竹枝声咽处，寒猿暗鸟一时啼。

此词作于元和十四年（819）白居易在忠州（今重庆市忠县）刺史任上。竹枝词原是巴蜀民歌，郭茂倩《乐府诗集》云："《竹枝》本出于巴、渝。"刘禹锡被贬夔州时，"乃依骚人《九歌》作《竹枝》新辞九章，教里中儿歌之，由是盛于贞元、元和之间。"《竹枝词》风行一时，当时白居易同被贬居巴山蜀水之中，因此亦作《竹枝词》四首，此是其中之一。

白帝城在四川奉节白帝山上，瞿塘峡口长江北岸，原名鱼复，西汉末公孙述据此，自号白帝，山、城因此更名。《元和志》载白帝城"周回七里，西南二面因江为池，东临瀼西，惟北一面小差逶迤"，可谓三面环水。一二句交代了诗作的时间、地点、环境：瞿塘峡口，白帝城头，一轮淡月，四望水烟。"月向西"可见暗夜之深，"水烟低"可见烟雾之重，诗人所描绘的背景是低沉压抑的。在这半夜烟波之中，蛮儿巴女在吟唱竹枝曲，"前声断咽后声迟"（《竹枝词》之四），唱到悲戚之处，音调梗塞，呜咽欲绝，引得寒猿夜鸟同时发出悲鸣。猿啼鸟鸣是三峡的标志性景观,《水经注》云:“每至晴初霜旦,林寒涧肃,常有高猿长啸,属引凄异,空谷传响,哀转久绝,故渔者歌曰:巴东三峡巫峡长,猿鸣三声泪沾裳。”李白“蜀国曾闻子规鸟,宣城还见杜鹃花。一叫一回肠一断,三春三月忆三巴”(《宣城见杜鹃花》),“但见悲鸟号古木,雄飞雌从绕林间”(《蜀道难》),“两岸猿声啼不住”(《早发白帝城》),魏徵“古木吟寒鸟,空山啼夜猿”(《出关》),李端“猿声寒过水,树色暮连空”(《巫山高》),李涉“荆门滩急水潺潺,两岸猿啼烟满山”、“十二峰头月欲低,空聆滩上子规啼”(《竹枝词》)。猿声或凄异哀转,或悲咽寒啼,鸟鸣或悲吟断续,或哀怨凄号,无不令人肠断。歌声引发了猿鸟的哀鸣,猿鸟的哀鸣更衬托了歌声的悲凉凄楚,诗人在烟水迷离的深夜听到如此歌声,自然而然融情于景。

“声咽”本是竹枝曲的特色,刘禹锡在《竹枝词》序中道:“里中儿联歌《竹枝》,吹短笛击鼓以赴节。歌者扬袂睢舞,以曲为多贤。聆其音,中黄钟之羽,卒章激讦如吴声,虽伧伫不可分,而含思宛转,有《淇奥》之艳。”黄钟羽是七羽之一,特点是低回曲折,“含思宛转”,而唱到末尾之时声调激切,“卒章激讦”,音调铿锵起伏、缠绵顿挫,正是所谓“呜咽”,这和巴蜀当地的语言特色和音乐风格密切相关。竹枝曲咏唱男女相思,多在月下演唱,“巴人夜唱《竹枝》后,肠断晓猿声渐稀”(顾况《竹枝曲》),“独有凄清难改处,月明闻唱竹枝歌”(王周《再经秭归》),“巡堤听唱竹枝词,正是月高风静时”(蒋吉《闻歌竹枝》)。白居易在月夜听到竹枝曲,引发了悲苦哀怨的情绪,这和他当时被贬谪的心境是息息相关的。“欲识愁多少,高于滟滪堆”(《夜入瞿塘》),“云埋水隔无人识”、“天教抛掷在深山”(《木莲树生巴峡山谷间巴民亦呼为黄心树大者高五丈……因题三绝句云》),在这样的愁思中闻听竹枝,其情绪之凄苦压抑可想而知。

(孔燕妮)

【原文】

竹枝词四首 （其四）

江畔谁人唱《竹枝》？前声断咽后声迟。
怪来调苦缘词苦，多是通州司马诗。

《白氏长庆集》卷十八有《竹枝词四首》，此为其中一首。白居易于元和十四年(819)春由江州赴任忠州刺史，这一组作品就是创作于此时。忠州，今属重庆。

《竹枝》之曲，本出于民间。《乐府歌辞》卷八十一《近代曲辞》："《竹枝》本出于巴渝。唐贞元中，刘禹锡在沅、湘，以里歌鄙陋，乃依骚人《九歌》，作《竹枝》新调九章，教里中儿歌之。由是盛于贞元元和之间。禹锡曰：'《竹枝》，巴歈也。巴儿联歌，吹短笛击鼓以赴节，歌者扬袂睢舞。其音协黄钟羽，末如吴声含思宛转，有淇濮之艳焉。'"《汉书·地理志下》："卫地有桑间濮上之阻，男女亦亟聚会，声色生焉。"由此可知，《竹枝》本是以表现民间情爱为主的艳歌。

虽然《竹枝》本是描写情爱的民歌，但白居易所听到的《竹枝》却有些不同。"江畔谁人唱《竹枝》？前声断咽后声迟。"为什么一首原本有着"淇濮之艳"的歌听起来会是如此哀伤呢？幽幽咽咽，似乎有着说不尽的千言万语？

"怪来调苦缘词苦，多是通州司马诗。"哦，仔细一听，作者终于明白了。原来是因为这歌者唱的是通州司马的诗，只因为歌词十分凄苦，竟然把一首原本快乐的曲子变成哀调了。通州司马，即元稹。《新唐书·元稹传》："次敷水驿，中人仇士良夜至，稹不让，中人怒，击稹败面。宰相以稹年少轻树威，失宪臣体，贬江陵士曹参军，而李绛、崔群、白居易皆论其枉。久乃徙通州司马，改虢州长史。"这里说的通州，即今四川达州市。白居易此番赴忠州，曾与赴虢州长史任的元稹相会于黄牛峡,停舟夷陵,饮酒赋诗,三日方别。

元稹是白居易一生的挚友。除去文学上的共同主张,相似的起起伏伏的命运,亦是他们能够成为知己的一个重要原因。在这首小词中,不仅有着同病相怜的凄苦之想,亦包含着白居易对旧友的深深眷念之情。同时,这首词中记录到元稹的诗被沿江传唱,这又为我们研究唐代文学的传播情况提供了史料上的依据。

(刘竞飞)

南浦别

南浦凄凄别,西风袅袅秋。
一看肠一断,好去莫回头。

这首送别小诗,清淡如水,款款地流泻出依依惜别的深情。

诗的前两句,不仅点出送别的地点和时间,而且以景衬情,渲染出浓厚的离情别绪。"南浦",南面的水滨。古人常在南浦送别亲友。《楚辞·九歌·河伯》:"送美人兮南浦。"南朝梁江淹《别赋》:"送君南浦,伤如之何!"故"南浦"像"长亭"一样,成为送别之处的代名词。一见"南浦",令人顿生离忧。而送别的时间,又正当"西风袅袅"的秋天。秋风萧瑟,木叶飘零,此情此景,怎不令人倍增离愁?

这里"凄凄"、"袅袅"两个叠字,用得传神。前者形容内心的凄凉、愁苦;后者形容秋景的萧瑟、黯淡。正由于送别时内心"凄凄",故格外感觉秋风"袅袅";而那如泣如诉的"袅袅"风声,又更加烘托出离人肝肠寸断的"凄凄”之情，两者相生相衬。而且“凄”、“裊”声调低促，一经重叠，读来格外令人回肠咽气，与离人的心曲合拍。

后二句写得更是情意切切，缠绵悱恻。送君千里，终须一别。最后分手，是送别的高潮。诗人捕捉住这关键时刻一个最突出的镜头：分手后，离人虽已登舟而去，但他频频回过头来，默默而“看”。“看”，本是很平常的动作，但此时此地，这一“看”却显得多么不寻常：离人心中用言语难以表达的千种离愁、万般情思，都从这默默一“看”中表露出来，真是“此时无声胜有声”啊！从这个“看”字，我们仿佛看到那离人踽踽的身影，愁苦的面容和睫毛间闪动的泪花。他的每“一看”，自然引起送行人“肠一断”，涌起阵阵酸楚。诗人连用两个“一”，把去留双方的离愁别绪和真挚情谊都表现得淋漓尽致。

最后，诗人劝慰离人：“好去莫回头。”——你安心去吧，不要再回头了。此句粗看似乎平淡，细细咀嚼，却意味深长。诗人并不是真要离人赶快离去，他只是想借此控制一下双方不能自抑的情感，而内心的悲楚恐怕已到了无以复加的地步。

这首小诗短短二十个字，诗人精心刻画了送别过程中最传情的细节，其中的描写又似乎“人人心中所有”，如离人惜别的眼神，送别者亲切而又悲凉的话语，一般人都会有亲身体验，因而能牵动读者的心弦，产生强烈的共鸣和丰富的联想，给人以深刻难忘的印象。

（何庆善）

后宫词

泪湿罗巾梦不成，夜深前殿按歌声。
红颜未老恩先断，斜倚熏笼坐到明。

【鉴赏】

这首诗是代宫人所作的怨词。前人曾批评此诗过于浅露，这是不公正的。诗以自然浑成之语，传层层深入之情，语言明快而感情深沉，一气贯通而绝不平直。

诗的主人公是一位不幸的宫女。她一心盼望君王的临幸而终未盼得，时已深夜，只好上床，已是一层怨怅。宠幸不可得，退而求之好梦；辗转反侧，竟连梦也难成，见出两层怨怅。梦既不成，索性揽衣推枕，挣扎坐起。正当她愁苦难忍，泪湿罗巾之时，前殿又传来阵阵笙歌，原来君王正在那边寻欢作乐，这就有了三层怨怅。倘使人老珠黄，犹可解说；偏偏她盛鬓堆鸦，红颜未老，生出四层怨怅。要是君王一直没有发现她，那也罢了；事实是她曾受过君王的恩宠，而现在这种恩宠却无端断绝，见出五层怨怅。夜已深沉，濒于绝望，但一转念，犹冀君王在听歌赏舞之后，会记起她来。于是，斜倚熏笼，浓熏翠袖，以待召幸。不料，一直坐到天明，幻想终归破灭，见出六层怨怅。一种情思，六层写来，尽缠绵往复之能事。而全诗却一气浑成，如笋破土，苞节虽在而不露；如茧抽丝，幽怨似缕而不绝。

短短四句，细腻地表现了一个失宠宫女复杂矛盾的内心世界。夜来不寐，等候君王临幸，写其希望；听到前殿歌声，君王正在寻欢作乐，写其失望；君恩已断，仍斜倚熏笼坐等，写其苦望；天色大明，君王未来，写其绝望。泪湿罗巾，写宫女的现实；求宠于梦境，写其幻想；恩断而仍坐等，写其痴想；坐到天明仍不见君王，再写其可悲的现实。全诗由希望转到失望，由失望转到苦望，由苦望转到最后绝望；由现实进入幻想，由幻想进入痴想，由痴想再跌入现实，千回百转，倾注了诗人对不幸者的深挚同情。

（赖汉屏）

【原文】

夜　筝

紫袖红弦明月中，自弹自感暗低容。
弦凝指咽声停处，别有深情一万重。

若要把白居易《琵琶行》裁剪为四句一首的绝句，实在叫人无从下手。但是，《琵琶行》作者自己这一首《夜筝》诗，无疑提供了一个很精妙的缩本。

"紫袖"、"红弦"，分别是弹筝人与筝的代称。以"紫袖"代弹者，与以"皓齿"代歌者、"细腰"代舞者（李贺《将进酒》："皓齿歌、细腰舞"）一样，选词造语甚工。"紫袖红弦"不但暗示出弹筝者的乐妓身分，也描写出其修饰的美好，女人弹筝的形象宛如画出。"明月"点"夜"。"月白风清，如此良夜何？"倘如"举酒欲饮无管弦"（《琵琶行》），那是不免"醉不成欢"的。读者可以由此联想到浔阳江头那个明月之夜的情景。

次句写到弹筝。连用了两个"自"字，这并不等于说独处（诗题一作"听夜筝"，俨然就有听者在），而是旁若无人的意思。它写出弹筝者已全神倾注于筝乐的情态。"自弹"，是信手弹来，"低眉信手续续弹"，得心应手；"自感"，则见弹奏者完全沉浸在乐曲之中。惟其"自感"，方能感人。"自弹自感"把演奏者灵感到来的一种精神状态写得惟妙惟肖。旧时乐妓大抵都有一本心酸史，诗中的筝人虽未能像琵琶女那样敛容自陈一番，仅"暗低容"三字，已能使人想象无穷。

音乐之美本在于声，可诗中对筝乐除一个笼统的"弹"字几乎没有正面描写，接下去却集中笔力，写出一个无声的顷刻。这无声是"弦凝"，是乐曲的一个有机组成部分；这无声是"指咽"，是如泣如诉的情绪上升到顶点所起的突变;这无声是“声停”,而不是一味的沉寂。正因为与声情攸关,它才不同于真的无声,因而听者从这里获得的感受是“别有深情一万重”。

诗人就是这样,不仅引导读者发现了奇妙的无声之美(“此时无声胜有声”),更通过这一无声的顷刻去领悟想象那筝曲的全部的美妙。

《夜筝》全力贯注的这一笔,不就是《琵琶行》“冰泉冷涩弦凝绝,凝绝不通声暂歇。别有幽愁暗恨生,此时无声胜有声”一节诗句的化用么?

但值得注意的是,《琵琶行》得意的笔墨,是对琶乐本身绘声绘色的铺陈描写,而《夜筝》所取的倒是《琵琶行》中用作陪衬的描写。这又不是偶然的了。清人刘熙载说:“绝句取径深曲”,“正面不写写反面,本面不写写背面、旁面,须如睹影知竿乃妙”(《艺概》)。尤其涉及叙事时,绝句不可能像叙事诗那样把一个事件展开,来一个铺陈始末。因此对素材的剪裁提炼特别重要。诗人在这里对音乐的描写只能取一顷刻,使人从一斑见全豹。而“弦凝指咽声停处”的顷刻,就有丰富的暗示性,它类乎乐谱中一个大有深意的休止符,可以引起读者对“自弹自感”内容的丰富联想。诗从侧面落笔,的确收到了“睹影知竿”的效果。

(周啸天)

勤政楼[1]西老柳

半朽临风树,多情立马人。

开元一枝柳,长庆二年春。

〔注〕 ① 勤政楼:《旧唐书·睿宗诸子让皇帝传》:“玄宗于兴庆宫南置楼,西面题曰花萼相辉之楼,南面题曰勤政务本之楼。”

【鉴赏】

这首五言绝句，纯由对句组成，仿佛是五律的中间两联。全诗以柳写人，借景抒情。首句以“半朽”描画树，次句以“多情”形容人，结尾两句以“开元”和“长庆二年”交代时间跨度。诗人用简括的笔触勾勒了一幅临风立马图，语短情长，意境苍茫。

勤政楼西的一株柳树，是唐玄宗开元年间(713—741)所种，至穆宗长庆二年(822)已在百龄上下，其时白居易已五十一岁。以垂暮之年对半朽之树，怎能不怆然动怀呢！东晋时桓温北征途中，见昔日手种柳树皆已十围，就曾感慨道:“木犹如此，人何以堪!”可见对树伤情，自古已然。难怪诗人要良久立马，凝望出神了。树“半朽”，人也“半朽”；人“多情”，树又如何呢？在诗人眼中，物情本同人情。宋代辛弃疾后来也写过“我见青山多妩媚，料青山见我应如是”(《贺新郎·甚矣吾衰矣》)这样情趣盎然的词句。现在，这株临风老柳也许是出于同病相怜，为了牵挽萍水相逢的老人，才摆弄它那多情的长条吧！

诗的开始两句，把读者带到了一个物我交融、物我合一的妙境。树就是我，我就是树，既可以说多情之人是半朽的，也不妨说半朽之树是多情的。“半朽”和“多情”，归根到底都是诗人的自画像，“树”和“人”都是诗人自指。这两句情景交融，彼此补充，相互渗透。寥寥十字，韵味悠长。

如果说，前两句用优美的画笔，那么，后两句则是用纯粹的史笔，作为前两句的补笔，不仅补叙了柳树的年龄，诗人自己的岁数，更重要的是把百年历史变迁、自然变化和人世沧桑隐含在内，该是怎样的大手笔！它像画上的题款出现在画卷的一端那样，使这样一幅充满感情而又具有纪念意义的生活小照，显得格外新颖别致。

(陈志明)

暮江吟

一道残阳铺水中，半江瑟瑟[①]半江红。
可怜九月初三夜，露似真珠[②]月似弓。

〔注〕 ① 瑟瑟：深碧色。 ② 真珠：即珍珠。

《暮江吟》是白居易“杂律诗”中的一首。这些诗的特点是通过一时一物的吟咏，在一笑一吟中能够真率自然地表现内心深处的情思。

诗人选取了红日西沉到新月东升这一段时间里的两组景物进行描写。前两句写夕阳落照中的江水。“一道残阳铺水中”，残阳照射在江面上，不说“照”，却说“铺”，这是因为“残阳”已经接近地平线，几乎是贴着地面照射过来，确像“铺”在江上，很形象；这个“铺”字也显得平缓，写出了秋天夕阳的柔和，给人以亲切、安闲的感觉。“半江瑟瑟半江红”，天气晴朗无风，江水缓缓流动，江面皱起细小的波纹。受光多的部分，呈现一片“红”色；受光少的地方，呈现出深深的碧色。诗人抓住江面上呈现出的两种颜色，却表现出残阳照射下，暮江细波粼粼、光色瞬息变化的景象。诗人沉醉了，把自己的喜悦之情寄寓在景物描写之中了。

后两句写新月初升的夜景。诗人流连忘返，直到初月升起，凉露下降的时候，眼前呈现出一片更为美好的境界。诗人俯身一看：呵呵，江边的草地上挂满了晶莹的露珠。这绿草上的滴滴清露，多么像镶嵌在上面的粒粒珍珠！用“真珠”作比喻，不仅写出了露珠的圆润，而且写出了在新月的清辉下，露珠闪烁的光泽。再抬头一看：一弯新月初升，这真如同在碧蓝的天幕上，悬挂了一张精巧的弓！诗人把这天上地下的两种景象，压缩在一句诗里——“露似真珠月似弓”。作者从弓也似的一弯新月，想起此时正是“九月初三夜”，不禁脱口赞美它的可爱，直接抒情，把感情推向高潮，给诗歌造成了波澜。

诗人通过“露”、“月”视觉形象的描写，创造出多么和谐、宁静的意境！用这样新颖巧妙的比喻来精心为大自然敷彩着色，描容绘形，令人叹绝。由描绘暮江，到赞美月露，这中间似少了一个时间上的衔接，而“九月初三夜”的“夜”无形中把时间连接起来，它上与“暮”接，下与“露”、“月”相连。这就意味着诗人从黄昏时起，一直玩赏到月上露下，蕴含着诗人对大自然的喜悦、热爱之情。

这首诗大约是长庆二年(822)白居易写于赴杭州任刺史途中。当时朝政昏暗，牛李党争激烈，诗人谙尽了朝官的滋味，自求外任。这首诗从侧面反映出诗人离开朝廷后的轻松愉快的心情。途次所见，随口吟成，格调清新，自然可喜，读后给人以美的享受。

(张燕瑾)

寒闺怨

寒月沉沉洞房静，真珠帘外梧桐影。
秋霜欲下手先知，灯底裁缝剪刀冷。

此诗前两句写景，后两句写情。其写情，是通过对事物的细致感受来表现的。

“洞房”，犹言深屋，在很多进房屋的后部，通常是富贵人家女眷所居。居室本已深邃，又被寒冷的月光照射着，所以更见幽静。帘子称之为“真珠帘”，无非形容其华贵，与上洞房相称，不可呆看。“洞房”、“珠帘”，都是通过描写环境以暗示其人的身分。“梧桐影”既与上文“寒月”相映，又暗逗下文“秋霜”，因无月则无影，而到了秋天，树中落叶最早的是梧桐，所谓“一叶落而知天下秋”。前两句把景写得如此之冷清，人写得如此之幽独，就暗示了题中所谓寒闺之怨。

在这冷清清的月光下，静悄悄的房屋中，帘子里的人还没有睡，手上拿着剪刀，在裁缝衣服。忽然，她感到剪刀冰凉，连手也觉得冷起来了。这是怎么一回事呢？随即想起，是秋深了，要下霜了。秋霜欲下，玉手先知。暮秋深夜，赶制寒衣，是这位闺中少妇要寄给远方的征夫的。（唐代的府兵制度规定，兵士自备甲仗、粮食和衣装，存入官库，行军时领取备用。但征戍日久，衣服破损，就要由家中寄去补充更换，特别是需要御寒的冬衣。所以唐诗中常常有秋闺捣练、制衣和寄衣的描写。在白居易的时代，府兵制已破坏，但家人为征夫寄寒衣，仍然是需要的。）天寒岁暮，征夫不归，冬衣未成，秋霜欲下，想到亲人不但难归，而且还要受冻，岂能无怨？于是，剪刀上的寒冷，不但传到了她手上，而且也传到她心上了。丈夫在外的辛苦，自己在家的孤寂，合之欢乐，离之悲痛，酸甜苦辣，一齐涌上心来，是完全可以想得到的；然而诗人却只写到从手上的剪刀之冷而感到天气的变化为止，其余一概不提，让读者自己去想象，去体会。虽似简单，实则丰富，这就是含蓄的妙处。这种对生活的感受是细致入微的。在日常生活中，人们常常对一些事物的变迁，习而不察，但敏感的诗人，却能将它捕捉起来，描写出来，使人感到既平凡又新鲜，这首诗艺术上就有这个特点。

（沈祖棻）

【原文】

钱塘湖春行

孤山寺北贾亭[①]西，水面初平云脚低。
几处早莺争暖树，谁家新燕啄春泥。
乱花渐欲迷人眼，浅草才能没马蹄。
最爱湖东行不足，绿杨阴里白沙堤[②]。

〔注〕 ① 贾亭：一名贾公亭。《唐语林》卷六：“贞元中，贾全为杭州（刺史），于西湖造亭，为贾公亭；未五六十年废。”白居易作此诗时，贾亭尚在。 ② 白沙堤：即白堤，又称沙堤或断桥堤。（白居易在杭州时，曾修堤蓄水，灌溉民田，其堤在钱塘门之北。后人误以白堤混为白氏所筑之堤。）西湖三面环山，白堤中贯，在湖东一带，总揽全湖之胜。

这诗是长庆三年或四年（823 或 824）春白居易任杭州刺史时所作。

钱塘湖是西湖的别名。提起西湖，人们就会联想到宋代苏轼诗中的名句：“欲把西湖比西子，淡妆浓抹总相宜。”（《饮湖上初晴后雨》）读了白居易这诗，仿佛真的看到了那含睇宜笑的西施的面影，更加感到东坡这比喻的确切。

乐天在杭州时，有关湖光山色的题咏很多。这诗处处扣紧环境和季节的特征，把刚刚披上春天外衣的西湖，描绘得生意盎然，恰到好处。

“孤山寺北贾亭西”。孤山在后湖与外湖之间，峰峦耸立，上有孤山寺，是湖中登览胜地，也是全湖一个特出的标志。贾亭在当时也是西湖名胜。有了第一句的叙述，这第二句的“水面”，自然指的是西湖湖面了。秋冬水落，春水新涨，在水色天光的混茫中，天空里舒卷起重重叠叠的白云，和湖面上荡漾的波澜连成了一片，故曰“云脚低”。“水面初平云脚低”一句，勾勒出湖上早春的轮廓。接下两句，从莺莺燕燕的动态中，把春的活力，大自然从秋冬沉睡中苏醒过来的春意生动地描绘了出来。莺是歌手，它歌唱着江南的旖旎春光；燕是候鸟，春天又从北国飞来。它们富于季节的敏感，成为春天的象征。在这里，诗人对周遭事物的选择是典型的；而他的用笔，则是细致入微的。说“几处”，可见不是“处处”；说“谁家”，可见不是“家家”。因为这还是初春季节。这样，“早莺”的“早”和“新燕”的“新”就在意义上互相生发，把两者联成一幅完整的画面。因为是“早莺”，所以抢着向阳的暖树，来试它滴溜的歌喉；因为是“新燕”，所以当它啄泥衔草，营建新巢的时候，就会引起人们一种乍见的喜悦。南朝宋谢灵运“池塘生春草，园柳变鸣禽”（《登池上楼》）二句之所以妙绝古今，为人传诵，正由于他写出了季节更换时这种乍见的喜悦。这诗在意境上颇与之相类似。

诗的前四句写湖上春光，范围是宽广的，它从“孤山”一句生发出来；后四句专写“湖东”景色，归结到“白沙堤”。前面先点明环境，然后写景；后面先写景，然后点明环境。诗以“孤山寺”起，以“白沙堤”终，从点到面，又由面回到点，中间的转换，不见痕迹。结构之妙，诚如清薛雪所指出：乐天诗“章法变化，条理井然”（《一瓢诗话》）。这种“章法”上的“变化”，往往寓诸浑成的笔意之中；倘不细心体察，是难以看出它的“条理”的。

“乱花”、“浅草”一联，写的虽也是一般春景，然而它和“白沙堤”却有紧密的联系：春天，西湖哪儿都是绿毯般的嫩草；可是这平坦修长的白沙堤，游人来往最为频繁。唐时，西湖上骑马游春的风俗极盛，连歌姬舞妓也都喜爱骑马。诗用“没马蹄”来形容这嫩绿的浅草，正是眼前现成景色。

“初平”、“几处”、“谁家”、“渐欲”、“才能”这些词语的运用，在全诗写景句中贯串成一条线索，把早春的西湖点染成半面轻匀的钱塘苏小小。

【原文】

可是这蓬蓬勃勃的春意，正在急剧发展之中。从“乱花渐欲迷人眼”这一联里，透露出另一个消息：很快地就会姹紫嫣红开遍，湖上镜台里即将出现浓妆艳抹的西施。

清方东树说这诗“象中有兴，有人在，不比死句”（《续昭昧詹言》）。这是一首写景诗，它的妙处，不在于穷形尽相的工致刻画，而在于即景寓情，写出了融和骀宕的春意，写出了自然之美所给予诗人的集中而饱满的感受。所谓“象中有兴，有人在”，所谓“随物赋形，所在充满”（金王若虚《滹南诗话》），是应该从这个意义去理解的。

（马茂元）

西湖晚归回望孤山寺赠诸客

柳湖松岛莲花寺，晚动归桡出道场。
卢橘子低山雨重，栟榈叶战水风凉。
烟波淡荡摇空碧，楼殿参差倚夕阳。
到岸请君回首望，蓬莱宫在海中央。

长庆二年（822）秋至四年夏，白居易在杭州任刺史。政事之余，他常喜欢到佛寺里听听僧侣讲经。这首诗便是写他与“诸客”听讲归来时的感受。作品生动地描绘了孤山寺的秀美，风景中处处点染着诗人的喜悦之情。

“柳湖松岛莲花寺，晚动归桡出道场。”柳湖，即西湖，因湖上垂柳掩映，故云；松岛，即孤山，因山矗立湖中，故称；莲花寺，即孤山寺，湖中莲花盛开，因而以之形容其美；道场，僧侣诵经礼拜之处，即佛殿。这两句，虽然仅是对“西湖晚归”的一个交代，但在写法上却很见技巧。试以现代的电影摄影手法作比，先是全景：波光漪涟的柳湖。然后镜头向前推近：映出松岛、莲花寺。最后是两个分镜头：湖上，天近傍晚，撑船人正摇动“归桡”，准备接客归去；寺中，诗人正和“诸客”走出道场，准备“晚归”。这种写法，层次分明，主从有序，给人以清晰明快之感。其次，这两句五处用了富有特征性的修饰词语和“借代”之法，从而增加了景物的质感和特征，写出了诗人对它的喜悦之情。试想，如果直说“西湖孤山山上寺，晚动归舟出庙堂”，这就索然无味，不能写出孤山寺的特色及诗人的喜悦之情。诗贵别趣，意忌直出，没有诗人的这种精心安排和恰当修饰，就不会使人读之如身临其境的。

上二句，从大处写起，由景到人；下二句，是从小处着笔，由人观景。“卢橘子低山雨重，栟榈叶战水风凉”，这是写诗人归路所见。卢橘即枇杷，栟榈（bīng lǘ）即棕榈。枇杷硕果累累，金实翠叶，本来就多么令人喜爱，山雨过后，清香四溢，连果枝都被压得低垂下来。一个“重”字，写出了诗人对它的多少喜悦之情！棕榈树高叶大，俨若凉扇遮径，雨后清风，阔叶颤动，似乎它也感到了水风的清爽。一个“凉”字，透出诗人多少快感！好的画境，首先要看它能否表现出典型的物象；好的诗情，首先要看它能否把作者的精神融于画境。这两句，可以说是美景爽情的融冶，诗情画意的结合，似情似景，难解难分。

诗人移步登舟，船行湖上，这时的情景是：在宽阔的湖面上，轻轻的寒烟似有似无，蓝蓝的湖波共长天一色，所以说“烟波淡荡摇空碧”。“淡荡”二字，使人如泛仙槎，如升青冥，写出了清爽闲适之情。回望孤山寺：“楼殿参差倚夕阳。”“参差”二字，写出了随山势高下而建筑的宇观楼殿的特有景色，从而使人想到檐牙错落、各抱地势的瑰丽情景；加之夕阳晚照，红砖绿瓦，金光明灭，真是佛地宛如仙境，因而诗人发出由衷的感慨："到岸请君回首望，蓬莱宫在海中央。"——落笔到"回望孤山赠诸客"的题旨，作品便戛然而止。蓬莱，神话中海上的仙山，而孤山寺中又有蓬莱阁，两者浑然一体，不着痕迹，更增加了韵外味，弦外音，使孤山寺的诗情画境久久萦绕于读者的脑际。

这首诗，短短八句，句句写景，句句含情，读后如随诗人游踪，在我们面前展现出一幕幕湖光山色的画图。它宛如一篇优美的游记，更配有铿锵的韵致，荡起喜悦的心声，如画卷在目，如乐章在耳，给人以情景水乳交融的快感。

（傅经顺）

杭州春望

望海楼明照曙霞，护江堤白踏晴沙。
涛声夜入伍员庙，柳色春藏苏小家。
红袖织绫夸柿蒂，青旗沽酒趁梨花。
谁开湖寺西南路，草绿裙腰一道斜。

此诗为长庆三年(823)或四年春白居易任杭州刺史时作。诗对杭州春日景色作了全面的描写。前六句都是一句一景，最后两句为一景。七处景色都靠"望"字把它们联在一起，构成一个完整的画面。

首句写登楼远望海天瑰丽的景色，有笼住全篇之势。作者原注云："城东楼名望海楼。"宋乐史《太平寰宇记》中"望海楼"作"望潮楼"，高十丈。次句护江堤指杭州东南钱塘江岸筑以防备海潮的长堤。清晨登望海楼，极目远眺，旭日东升，霞光万道，钱塘江水，奔流入海，护江长堤，闪着银光。此联把城外东南的景色，写得极其雄伟壮丽。

次联诗人把目光转到城内。杭州城内吴山（又称“胥山”）上有“伍员庙”。伍员，字子胥，春秋时楚国人。因父兄被楚平王杀害，辗转逃到吴国，帮助吴国先后打败了楚国、越国，后因劝吴王夫差拒绝越国求和并停止伐齐而见疏，终被杀害。据民间传说：他因怨恨吴王，死后驱水为涛，故钱塘江潮又称“子胥涛”。此诗通首所写均为白日眺望情景，“夜入”是想象之词，是说看见眼前的钱塘江和伍员庙，想到夜里万籁俱寂之时，涛声传入庙中，特别清晰。“苏小”，即南齐时钱塘名妓苏小小。“苏小家”代指歌妓舞女所居的秦楼楚馆。这句正写题面的“春”字，点明季节，并以歌楼舞榭，写出杭州的繁华景象。应当注意的是，句中之柳非门前屋后之柳，而是极目远望到的院中之柳。清人所编《唐宋诗醇》评这两句说：“‘入’字、‘藏’字极写望中之景。”两句均引用典故写景，不但展现了眼前景物，而且使人联想到伍员的壮烈，昔日杭州的繁华。上句气象雄浑，下句旖旎动人，富有诗情画意。

上两联主要是写自然景色，下一联则把重点移在风物人情上。“红袖”指织绫女子。“柿蒂”指绫的花纹。作者原注云：“杭州出柿蒂花者尤佳也。”“青旗”即酒招，代指酒店。“梨花”语意双关。作者原注：“其俗，酿酒趁梨花时熟，号为‘梨花春’。”“趁梨花”是说正好赶在梨花开时饮梨花春酒。此联一句写游人沽饮，一句写妇女织绫。梨花飘舞，酒旗相招；红袖翻飞，绫纹绮丽。诗意之浓，色彩之美，读之令人心醉。

末联又把目光移到远处，写最能代表杭州山水之美的西湖，结足春意。“湖寺”指孤山寺；“西南路”指由断桥向西南通往湖中到孤山的长堤，即白沙堤，简称白堤。作者原注云：“孤山寺路在湖洲中，草绿时，望如裙腰。”

【原文】

"裙腰"这个绝妙的比喻，不仅写出了春日白堤烟柳葱蒨，露草芊绵的迷人景色，而且把从远处俯瞰西湖的景象写得非常逼真生动。同时，写裙腰，自然使人联想到裙，宛若看到彩裙飘逸如湖面的水光波影；由裙，又自然使人联想到妩媚秀丽的西湖，岂非美丽少女的化身？宋代苏轼《饮湖上初晴后雨》诗云："欲把西湖比西子，淡妆浓抹总相宜。"虽不能肯定它就是从白居易这两句诗衍化而来，但二者的构思，却是一致的。

这首诗把杭州春日最有特征的景物，熔铸在一篇之中，就像用五色彩笔，画出一幅《杭州春望图》。画面以春柳、春草、春树及江水、湖水的翠绿为主色，又以梨花、红裙、彩绫、酒旗加以点染，朝日霞光映照其间，把杭州的春光装点得美丽无比，散发着浓郁的春意。诗在写法上，由城外之东南，写到城内，然后又写到西湖，远近结合，错落有致，而又次序井然。同时，又将写景同咏古，摄自然之景同记风物人情结合起来，使景物更加丰富多彩，富有诗味，洋溢着诗人抑制不住的赞美之情。

（王思宇）

别州民

耆老遮归路，壶浆满别筵。
甘棠无一树，那得泪潸然。
税重多贫户，农饥足旱田。
唯留一湖水，与汝救凶年。

据《旧唐书》记载，唐长庆二年(822)，时年五十一岁的中书舍人白居易，因“河朔（黄河以北地区）复乱”一事多次上疏议论，不被采用，于是自求外放。是年七月被任命为杭州刺史。长庆四年(824)召还。

此诗即作于白居易杭州刺史的离任之际。

诗作首联以“归”与“别”二字扣题，开篇表明这是一首离别诗。离别有千万种情境，当杭州刺史白居易离任时，又是怎样的画面呢？有“耆老”相送，有“壶浆”为饮；但这都还不够，作者更进一步，透过“遮归路”和“满别筵”的一“遮”一“满”，铺绘当时送别的盛况，展现出在他即将离开之时，乡民们的热情与不舍。也由此可以看出，白氏在任期间，定是一位深得民心的好官。

第二联是白氏自谦之语。“甘棠”之说化用《诗经·国风》中《甘棠》一诗之典故。此诗乃周人怀念召伯所作。《史记·燕召公世家》记载：“召公之治西方，甚得兆民和。召公巡行乡邑，有棠树，决狱政事其下，自侯伯至庶人各得其所，无失职者。召公卒，而民人思召公之政，怀棠树不敢伐，哥咏之，作《甘棠》之诗。”此后，“甘棠”亦象征对德政清明之官员的怀念。在父老心中，白居易有如昔日棠树下那位勤政爱民的父母官；然白居易却认为，自己为政期间并没有什么建树，父老怎会因为他的离开而潸然泪下了呢？此二句“无一树”的谦虚之言与“泪潸然”的感激不舍相对比，充满了情感上的张力；白氏越自谦自惭，越是令人体味到他与当地乡民之间难得的官民相惜之情。

“文章合为时而著，歌诗合为事而作。”（《与元九书》）在“新乐府运动”倡导者白居易的这样一篇写实诗作中，同样也有着寓讽喻于写实的手笔。诗歌第三联笔锋一转，从之前饱含深情的徐徐道来，陡然转入残酷的现实书写中，直白犀利地指出了中唐时期，在“税重”与“旱田”的双重压迫之下，处处是贫户、饥民的艰辛世道与凋敝境况。咏至第三联，虽只是简单的寥寥数字，却使得诗作的境界一下子开阔起来，从之前徐缓的个人情感，进入到了对社会现实的关怀之中。看似不带感情的白描之笔，却蕴藏着对统治阶层盘剥民众的谴责，及对天灾人祸双重压迫之下的底层劳苦大众的怜悯同情。

然而，对于这样一种极不如人意的现实状况，白居易虽身为官员，办法却是有限。第四联起始的“唯”字，便道出了这样的无奈。事实上，对杭州刺史白居易而言，人为之祸难凭一己之力改变，但在天灾的预防上，他却对此尽了极大的力量。此联所书之“湖水”指的是钱塘湖（今西湖旧称）。白居易在任杭州刺史期间，曾于钱塘湖修筑堤坝，疏浚六井，预防旱涝之灾。诗末二句所言即为此事。白氏在任期间所做的水利工事影响深远，而且其所作为不止于此，是以这一抒发无奈的“唯”字，亦包含着谦虚之意。

在将个人情感陡转为书写现实之后，白居易又以个人之作为及意愿平稳收尾。此间一张一合，在看似直言无奇的跌宕中，留下令人品味的余韵。亦有着人将远去，而心意长存之况味。

全诗记事抒情与历史价值兼具。虽有用典，但语言风格仍不离朴实通俗，以直白如话的词句，生动地将一幅幅画面铺展开来。通篇叙事，而又不着痕迹地将深切情感寄寓其间。初感平淡，细品却可察觉出词句间时徐时疾的张合之力。言辞谦虚，却又能在叙述间看出作者不曾歇止的爱民恤民之心和乡民对这位好官的爱戴与难舍。

事小而意大，语直而情婉，当是这首离别诗的力量所在。

（钱　方）

秋雨夜眠

凉冷三秋夜，安闲一老翁。

卧迟灯灭后，睡美雨声中。

灰宿温瓶火，香添暖被笼。

晓晴寒未起，霜叶满阶红。

“秋雨夜眠”是古人写得腻熟的题材，白居易却能开拓意境，抓住特定环境中人物的性格特征进行细致的描写，成功地刻画出一个安适闲淡的老翁形象。

“凉冷三秋夜，安闲一老翁”，诗人用气候环境给予人的“凉冷”感觉来形容深秋之夜，这就给整首诗抹上了深秋的基调。未见风雨，尚且如此凉冷，加上秋风秋雨的袭击，自然更感到寒气逼人。运用这种衬叠手法能充分调动读者的想象力，增强诗的感染力。次句点明人物。“安闲”二字勾画出“老翁”喜静厌动、恬淡寡欲的形象。

“卧迟灯灭后，睡美雨声中”，“卧迟”写出老翁的特性。老年人瞌睡少，宁可闲坐闭目养神，不喜早上床，免得到夜间睡不着；老翁若不是“卧迟”，恐亦难于雨声中“睡美”。以“灯灭后”三字说明“卧迟”时间，颇耐人玩味。窗外秋雨淅沥，屋内“老翁”安然“睡美”，正说明他心无所虑，具有闲淡的情怀。

以上两联是从老翁在秋雨之夜就寝情况刻画他的性格。诗的下半则从老翁睡醒之后情况作进一步描绘。

“灰宿温瓶火，香添暖被笼”，以烘瓶里的燃料经夜已化为灰烬，照应老翁的“睡美”。才三秋之夜已经要烤火，突出老翁的怕冷。夜已经过去，按理说老翁应该起床了，却还要“香添暖被笼”，打算继续躺着，生动地描绘出体衰闲散的老翁形象。

“晓晴寒未起，霜叶满阶红”，与首句遥相呼应，写气候对花木和老翁的影响。风雨过后，深秋的气候更加寒冷，“寒”字交代了老翁“未起”的原因。

【原文】

“霜叶满阶红”，夜来风雨加深了“寒”意，不久前还红似二月花的树叶，一夜之间就被秋风秋雨无情地扫得飘零满阶，多么冷酷的大自然啊！从树木移情到人，从自然想到社会，岂能无感触！然而“老翁”却“晓晴寒未起”，对它漫不经心，突出了老翁的心境清静淡泊。全诗紧紧把握老翁秋雨之夜安眠的特征，写得生动逼真，亲切感人，富有生活气息。

这首诗大约是大和六年(832)秋白居易任河南尹时所作。这时诗人已六十多岁，体衰多病，官务清闲，加上亲密的诗友元稹已经谢世，心情特别寂寞冷淡。诗中多少反映了诗人暮年政治上心灰意懒，生活上孤寂闲散的状况。

(宛新彬)

与梦得沽酒闲饮且约后期

少时犹不忧生计，老后谁能惜酒钱？
共把十千沽一斗，相看七十欠三年。
闲征雅令穷经史，醉听清吟胜管弦。
更待菊黄家酿熟，共君一醉一陶然。

开成三年(838)，白居易和刘禹锡同在洛阳，刘任太子宾客分司，白任太子少傅，都是闲职。政治上共遭冷遇，使两位挚友更为心心相印了。诗题中“闲饮”二字透露出诗人寂寞而又闲愁难遣的心境。

前两联，字面上是抒写诗友聚会时的兴奋，沽酒时的豪爽和闲饮时的欢乐，骨子里却包含着极为凄凉沉痛的感情。

从“少时”到“老后”，是诗人对自己生平的回顾。“不忧生计”与不“惜酒钱”，既是题中“沽酒”二字应有之义，又有政治抱负与身世之感隐含其中。“少时”二字使人想见诗人少不更事时的稚气与“初生之犊不畏虎”的豪气。“老后”却使人联想到那种阅尽世情冷暖，饱经政治沧桑而身心交瘁的暮气了。诗人回首平生，难免有“早岁那知世事艰”的感慨。

“共把”一联承上启下，亦忧亦喜，写神情极妙。“十千沽一斗”是倾注豪情的夸张。一个“共”字使人想见两位老友争相解囊、同沽美酒时真挚热烈的情景，也暗示两人有相同的处境，同病相怜，同样想以酒解闷。“相看”二字进而再现出坐定之后彼此端详的亲切动人场面。白、刘都生于公元772年，时年均已六十七岁，亦即“七十欠三年”。两位白发苍苍的老人，两张皱纹满面的老脸，面面相觑，怎能不感慨万千？朋友的衰颜老态，也就是自己的一面镜子，怜惜对方也就是怜惜自己。在这无言的凝视和含泪的微笑之中，包含着多少宦海浮沉、饱经忧患的复杂感情。

“闲征”一联，具体描写“闲饮”的细节和过程，将题中旨意写足。这里的“闲”是身闲而心未尝闲，借知识的游戏来怡情养性是假，排遣寂寞无聊才是真。虽有高雅芳洁的情怀、匡时救世的志向和满腹经纶的才学，却只能引经据史，行行酒令，虚掷时光，这不是仁人志士的不幸吗？这里的“醉”，似醉而非真醉；与其说是醉于“十千沽一斗”的美酒，不如说是醉于“胜管弦”的“清吟”。虽然美酒可以醉人，却不能醉心；一般的丝竹可以悦耳动听，却无法像知己的“清吟”那样奏出心灵的乐章，引起感情上的共鸣。这二句，把“闲饮”和内心的烦闷都表现得淋漓尽致。

尾联，诗人把眼前的聚会引向未来，把友情和诗意推向高峰。一个“更”字开拓出“更上一层楼”的意境，使时间延长了，主题扩大和深化了。此番“闲饮”，似乎犹未尽兴，于是二人又相约在重阳佳节时到家里再会饮。

【原文】

那时家酿的菊花酒已经熟了，它比市卖的酒更为醇美哩，大概也更能解愁吧！“共君一醉一陶然”，既使人看到挚友的深情厚谊，又不难发现其中有极为深重的哀伤和愁苦。只有在醉乡中才能求得“陶然”之趣，才能超脱于愁苦之外，这本身不就是一种痛苦的表现吗？

这首诗写的是“闲饮”，却包蕴着极为悲怆的身世之感。首句“少时”起得突兀，遂又以“老后”相对；三句写“沽酒”，四句忽又牵入“相看七十欠三年”句。从一时“闲饮”，推衍到漫漫人生，实在高妙。全诗言简意富，语淡情深，通篇用赋体却毫不平板呆滞，见出一种炉火纯青的艺术功力。

（徐传礼）

览卢子蒙侍御旧诗，多与微之唱和。感今伤昔，因赠子蒙，题于卷后

昔闻元九咏君诗，恨与卢君相识迟。
今日逢君开旧卷，卷中多道赠微之。
相看泪眼情难说，别有伤心事岂知？
闻道咸阳坟上树，已抽三丈白杨枝！

白居易晚年与“香山九老”之一的卢子蒙侍御交往，一天，翻阅卢的诗集，发现集子里不少诗篇是赠给元稹的。而此时元稹已去世十年了。白居易不禁心酸，他迅速把诗集翻到最后，蘸满浓墨，和着热泪，在空白页上写下了这首律诗。

诗一开始,全是叙事,好像与卢子蒙对坐谈心。诗句追溯往事,事中自见深情。头两句,把三十多年前与微之论诗衡文,睥睨当世,谈笑风生的情景,重新展现在眼前。接下去,三、四句写今日与卢君聚首,共同披阅他的诗卷,也只是平平常常的叙事。然而,情景一转,诗集中突然跳出了元微之的名字,眼前便闪现出微之的影子,诗情也就急转直下,发为变徵之音。五、六两句,转入正面抒情。“相看”一句,描绘了一瞬间的神态:两个老人,你望着我,我望着你,老泪纵横,却都不说一句话。

诗篇至此,一种无声之恸,已够摧裂肺肝,而全诗也已经神完气足了。最后两句,诗人又用“闻道”一语领起,宕开诗境,跳到了微之坟上。墓木拱矣,黄土成阡;树犹如此,人何以堪!岁月的流逝是这样快,悼念之情又怎能不这样深?

这首诗,直抒胸臆,纯任自然,八句一气贯串,读起来感到感情强烈逼人,不容换气。全诗用“四支”韵,本来是不十分响的韵部,到了诗人笔下,却变得浏亮哀远,音乐效果特别强烈。古来怀友的名篇,共同的特点是真挚、深刻。白居易此诗是悼亡友,在真挚、深刻之外,又多了一重凄怆的色彩。

(赖汉屏)

杨柳枝[①]词二首 (其一)

一树春风千万枝,嫩于金色软于丝。
永丰西角荒园里,尽日无人属阿谁?

〔注〕 ① 杨柳枝:唐教坊曲名。歌词形式就是七言绝句,此题专用于咏柳。

【鉴赏】

关于这首诗，当时河南尹卢贞有一首和诗，并写了题序说："永丰坊西南角园中，有垂柳一株，柔条极茂。白尚书曾赋诗，传入乐府，遍流京都。近有诏旨，取两枝植于禁苑。乃知一顾增十倍之价，非虚言也。"永丰坊为唐代东都洛阳坊里名。白居易于武宗会昌二年(842)以刑部尚书致仕后寓居洛阳，直至会昌六年卒；卢贞会昌四年七月为河南尹(治所在今河南洛阳)。白诗写成到传至京都，须一段时间，然后有诏旨下达洛阳，卢贞始作和诗。据此推知，白氏此诗约作于会昌三年至五年之间。移植永丰柳诏下达后，他还写了一首《诏取永丰柳植禁苑感赋》的诗。唐孟棨《本事诗》说："白尚书姬人樊素善歌，妓人小蛮善舞，尝为诗曰：'樱桃樊素口，杨柳小蛮腰。'年既高迈，而小蛮方丰艳，因为《杨柳》之词以托意。"并把教坊歌唱此诗及诏取永丰柳误为宣宗朝诗人死后之事。其说不可靠。

此诗前两句写柳的风姿可爱，后两句发抒感慨，是一首咏物言志的七绝。

诗中写的是春日的垂柳。最能表现垂柳特色的，是它的枝条，此诗亦即于此着笔。首句写枝条之盛，舞姿之美。"春风千万枝"，是说春风吹拂，千丝万缕的柳枝，随风起舞。一树而千万枝，可见柳之繁茂。次句极写柳枝之秀色夺目，柔嫩多姿。春风和煦，柳枝绽出细叶嫩芽，望去一片嫩黄；细长的柳枝，随风飘荡，比丝缕还要柔软。"金色"、"丝"，比譬形象，写尽早春新柳又嫩又软之娇态。此句上承春风，写的仍是风中情景，风中之柳，才更能显出枝条之软。句中叠用两个"于"字，接连比况，更加突出了"软"和"嫩"，而且使节奏轻快流动，与诗中欣喜赞美之情非常协调。这两句把垂柳之生机横溢，秀色照人，轻盈袅娜，写得极生动。清人所编《唐宋诗醇》称此诗"风致翩翩"，确是中肯之论。

这样美好的一株垂柳，照理应当受到人们的赞赏，为人珍爱；但诗人笔锋一转,写的却是它荒凉冷落的处境。诗于第三句才交代垂柳生长之地,有意给人以突兀之感,在诗意转折处加重特写,以强调垂柳之不得其地。“西角”为背阳阴寒之地,“荒园”为无人所到之处,生长在这样的场所,垂柳再好,又有谁来一顾呢?只好终日寂寞了。反过来说,那些不如此柳的,因为生得其地,却备受称赞,为人爱惜。诗人对垂柳表达了深深的惋惜。这里的孤寂落寞,同前两句所写的动人风姿,正好形成鲜明的对比;而对比越是鲜明,越是突出了感叹的强烈。

这首咏物诗,抒发了对永丰柳的痛惜之情,实际上就是对当时政治腐败、人才埋没的感慨。白居易生活的时期,由于朋党斗争激烈,不少有才能的人都受到排挤。诗人自己,也为避朋党倾轧,自请外放,长期远离京城。此诗所写,亦当含有诗人自己的身世感慨在内。

此诗将咏物和寓意融在一起,不着一丝痕迹。全诗明白晓畅,有如民歌,加以描写生动传神,当时就“遍流京都”。后来宋代苏轼写《洞仙歌》词咏柳,有“永丰坊那畔,尽日无人,谁见金丝弄晴昼”之句,隐括此诗,读来仍然令人有无限低回之感,足见其艺术力量感人至深了。

(王思宇)

杨柳枝词八首 (其一)

《六幺》《水调》家家唱,《白雪》《梅花》处处吹。
古歌旧曲君休听,听取新翻《杨柳枝》。

此诗作于诗人晚年居于洛阳时,是《杨柳枝词》八首中的第一首。《杨

【鉴赏】

柳枝》是隋乐府旧曲，元和前后翻为新声，盛行于洛阳，诗人乃依新调填词，刘禹锡亦有《杨柳枝词》曰："请君莫奏前朝曲，听唱新翻杨柳枝。"

"六幺"又名"绿腰"、"录要"、"乐世"，唐代大曲之一，《琵琶行》中有"初为《霓裳》后《六幺》"。"水调"是隋炀帝造曲，在唐代十分流行，杜牧诗云"谁家唱《水调》，明月满扬州"（《扬州三首》）。"白雪"是古琴曲，"梅花"即"梅花落"，是古笛曲，胡仔《苕溪渔隐丛话后集》卷四引《乐府杂录》云："笛者，羌乐也。古曲有《折杨柳》、《落梅花》，李白诗云"黄鹤楼中吹玉笛，江城五月落梅花"（《与史郎中钦听黄鹤楼上吹笛》）。以上都是唐朝流行一时的乐曲，"家家唱"、"处处吹"，而诗人认为这些曲子（包括古曲《折杨柳》在内）都已是"古歌旧曲"，如今应该听的是翻为新声的"杨柳枝"。

《乐府解题》云："汉横吹曲，二十八解，李延年造。魏、晋已来，唯传十曲：一曰《黄鹄》……七曰《折杨柳》。"汉横吹曲中有《折杨柳》，体制为五言，内容大多是游子思妇之词、戍客征人之怨，李白诗"此夜曲中闻折柳，何人不起故园情"（《春夜洛城闻笛》）。《宋书·五行志》曰："晋太康末，京洛为折杨柳之歌，其曲有兵革苦辛之辞。"此外梁鼓角横吹曲有《折杨柳歌辞》，相和歌辞有《折杨柳行》。隋炀帝开汴河，遍植杨柳，王灼《碧鸡漫志》引《鉴戒录》曰："柳枝歌，亡隋之曲也。"白居易谱《杨柳枝》新词，体制似七绝，脱离了旧曲的窠臼，包括这组诗八首在内，诗人共创作了十首《杨柳枝词》，或直咏其风姿，"嫩于金色软于丝"（《杨柳枝》二首之一）、"依依袅袅复青青"（《杨柳枝词》八首之二），或比拟其态度，"叶含浓露如啼眼，枝袅轻风似舞腰"（之七）、"人言柳叶似愁眉，更有愁肠似柳丝"（之八），或兴之以记事，"若解多情寻小小，绿杨深处是苏家"（之五）、"苏家小女旧知名，杨柳风前别有情"（之六），或寓托以抒怀，"永丰西角荒园里，尽日无人属阿谁"（《杨柳枝》二首之一）、"白雪花繁空扑地，绿丝条弱不胜莺"（《杨柳枝词》八首之三）。

诗人为《杨柳枝》注入了更加浓厚的文人色彩，改变了旧曲溺于怨思苦辞的惯习，丰富了它的内容，深化了它的意境内涵，丰富了它的表现手段，影响了此后的《杨柳枝》创作。刘禹锡在《杨柳枝》中加入咏史怀古，如“炀帝行宫汴水滨，数株残柳不胜春。晚来风起花如雪，飞入宫墙不见人”，是文人情怀的进一步显现，另一首“花萼楼前初种时，美人楼上斗腰支。如今抛掷长街里，露叶如啼欲恨谁”，亦可见到“叶含浓露如啼眼，枝袅轻风似舞腰”的影响，至于温庭筠“苏小门前柳万条，毵毵金线拂平桥。黄莺不语东风起，深闭朱门伴细腰”和牛峤“吴王宫里色偏深，一簇纤条万缕金。不愤钱塘苏小小，引郎枝下结同心”，就更是“绿杨深处是苏家”、“馆娃宫暖日斜时，万树千条各自垂”（《杨柳枝词》八首之四）的影响了。了解以上，方能明白“古歌旧曲君休听，听取新翻《杨柳枝》”这两句的意义所在。

（孔燕妮）

杨柳枝词八首 （其六）

苏家小女旧知名，杨柳风前别有情。
剥条盘作银环样，卷叶吹为玉笛声。

苏小小，南齐时钱塘名妓，生平不可详考，所能知者，唯其美貌多情巧慧早夭而已。《玉台新咏》载有《钱塘苏小小歌》一首：“妾乘油壁车，郎骑青骢马。何处结同心？西陵松柏下。”相传即是她的作品。虽然苏小小在历史书中所遗留下的只是吉光片羽，但她短短的生命却在文学领域造就了一

【鉴赏】

段不朽的传奇。由唐宋而明清，从刘梦得到白乐天，从李贺到罗隐，从元遗山到辛文房……可以说，历朝历代都有文人在对其事迹进行吟咏。至于其他借小小之名敷衍为戏剧、话本者，更是不胜枚举。而与此同时，这些文人又几乎无不引小小为精神上的知己，对其施以最深厚的关爱和同情。中国历史上的美女众多，如赵飞燕，如杨玉环，论声名地位，无不在小小之上，但她们却从没赢得过像小小这样的清誉。只有同情而没有批判，只有褒赞而没有鄙薄，可以说，苏小小所搅动的，乃是中国文人心底里最温柔的一段情愫。她如梦如幻的一生，伴同满湖迷离的烟雨，铸就了西泠桥畔最动人的风景。

在众多吟咏苏小小的诗词中，白居易的这首《杨柳枝》是出现的比较早的一首（关于此诗的吟咏对象，还有其他说法，见下文）。刘次庄《乐府解题》有言云："苏小小，非唐人。世见乐天、梦得诗多称咏，遂谓与之同时耳。"（据宋吴曾《能改斋漫录》卷一）由此可知，白居易可算是苏小小在文坛发生影响的重要推手之一。

"苏家小女旧知名"，"苏家小女"即指苏小小。"杨柳风前别有情"，杨柳，一是实写现实中之杨柳，点出大体的季节暨时间，二是作为少女青春之映衬，有一修辞的意义在。"剥条盘作银环样"，剥条，意谓剥杨柳之枝条。因杨柳枝条柔软，故可盘为银环之状。"卷叶吹为玉笛声"，随手取材，卷叶而能吹出玉笛之声，足见出女儿之才巧。而我国早亦有吹叶之传统，杜佑《通典》卷一百四十四"八音之外又有三"条："一桃皮……二贝……三叶，衔叶而啸，其声清震。橘柚尤善。"所谓吹叶，竟能和八音并列，足见其由来之久远。如花般的青春少女用一片嫩绿的叶子吹奏起亘古的音声，这无疑是一幅震颤人心的画面。

在唐代吟咏苏小小的诗中，还有一首名作，那就是李贺的《苏小小墓》："幽兰露，如啼眼。无物结同心，烟花不堪剪。草如茵，松如盖，风为裳，水为佩。油壁车，久相待。冷翠烛，劳光彩。西陵下，风吹雨。”同样是写小小，但李诗给我们的却是另一种截然不同的印象。在李诗中，我们感受到的是一种青春与生命逝去之后的无限哀婉，虽亦有悲伤与同情，但这种悲伤与同情却似乎源自另一个遥远的世界。人神之间，毕竟终隔一层。而在白诗当中，我们看到的却是另一个不同的小小：我们似乎可以清楚地看到她的明眸皓腕，可以清楚地看到她用灵巧的双手将枝条弯成环样，同时唇边还带着年轻少女特有的顽皮的微笑，可以清楚地看到她轻轻扬起首，用一片翠绿的叶子吹奏出清越之声……可以说，白诗为我们描绘的，乃是一个活生生的生活中的小小，和李诗相较，这个小小所拥有的，乃是另一种截然不同的青春。她既非严妆靓饰，亦没有华盖雕鞍，既非隐身于玉帘斗拱之后，更不曾怀抱绿绮焦桐，她所有的只是一段自然灵动的生命，和从这生命中生发出的独有的温婉多情。她的身上，无时无刻不洋溢着生命的气息。如果说李诗着重所写的是一种死之落寞，那么白诗所写的，则是一种生之热烈。

在白居易的时代，诗和词的划分还不甚严格。《碧鸡漫志》就有云：“唐时古意亦未全丧，《竹枝》、《浪淘沙》、《抛球乐》、《杨柳枝》，乃诗中绝句而定为歌曲。故李太白《清平调》词三章皆绝句，元、白诸诗亦为知音者协律作歌。”所以白居易的这几首《杨柳枝词》常常也被按绝句来处理。但尽管如此，白居易的这几首《杨柳枝词》还是体现出一些和绝句诗不同的特点。突出的一个表现，就是它的风格受到了词牌的牵限。查考《杨柳枝》词牌，本出古曲。《五代诗话》卷二：“《杨柳枝》即古《折杨柳》义也，本歌亡隋之曲。”而到了白居易的时代，其内容和形式都略有改变。《碧鸡漫志》卷五：“《乐府杂录》云白傅作《杨柳枝》。予考乐天晚年与刘梦得唱和此词，白云：‘古歌旧曲君休问，听取新翻《杨柳枝》。’又作《杨柳枝》二十韵云：‘乐童翻怨调，才子弄妍词。’注云：‘洛下新声也。’刘梦得云：‘请君莫奏前朝曲，听唱

【鉴赏】

新翻《杨柳枝词》。’盖后来始变新声。而所谓乐天作《杨柳枝》者，称其别创词也。”随着内容和形式（主要指音乐层面）的改变，与词牌本身所关联的“风格”也产生了变化。清郎廷槐《师友诗传录》：“（张历友答）《竹枝》本出巴渝。唐贞元中，刘梦得在沅湘，以其地俚歌鄙陋，乃作新词九章，教里中儿歌之。其词稍以文语，缘诸俚俗，若太加文藻，则非本色矣。……后人一切谱风土者皆沿其体。若《柳枝词》，始于白香山《杨柳枝词》一曲，盖本六朝之《折杨柳》歌词也。其声情之儇利轻隽，与《竹枝》大同小异，与七绝微分，亦歌谣之一体也。”由于受到民歌的影响，“儇利轻隽”成了《竹枝》一类诗的标准风格。而我们反观这一时期诗人的同题创作，大多数的作品也还是符合这一论断的。由于受到词牌的限制，白居易的几首《杨柳枝词》基本采用了同一风格。而或许也正是由于《杨柳枝词》和民间生活有着不可割舍的联系，白居易才为我们塑造出这样一位具有民间气息的苏小小。由于这以后的诗大多走的都是和李贺相类的路子，反倒使白居易这些较早出现的苏小小诗成为少数了。

关于此诗主旨，还有一说，认为诗中的小小是借指白居易的妾樊素。宋钱易《南部新书》卷五：“白乐天任杭州刺史，携妓还洛后却遣回钱唐，故刘禹锡有诗答曰：‘无那钱唐苏小小，忆君泪染石榴裙。’”王汝弼《白居易诗选》引此，又说：“此处诗人似借以暗喻其妾柳枝（樊素）……‘杨柳风前别有情’句，盖追写樊之杭州旧居，作者《杭州春望》诗‘柳色春藏苏小家’，与此所写当为一事。”如按此说，则词中之小小何以会有如此生气，将变得非常容易理解。然按唐孟棨《本事诗》：“白尚书姬人樊素善歌，妓人小蛮善舞，尝为诗曰：‘樱桃樊素口，杨柳小蛮腰。’年既高迈，而小蛮方丰艳，因为《杨柳》之词以托意，曰：‘一树春风万万枝，嫩于金色软于丝。永丰坊里东南角，尽日无人属阿谁？’”则杨柳亦可指小蛮。而反过来说，说白居易在创作此词时，对苏小小的想象受到了现实人物的影响，也未尝不可，毕竟，第一句中终究有一个“苏家小女”的帽子扣在那里。

（刘竞飞）

白云泉

天平山上白云泉，云自无心水自闲。
何必奔冲山下去，更添波浪向人间！

“天平山上白云泉”，起句即点出吴中的奇山丽水、风景形胜的精华所在。天平山在苏州市西二十里。“此山在吴中最为崷崒（qiú zú）高耸，一峰端正特立”（宋范成大《吴郡志》卷十五），“巍然特出，群峰拱揖”，岩石峻峭。山上青松郁郁葱葱。山腰依崖建有亭，“亭侧清泉，泠泠不竭，所谓白云泉也”，号称“吴中（今江苏苏州）第一水”，泉水清冽而晶莹，“自白乐天题以绝句”，“名遂显于世”（宋朱长文《吴郡图经续记》卷中《山》）。

然而，这一名山胜水的优美景色在诗人眼帘中却呈现为：“云自无心水自闲。”白云随风飘荡，舒卷自如，无牵无挂；泉水淙淙潺流，自由奔泻，从容自得。诗人无意描绘天平山的巍峨高耸和吴中第一水的清澄透澈，却着意描写“云无心以出岫”的境界，表现白云坦荡淡泊的胸怀和泉水闲静雅致的神态。句中连用两个“自”字，特别强调云水的自由自在，自得自乐，逍遥而惬意。这里移情注景，景中寓情。“云自无心水自闲”，恰好是诗人思想感情的自我写照。

唐敬宗宝历元年（825）至二年，白居易任苏州刺史期间，政务十分繁忙冗杂，“清旦方堆案，黄昏始退公。可怜朝暮景，消在两衙中”（《秋寄微之十二韵》),觉得很不自由。面对闲适的白云与泉水,对照自己“心为形役”的情状,不禁产生羡慕的心情,一种清静无为、与世无争的思想便油然而起:“何必奔冲山下去,更添波浪向人间!”问清清的白云泉水,何必向山下奔腾飞泻而去,给纷扰多事的人世推波助澜!自元和十年(815)白居易贬官江州司马后,济世的抱负和斗争的锐气渐渐减少,而“知足保和”、独善其身的思想则逐步增加。在苏州刺史任上,他深深感到“公私颇多事,衰惫殊少欢。迎送宾客懒,鞭笞黎庶难”(《自咏》),渴望能早日摆脱恼人的俗务。结尾两句流露出“既无可恋者,何以不休官”的情绪,集中反映了诗人随遇而安、出世归隐的思想,表现了诗人后期人生观的一个侧面。

这首七绝犹如一幅线条明快简洁的淡墨山水图。诗人并不注重用浓墨重彩描绘天平山上的风光,而是着意摹画白云与泉水的神态,将它人格化,使它充满生机、活力,点染着诗人自己闲逸的感情,给人一种饶有风趣的清新感。诗人采取象征手法,写景寓志,以云水的逍遥自由比喻恬淡的胸怀与闲适的心情;用泉水激起的自然波浪象征社会风浪,“兴发于此而义归于彼”,言浅旨远,意在象外,寄托深厚,理趣盎然。诗的风格平淡浑朴,清代田雯谓:“乐天诗极清浅可爱,往往以眼前事为见得语,皆他人所未发。”(《古欢堂集》)这一评语正好道出了这首七绝的艺术特色。

(何国治)

浪淘沙词六首 (其二)

白浪茫茫与海连,平沙浩浩四无边。
暮去朝来淘不住,遂令东海变桑田。

此作品是白氏所作之乐府歌词。《浪淘沙》原本是唐代教坊中的曲名之一，形式与七绝相似，皆七言四句。白居易以《浪淘沙》为题的诗共有六首，首首都与曲名含义相扣或有明显关联，借大浪淘沙或海浪之景来吟咏抒怀。而两宋及此后常见之《浪淘沙》，则是南唐李煜以此曲名另作的双调词牌，且词作内容和题目往往不相扣，而是借词谱来另抒他事。

这首诗是典型的写景抒情之作，全诗前二句写景，后二句抒怀。

诗作开篇二句铺撒开了一幅极为辽阔旷远的苍茫景象：茫茫大海卷起无边的海浪，海岸边的沙滩向外延展，望不到尽头。其中，“白浪”对“平沙”，与题目相扣；“茫茫”与“浩浩”，展现出了无边无际的阔远；“与海连”进一步拉远画面，而“四无边”强调了沙岸浩大无边的程度。作者以此十四字，一层一层地将画面向四周越拉越大，越拉越远。

接下来的二句，讲述大海潮汐涨落，日复一日、年复一年，不停地冲刷着海岸，淘走细沙。经过不知道多长时间的日积月累，曾经的浩瀚大海竟被填作了广阔田地。作品末句借用旧典言事，晋代葛洪的《神仙传·麻姑传》中的麻姑曾说自己：“接侍以来，已见东海三为桑田。”而白氏此处的“东海变桑田”一句，最初就是出于此处。

就作品的文笔而言，前二句的十四个字选词用字较值得细嚼品味。

首句中，以“白”来修饰浪花的颜色，生动地展现出了浪花的样子，且借由颜色赋予了浪花力度，这不是飞溅出的几滴水，也不是透明的柔和清波，而是潮水碰撞击打海岸用力量推出的白浪。接下来的“茫茫”二字常用来强调事物的广阔、深远，从词语所给人的感觉来说，更趋于静与稳；可是此处诗人未将它用来形容大海，而是置于动态的、带有较强冲击力的白浪之后，用于形容白浪；二词相搭配，“白浪”为茫茫更添了几分带有生命力的动感，而“茫茫”则为白浪的冲击之美赋予了更大的空间和气势，从而使得景致更浩大，更生动，读来如临其境。

第二句开头以“平”来形容沙滩的景色，画面极为贴切生动，展现了海边沙岸经由海水常年冲刷的形貌。而句末的“四无边”，则又回过来与前面所说的浩浩相照应，反复渲染出沙岸的阔大无边。在这一描写沙岸的诗句中，以“平”字言沙岸之表面形态，以浩浩无边言沙岸之面积空间，从不同角度较为细致地展现了沙岸之貌。而这毫无起伏与遮挡的“平”字，与后文的“浩浩”和“四无边”相结合，更可见沙岸平铺延展，极为开阔。

较之前二句，后二句的笔触相对平实质朴许多；但仍不缺气势。所不同的是，前半部分的气势是外在的、突出可见的，而这部分的气势是内在的、包蕴在文字间的。作者借由看似平铺直叙的“淘不住”和“遂令东海变桑田”，来展现出了大海巨大的内在力量！

继写景之后，作者又以“淘”一字扣题，用直白浅近的语言讲述了大浪淘沙带给他的思考和感叹。“浪淘沙”既是这首诗的题目，又是诗的内容，更可联想牵引出更深的内涵。作者借浪淘沙之景，抒发“沧海桑田”的感叹。“沧海桑田”长久以来被人们使用得不少，而其所蕴含的意思也早已超出最初故事所表达的范围，使用者或觉世事无常，或叹变化无情。但自此处来看，后二句是作者对大浪不停淘沙将产生的结果的预想，并因此感叹自然界的变化，仅是单纯的叙事抒怀，并未含有太多的哲思或体会更深意蕴之时的情绪。人们对“沧海桑田”常引申出来的感触，在这首诗中，似未有体现。

综观整首诗，前半段写景，后半段抒情，写景之笔精致有力，画面生动，气势外扬；而抒情之笔朴实且暗蕴力量，情感平和而略蕴逸思壮怀。诗作虽篇幅短小，直白易懂，却能令所读之人在此基础上牵引出更多属于读者个人的内容，或思或叹，可谓余韵无穷。

（钱　方）

浪淘沙词六首 （其四）

借问江潮与海水，何似君情与妾心？
相恨不如潮有信，相思始觉海非深。

白居易的这组《浪淘沙词》约作于大和二年（828）至开成四年（839）之间。刘禹锡《刘宾客文集》卷二十七有《浪淘沙词九首》，诗意略与白诗相同，故白诗有可能是和刘之作。

《浪淘沙》本为唐代七言绝句，后用为词牌。词包含多体，有单调、双调，有二十八字体、五十四字体（中又含二体）等。宋王灼《碧鸡漫志》卷一："唐时古意亦未全丧，《竹枝》、《浪淘沙》、《抛球乐》、《杨柳枝》，乃诗中绝句而定为歌曲。"又万树《词律》卷一注《浪淘沙》二十八字体云："此亦七言绝句，平仄不拘。观刘、白诸作，皆切本调名，非泛用也。"由"绝句而定为歌曲"和"切本调名"这两点来看，刘、白所作之《浪淘沙》虽非创调，但对后来词的发展具有一定影响。

"借问江潮与海水，何似君情与妾心？"诗题既为《浪淘沙》，首句即由水写起。劈首一问，冲口而出，表现出主人公已经怨愤很久。虽然怨愤，却无人诉说，故只好将情感和郁闷都指向江潮和海水。滔滔流水，既是阻隔，又是联结，自古以来就是情侣们倾注爱恨之所。以水起喻，也符合民歌取象浅近的特点。君情和妾心，江潮和海水，如果按照现代的修辞观念，君情和妾心属于本体，江潮和海水属于喻体，但作者却让喻体先于本体出现，这在大致交代了自然环境（江边或海边）的同时，又在章法上造成了一个曲折。先言他物以引起所咏之诗，开首这一问，其实是比中带兴。

【鉴赏】

“相恨不如潮有信，相思始觉海非深。”当我怨你的时候，总是恨你不能像潮水那样按时与我相见。可是当我想你的时候，却觉得海水都不如我对你的情感那样深。这种爱恨，恐怕很多恋爱中的男女都感受过。读到这，恐怕很多人都要想起李益的《江南曲》：“嫁得瞿塘贾，朝朝误妾期。早知潮有信，嫁与弄潮儿。”以潮作比，二诗相同，但最终的情感，二诗却相异。李益诗的男主人公是个商人，“商人重利轻别离”（白居易《琵琶行》），李益的诗多多少少含有一些谴责的味道。白居易的诗却是以相思作结，让人觉得女主人公对男主人公犹是爱大于恨。说到这种又爱又恨的复杂情感，《董西厢》里倒有个曲子写得绝妙：“[黄钟宫·出队子]滴滴风流，做为娇更柔。更人无语但回眸。料得娘行不自由，眉上新愁压旧愁。天天闷得人来彀，把深恩都变作仇。比及相对待追求，见了依前还又休，是背面相思对面羞。”深恩变成仇，见了又还休，良可和本诗参照。

人或以乐天这一组诗不如刘禹锡之作，但平心而论，二者各有所长。刘禹锡的诗，诸如“濯锦江边两岸花，春风吹浪正淘沙。女郎剪下鸳鸯锦，将向中流定晚霞”，诸如“日照澄洲江雾开，淘金女伴满江隈。美人首饰侯王印，尽是沙中浪底来”，诸如“莫道谗言如浪深，莫言迁客似沙沉。千淘万漉虽辛苦，吹尽狂沙始到金”，其扣本调皆比乐天严密，气格亦较为高整。乐天的一组诗虽然气格不如刘诗高古，但其多以写情为主，音韵宛转，颇具民歌特色。在刘、白的时代，诗和词的分野还不是很清楚，他二人的这两组《浪淘沙词》，也算是这一点的一个证明吧。

（刘竞飞）

【词】

【原文】

忆江南

江南好，风景旧曾谙。日出江花红胜火，春来江水绿如蓝。能不忆江南？

江南忆，最忆是杭州。山寺月中寻桂子，郡亭枕上看潮头。何日更重游？

江南忆，其次忆吴宫。吴酒一杯春竹叶，吴娃双舞醉芙蓉。早晚复相逢？

这个词牌原名《望江南》，见于《教坊记》及敦煌曲子词。其后又有《谢秋娘》、《梦江南》、《望江梅》等许多异名。白居易则即事名篇，题为《忆江南》，突出一个"忆"字，抒发他对江南的忆恋之情。

白居易早在青年时期就曾漫游江南，行旅苏、杭。其后又在苏、杭做官：唐穆宗长庆二年(822)七月除杭州刺史，十月到任，长庆四年五月任满离杭；唐敬宗宝历元年(825)三月除苏州刺史，五月初到任，次年秋天因目疾免郡事，回到洛阳。这时候，他五十五岁。苏、杭是江南名郡，风景秀丽，人物风流，给白居易留下了美好的记忆；回到洛阳之后，写了不少怀念旧游的诗作。如《见殷尧藩侍御〈忆江南〉三十首，诗中多叙苏杭胜事，余尝典二郡，因继和之》云："江南名郡数苏杭，写在殷家三十章。君是旅人犹苦忆，我为刺史更难忘。境牵吟咏真诗国，兴入笙歌好醉乡。为念旧游终一去，扁舟直拟到沧浪。"直到开成三年(838)六十七岁的时候，还写了这三首《忆江南》。

第一首泛忆江南，兼包苏、杭，写春景。全词五句。一开口即赞颂“江南好”，正因为“好”，才不能不“忆”。“风景旧曾谙”一句，说明那江南风景之“好”，不是听人说的，而是当年亲身感受到、体验过的，因而在自己的审美意识里留下了难忘的记忆。既落实了“好”字，又点明了“忆”字。接下去，即用两句词写他“旧曾谙”的江南风景：“日出江花红胜火，春来江水绿如蓝。”“日出”、“春来”，互文见义。春来百花盛开，已极红艳；红日普照，更红得耀眼。在这里，因同色相烘染而提高了色彩的明亮度。春江水绿，红艳艳的阳光洒满了江岸，更显得绿波粼粼。在这里，因异色相映衬而加强了色彩的鲜明性。作者把“花”和“日”联系起来，为的是同色相烘染；又把“花”和“江”联系起来，为的是异色相映衬。江花红，江水绿，二者互为背景。于是红者更红，“红胜火”；绿者更绿，“绿如蓝”。

杜甫写景，善于着色。如“江碧鸟逾白，山青花欲燃”（《绝句》）、“两个黄鹂鸣翠柳，一行白鹭上青天”（《绝句》）诸句，都明丽如画。而异色相映衬的手法，显然起了重要作用。白居易似乎有意学习，如“夕照红于烧，晴空碧胜蓝”（《秋思》）、“春草绿时连梦泽，夕波红处近长安”（《题岳阳楼》）、“绿浪东西南北水，红栏三百九十桥”（《正月三日闲行》）诸联，都因映衬手法的运用而获得了色彩鲜明的效果。至于“日出”、“春来”两句，更在师承前人的基础上有所创新：在明媚的春光里，从初日、江花、江水、火焰、蓝叶那里吸取颜料，兼用烘染、映衬手法而交替综错，又济之以贴切的比喻，从而构成了阔大的图景。不仅色彩绚丽，耀人眼目；而且层次丰富，耐人联想。

读者如果抓住题中的“忆”字和词中的“旧曾谙”三字驰骋想象，就会发现还有一个更重要的层次：以北方春景映衬江南春景。全词以追忆的情怀，写“旧曾谙”的江南春景。而此时，作者却在洛阳。比起江南来，洛阳的春天来得晚。请看作者写于洛阳的《魏王堤》七绝：“花寒懒发鸟慵啼，信马闲行到日西。何处未春先有思，柳条无力魏王堤。”在江南“日出江花红胜火”的季节，洛阳却“花寒懒发”，只有魏王堤上的柳丝，才透出一点儿春意。

花发得比江南晚，水怎么样呢？洛阳有洛水、伊水，离黄河也不远。但即使春天已经来临，这些水也不可能像江南春水那样碧绿。不难设想，当作者信马寻春，看见的水都是黄的，花呢，还因春寒料峭而懒得开，至少还未盛开；他触景生情，怎能不追忆江南春景？怎能不从内心深处赞叹“江南好”？而在用生花妙笔写出他“旧曾谙”的江南好景之后，又怎能不以“能不忆江南”的眷恋之情，收束全词？词虽收束，而余情摇漾，凌空远去，自然引出第二首和第三首。

第二首紧承前首结句“能不忆江南”，以“江南忆，最忆是杭州”开头，将记忆的镜头移向杭州。偌大一个杭州，可忆的情境当然很多，而按照这种小令的结构，却只能纳入两句，这就需要选择和集中最有代表性、也是他感受最深的东西。杭州最有代表性的景物是什么呢？且看宋之问的名作《灵隐寺》：“鹫岭郁岧峣，龙宫锁寂寥。楼观沧海日，门对浙江潮。桂子月中落，天香云外飘……”浙江潮和月中桂子，就是杭州景物中最有代表性的东西，而作者对此也感受最深。

何谓“月中桂子”？《南部新书》里说：“杭州灵隐寺多桂。寺僧曰：‘此月中种也。’至今中秋望夜，往往子堕，寺僧亦尝拾得。”既然寺僧可以拾得，别人也可能拾得。白居易做杭州刺史的时候，也很想拾它几颗。《留题天竺、灵隐两寺》诗云：“在郡六百日，入山十二回。宿因月桂落，醉为海榴开……”自注云：“天竺尝有月中桂子落，灵隐多海石榴花也。”看起来，他在杭州之时多次往寻月中桂子，欣赏三秋月夜的桂花。因而当他把记忆的镜头移向杭州的时候，首先再现了“山寺月中寻桂子”这样一个动人的画面。

天竺寺里，秋月朗照，桂花飘香，一位诗人，徘徊月下，流连桂丛，时而举头望月，时而俯身看地，看看是否真的有桂子从月中落下，散在桂花影里。这和宋之问的“桂子月中落”相比，境界迥乎不同，其关键在于着一

"寻"字,使得诗中有人,景中有情。碧空里的团圞明月,月光里的巍峨山寺和寺中的三秋桂子、婆娑月影,都很美。然而如果不通过人的审美感受,就缺乏诗意。着一"寻"字,则这一切客观景物都以抒情主人公的行动为焦点而组合、而移动,都通过抒情主人公的视觉、触觉、嗅觉乃至整个心灵而变成有情之物。于是乎,情与景合,意与境会,诗意盎然,引人入胜。

如果说天竺寺有月中桂子飘落不过是神话传说,那么,浙江潮却是实有的奇观。所以,上句说的"寻"桂子,不一定能寻见;下句所说"看"潮头,那是实实在在看见了。

浙江流到杭州城东南,称钱塘江;又东北流入海。自海上涌入的潮水,十分壮观。《杭州图经》云:"海门潮所起处,望之有三山。"这潮水,奔腾前进,直到杭州城外的钱塘江。《方舆胜览》云:"钱塘每昼夜潮再上,至八月十八日尤大。"就是说,每天都有早潮、晚潮,而以阴历中秋前后潮势最大。请看《钱塘候潮图》里的描写:"常潮远观数百里,若素练横江;稍近,见潮头高数丈,卷云拥雪,混混沌沌,声如雷鼓。"正因为"潮头高数丈",所以作者当年做杭州刺史的时候,躺在郡衙里的亭子上,就能看见那"卷云拥雪"的壮丽景色。

这两句词,都有人有景,以人观景,人是主体。所不同的是:上句以动观静,下句以静观动。

"山寺"、"月"、"桂",本来是静的,主人公"寻桂子",则是动的。以动观静,静者亦动,眼前景物,都跟着主人公的"寻"而移步换形。然而这里最吸引人的还不是那移步换形的客观景物,而是主人公"山寺月中寻桂子"的精神境界。他有感于山寺里香飘云外的桂花乃"月中种"的神话传说,特来"寻桂子",究竟为了什么?是想寻到月中落下的桂子亲手种植,给人间以更多的幽香呢,还是神往月中仙境,感慨人世沧桑、探索宇宙的奥秘呢?

海潮涌入钱塘江,潮头高数丈,卷云拥雪,瞬息万变,这是动的。主人公"郡亭枕上看潮头",其形体当然是静的;但他的内心世界,是否也是静的

【鉴赏】

呢？作者有一首《观潮》诗："早潮才落晚潮来，一月周流六十回。不独光阴朝复暮，杭州老去被潮催。"不用说，这是他在"郡亭枕上看潮头"时出现过的内心活动。但难道只此而已，别无其他吗？何况，仅就这些内心活动而言，已蕴含着人生有限而宇宙无穷的哲理，值得人们深思啊！

第三首，照应第一首的结尾和第二首的开头，从"江南忆，其次忆吴宫"冠下，追忆苏州往事："吴酒一杯春竹叶，吴娃双舞醉芙蓉。"即一面品尝美酒，一面欣赏美女双双起舞。"春竹叶"，是对"吴酒一杯"的补充说明。张华诗云："苍梧竹叶清，宜城九酝醝。"可见"竹叶"本非"吴酒"。这里用"竹叶"，主要为了与下句的"芙蓉"在字面上对偶，正像杜甫的"竹叶与人既无分，菊花从此不须开"借"竹叶"对"菊花"一样。"春"，在这里是个形容词。所谓"春竹叶"，可以解释成春天酿熟的酒，作者在另一篇诗里就有"瓮头竹叶经春熟"的说法；也可以解释成能给饮者带来春意的酒，作者生活的中唐时代，就有不少名酒以"春"字命名，如"富水春"、"若下春"之类（见李肇《国史补》）。从"春"与"醉"对偶来看，后一种解释也许更符合原意。"醉芙蓉"是对"吴娃双舞"的形象描绘。以"醉"字形容"芙蓉"，极言那花儿像美人喝醉酒似的红艳。"娃"，美女也。西施被称为"娃"，吴王夫差为她修建的住宅，叫"馆娃宫"。开头不说忆苏州而说"忆吴宫"，既为了与下文协韵，更为了唤起读者对于西施这位绝代美人的联想。读到"吴娃双舞醉芙蓉"，这种联想就更加活跃了。

"吴酒"两句，前宾后主，喝酒，是为观舞助兴，着眼点落在"醉芙蓉"似的"吴娃"身上，因而以"早晚复相逢"收尾。"早晚"，当时口语，其意与"何时"相同。

白居易在《与元九书》中说："感人心者，莫先乎情，莫始乎言，莫切乎声，莫深乎义。诗者：根情，苗言，华声，实义。……未有声入而不应，情交而不感者。"又在《问杨琼》诗里慨叹道："古人唱歌兼唱情，今人唱歌唯唱声！"诗歌，需要有音乐性和图画性。但它感动人心的艺术魅力，却不独在于声韵悠扬，更在于以声传情；不独在于写景如画，更在于借景抒情。白居易把情看作诗歌的“根”，作诗谱歌，力图以浓郁的实感真情动人心魄。这是他留给后人的最宝贵的艺术经验。这三首《忆江南》，也正是他的艺术经验的结晶。正如题目所昭示，洋溢于整个组诗的，是对于江南的赞美之情和忆恋之情。“日出江花红胜火，春来江水绿如蓝”，真是写景如画！但这不是纯客观的景，而是以无限深情创造出来的情中景，又抒发了热爱江南的景中情。读这两句词，不仅看见了江南春景，还仿佛看见主人公赞美江南春景、忆恋江南春景的体态神情，从而想象他的精神活动，进入了作者所谓“情交”的境界。读“山寺”、“吴酒”两联，情况也与此相似。

这三首词，从今时忆往日，从洛阳忆苏杭。今、昔，南、北，时间、空间的跨度都很大。每一首的头两句，都抚今追昔，身在洛阳，神驰江南。每一首的中间两句，都以无限深情，追忆最难忘的江南往事。结句呢？则又回到今天，希冀那些美好的记忆有一天能够变成活生生的现实。因此，整个组词不过寥寥数十字，却从许多层次上吸引读者进入角色，想象主人公今昔南北所经历的各种情境，体验主人公今昔南北所展现的各种精神活动，从而获得寻味无穷的审美享受。

这三首词，每首自具首尾，有一定的独立性；而各首之间，又前后照应，脉络贯通，构成有机的整体。在“联章”诗词中，其谋篇布局的艺术技巧，也值得借鉴。

（霍松林）

长相思

汴水流，泗水流，流到瓜洲古渡头。吴山点点愁。　　思悠

【原文】

悠，恨悠悠，恨到归时方始休。月明人倚楼。

这首词是抒发“闺怨”的名篇，构思比较新颖奇巧。它写一个闺中少妇，月夜倚楼眺望，思念久别未归的丈夫，充满无限深情。词作采用画龙点睛之笔，最后才点出主人公的身分，突出作品的主题思想，因而给读者留下强烈的悬念。

上片全是写景，暗寓恋情。前三句以流水比人，写少妇丈夫外出，随着汴水、泗水向东南行，到了遥远的地方；同时也暗喻少妇的心亦随着流水而追随丈夫的行踪飘然远去。第四句“吴山点点愁”才用拟人化的手法，婉转地表现少妇思念丈夫的愁苦。前三句是陈述句，写得比较隐晦，含而不露，如若不细细体会，只能看到汴水、泗水远远流去的表面意思，而看不到更深的诗意，这就辜负了作者的苦心。汴水发源于河南，古汴水一支自开封东流至今徐州，汇入泗水，与运河相通，经江苏扬州南面的瓜洲渡口而流入长江，向更远的地方流去。这三句是借景抒情，寓有情于无情之中，使用的是暗喻和象征的手法。“吴山点点愁”一句，承“瓜洲古渡”而入吴地，而及吴山，写得清雅而沉重，是上片中的佳句。“吴山点点”是写景，在这里，作者只轻轻一带，着力于下面的“愁”字。着此“愁”字，就陡然使词意发生了巨大的变化，吴山之秀色不复存在，只见人之愁如山之多且重，这是一；山亦因人之愁而愁，这是二；山是愁山，则上文之水也是恨水了，这是三。一个字点醒全片，是何等之笔力！

下片直抒胸臆，表达少妇对丈夫长期不归的怨恨。前三句写她思随流水，身在妆楼，念远人而不得见，思无穷，恨亦无穷。“悠悠”二字，意接流水，笔入人情。“恨到归时方始休”一句，与《长恨歌》之“天长地久有时尽，此恨绵绵无绝期”，各擅胜场。《长恨歌》写死别，故恨无绝期；此词写生离，故归即无恨。“恨到归时方始休”，句意拙直，不假藻饰，然而深刻有味，情真意真。末句“月明人倚楼”，是画景也是情语。五字包拢全词，从而知道以上的想水想山，含思含恨，都是人于明月下、倚楼时的心事；剪影式的画幅，又见出她茫茫然远望驰思，人仍未归，恨亦难休，几乎要化为山头望夫石也。

（陆永品）

长相思

深画眉，浅画眉。蝉鬓鬅鬙[①]云满衣。阳台行雨回。　　巫山高，巫山低。暮雨潇潇[②]郎不归。空房独守时。

〔注〕 ① 蝉鬓：妇女的一种发式。其特点是轻而薄，望之缥缈如蝉翼。鬅鬙（péng sēng）：发乱貌。　② 潇潇：形容风雨急骤。

闺怨词要写得一往情深，很重要的一着是要把闺妇生活中最能表现其闺怨情怀的片断吸取入文。这首词，颇得力于此。

先从时间上说。作者把闺妇置于“暮雨潇潇”的傍晚时分，很见匠心。一天之中，傍晚时分无疑是最易惹动离愁的。飞鸟投林，牛羊下括，农夫收工回家，都在傍晚时分。当此之时，如果丈夫行役异乡，久久未归，闺妇自然会加倍地感到空虚寂寞。李白的词作早已注意到了这一点，在《菩萨蛮》中写道：“暝色入高楼，有人楼上愁。”白居易则突进一层。他不是截取一般的傍晚时分，而是截取了一个“雨潇潇”的傍晚时分。这就使这一敏感的时间在展示离人愁怀方面更恰到好处了。不难想见，词中的闺妇处此时刻之中，于空虚寂寞之外，必然会平添心烦意乱之感。那感触，较之一般的暝色起愁更为强烈。陈廷焯说："好在'暮雨潇潇'四字。妙在绝不着力。"（《词则·闲情集》卷一评）道理即在于此。

次从心态的刻画上说。作者把闺妇内心的潜意识以梦幻的方式出之，愈感真切。上片所写的境界颇为恍惚。"深画眉，浅画眉"两句，显然不是"现在时"，而是"过去时"。为了逗丈夫喜欢，她精心地画过眉。究竟是画得深好，还是画得浅好，颇费思量。在夫妻生活中，画眉这件事尽管很小，却幸福而甜蜜，因而在这相思的时刻，最先从记忆中跳出来。回忆过去，不仅仅是为了填补当前的不足，更重要的是在于追求，对曾经获得过的幸福的追求。"蝉鬓鬅鬙云满衣。阳台行雨回"，则是由热烈的追求和缠绵的相思所引起的一种极为艳丽的梦幻。由于不便直说，便借用巫山神女这个熟典来曲说。相传为宋玉所撰的《高唐赋》中的神女曾说过"旦为朝云，暮为行雨。朝朝暮暮，阳台之下"的话，且曾自荐枕席于楚王，因此"阳台行雨"往往是男女欢会的代称。众所周知，梦幻是潜意识的活跃状态。而潜意识的活跃状态，正是思之深、念之切的必然结果。闺妇在现实生活中无法得到的幸福终于在梦幻中暂时地得到了。但是她必须付出代价。这就是下片所写的从梦幻中醒来以后的加倍的痛苦。

换头"巫山高，巫山低"，紧扣上片中的"阳台"一词，"高"、"低"两字又与上片"回"字相关，句法细密无间。由于与丈夫分别太久，相思之苦太深，因而当她悠悠醒来以后，仍然惦念着那高高低低的巫山。这时，她发现作为梦幻中的欢会之地的巫山离自己是那样的遥远，简直是虚无缥缈，而留在自己心头的却是一大堆迷惘、杂乱、剪不断、数不清的离愁。听着窗外潇潇的暮雨声，她比先前更为痛楚地叹息自己的可悲处境："空房独守时。""空"、"独"两字以其怵目惊心的敏锐感觉，与梦幻中的朦胧恍惚适成对照。

它说明，梦幻过去以后，闺妇陷入了更为难堪的空虚和无比深切的怅恨的煎熬之中。大凡相思彻骨而导致潜意识的活跃，希冀在梦幻中获得暂时的慰藉，这就不同于一般的相思之情而应该称之为痴情了。作者抓住了闺妇最有痴情的片刻来展示其缠绵悱恻的相思之苦，所以黄昇《花庵词选》评为“非后世作者所及”。

本词在声律上也有特色。全词八句，除第五句外，句句用韵，而且用细微级的之、微、齐韵通押，使词的声情与闺妇的哀情融成一片，自然凄响，宛转谐美。故俞陛云说：“此首音节，饶有乐府之神。”（《唐词选释》）另据叶申芗《本事词》说：“吴二娘，江南名姬也，善歌。白香山守苏州时，尝制《长相思》‘深画眉’一阕云云。吴善歌之，故香山有‘吴娘暮雨潇潇曲，自别江南久不闻’之咏。盖指此也。”可见本词的音乐美也是不可多得的。

（吴汝煜）

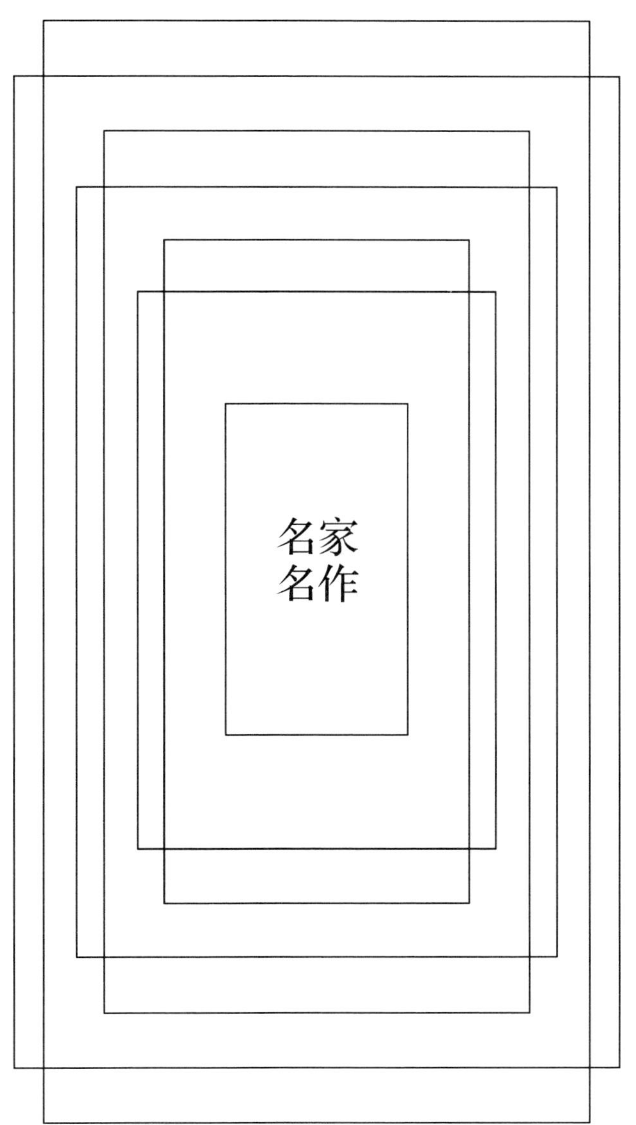

沈祖棻 霍松林 陈振鹏 褚斌杰 葛晓音 赖汉屏 余恕诚 周啸天 等撰写

【文】

【原文】

与元九书

月日，居易白，微之足下：

自足下谪江陵至于今[1]，凡枉赠答诗仅百篇[2]。每诗来，或辱[3]序，或辱书，冠于卷首，皆所以陈古今歌诗之义，且自序为文因缘，与年月之远近也。仆既受足下诗，又谕足下此意，常欲承答来旨，粗论歌诗大端，并自述为文之意，总为一书，致足下前。累岁已来，牵故少暇，间有容隙[4]，或欲为之，又自思所陈，亦无出足下之见，临纸复罢者数四，卒不能成就其志，以至于今。今俟罪[5]浔阳，除盥栉食寝外无余事，因览足下去通州日所留新旧文二十六轴[6]，开卷得意，忽如会面。心所畜者，便欲快言，往往自疑，不知相去万里也。既而愤悱之气思有所泄，遂追就前志，勉为此书。足下幸试为仆留意一省。

夫文尚矣[7]，三才各有文[8]：天之文，三光首之[9]；地之文，五材首之[10]；人之文，六经首之[11]。就六经言，《诗》又首之。何者？圣人感人心而天下和平。感人心者，莫先乎情，莫始乎言，莫切乎声，莫深乎义。诗者，根情，苗言，华声，实义[12]。上自贤圣，下至愚呆，微及豚鱼，幽及鬼神，群分而气同，形异而情一，未有声入而不应，情交而不感者。圣人知其然，因其言，经之以六义[13]；缘其声，纬之以五音[14]。音有韵，义有类[15]。韵协则言顺，言顺则声易入；类举则情见，情见则感易交。于是乎孕大含深，贯微洞密。上下通而一气泰，忧乐合而百志熙[16]。五帝三皇所以直道而行[17]，垂拱而理者[18]，揭此以为大柄，决此以为大宝也[19]。故闻"元首明，股肱良"之歌，则知虞道昌矣[20]；闻五子洛汭之歌，则知夏政荒矣[21]。言者无罪，闻者足戒[22]，言者闻者，莫不两尽其心焉。

洎周衰秦兴，采诗官废，上不以诗补察时政，下不以歌泄导人情，乃至于谄成之风动，救失之道缺。于时"六义"始刓矣[23]。

《国风》变为骚辞[24]。五言始于苏、李[25]。苏、李、骚人，皆不遇者[26]，各系其志，发而为文。故"河梁"之句，止于伤别[27]；泽畔之吟，归于怨思[28]：彷徨抑郁，不暇及他耳。然去《诗》未远，梗概尚存。故兴离别，则引双凫一雁为喻[29]，讽君子小人，则引香草恶鸟为比[30]，虽义类不具，犹得风人之什二三焉。于时"六义"始缺矣。

晋、宋已还，得者盖寡。以康乐之奥博，多溺于山水[31]；以渊明之高古，偏放于田园[32]。江、鲍之流[33]，又狭于此。如梁鸿《五噫》之例者[34]，百无一二焉。于时"六义"浸微矣[35]，陵夷矣[36]！

至于梁、陈间，率不过嘲风雪、弄花草而已。噫！风雪花草之物，《三百篇》中[37]，岂舍之乎？顾所用何如耳。设如"北风其凉[38]"，假风以刺威虐也；"雨雪霏霏[39]"，因雪以愍征役也。"棠棣之华[40]"，感华以讽兄弟也。"采采芣苢[41]"，美草以乐有子也：皆兴发于此，而义归于彼。反是者，可乎哉！然则"余霞散成绮，澄江净如练[42]"，"离花先委露，别叶乍辞风"之什[43]，丽则丽矣，吾不知其所讽焉。故仆所谓嘲风雪、弄花草而已。于时"六义"尽去矣。

【原文】

唐兴二百年，其间诗人不可胜数。所可举者，陈子昂有《感遇》诗二十首[44]，鲍防有《感兴》诗十五首[45]。又诗之豪者，世称李、杜[46]。李之作，才矣奇矣，人不逮矣。索其风、雅、比、兴，十无一焉。杜诗最多，可传者千余首。至于贯穿今古，觑缕格律[47]，尽工尽善，又过于李。然撮其《新安吏》、《石壕吏》、《潼关吏》、《塞芦子》、《留花门》之章，“朱门酒肉臭，路有冻死骨”之句[48]，亦不过三四十首。杜尚如此，况不逮杜者乎？

仆常痛诗道崩坏，忽忽愤发[49]，或食辍哺，夜辍寝，不量才力，欲扶起之。嗟乎！事有大谬者，又不可一二而言，然亦不能不粗陈于左右。

仆始生六七月时，乳母抱弄于书屏下，有指“无”字“之”字示仆者，仆虽口未能言，心已默识；后有问此二字者，虽百十其试，而指之不差。则仆宿昔之缘，已在文字中矣。及五六岁便学为诗，九岁谙识声韵。十五六始知有进士，苦节读书。二十已来，昼课赋，夜课书，间又课诗，不遑寝息矣。以至于口舌成疮，手肘成胝，既壮而肤革不丰盈，未老而齿发早衰白，瞥瞥然如飞蝇垂珠在眸子中也[50]，动以万数。盖以苦学力文所致，又自悲矣。

家贫多故，二十七方从乡赋[51]。既第之后，虽专于科试，亦不废诗。及授校书郎时[52]，已盈三四百首。或出示交友如足下辈，见皆谓之工，其实未窥作者之域耳[53]。自登朝来[54]，年齿渐长，阅事渐多，每与人言，多询时务；每读书史，多求理道[55]。始知文章合为时而著，歌诗合为事而作[56]。是时皇帝初即位[57]，宰府有正人，屡降玺书，访人急病[58]。仆当此日，擢在翰林[59]，身是谏官[60]，月请谏纸[61]，启奏之外，有可以救济人病，裨补时阙，而难于指言者，辄咏歌之，欲稍稍递进闻于上。上以广宸聪[62]，副忧勤[63]；次以酬恩奖，塞言责；下以复吾平生之志[64]。岂图志未就而悔已生[65]，言未闻而谤已成矣。

又请为左右终言之。凡闻仆《贺雨》诗[66]，而众口籍籍[67]，已谓非宜矣。闻仆《哭孔戡》诗[68]，众面脉脉[69]，尽不悦矣。闻《秦中吟》[70]，则权豪贵近者相目而变色矣。闻《乐游园》寄足下诗，则执政柄者扼腕矣[71]。闻《宿紫阁村》诗[72]，则握军要者切齿矣。大率如此，不可遍举。不相与者，号为沽名，号为诋讦，号为讪谤。苟相与者，则如牛僧孺之戒焉[73]。乃至骨肉妻孥，皆以我为非也。其不我非者，举不过三两人。有邓鲂者，见仆诗而喜，无何而鲂死[74]。有唐衢者，见仆诗而泣，未几而衢死[75]。其余则足下，足下又十年来困踬若此。呜呼！岂"六义"、"四始"之风[76]，天将破坏，不可支持耶？抑又不知天之意，不欲使下人之病苦闻于上耶？不然，何有志于诗者不利若此之甚也。

然仆又自思，关东一男子耳[77]，除读书属文外，其他懵然无知；乃至书画棋博，可以接群居之欢者，一无通晓，即其愚拙可知矣。初应进士时，中朝无缌麻之亲[78]，达官无半面之旧，策蹇步于利足之途[79]，张空拳于战文之场[80]。十年之间，三登科第[81]，名入众耳，迹升清贯[82]，出交贤俊，入侍冕旒[83]。始得名于文章，终得罪于文章，亦其宜也。

日者，又闻亲友间说，礼、吏部举选人[84]，多以仆私试赋、判传为准的。其余诗句，亦往往在人口中。仆恧然自愧[85]，不之信也。及再来长安，又闻有军使高霞寓者[86]，欲聘倡妓，妓大夸

【原文】

曰："我诵得白学士《长恨歌》[87]，岂同他妓哉？"由是增价。又足下书云：到通州日，见江馆柱间有题仆诗者，复何人哉？又昨过汉南日[88]，适遇主人集众乐娱他宾，诸妓见仆来，指而相顾曰："此是《秦中吟》、《长恨歌》主耳！"自长安抵江西[89]，三四千里，凡乡校、佛寺、逆旅、行舟之中，往往有题仆诗者；士庶、僧徒、孀妇、处女之口，每每有咏仆诗者。此诚雕虫之戏[90]，不足为多，然今时俗所重，正在此耳。虽前贤如渊、云者[91]，前辈如李、杜者，亦未能忘情于其间哉！

古人云："名者，公器，不可以多取[92]。"仆是何者？窃时之名已多。既窃时名，又欲窃时之富贵，使己为造物者，肯兼与之乎？今之迍穷，理固然也。况诗人多蹇。如陈子昂、杜甫，各授一拾遗[93]，而迍剥至死[94]。李白、孟浩然辈，不及一命[95]，穷悴终身。近日孟郊六十，终试协律[96]；张籍五十，未离一太祝[97]。彼何人哉！彼何人哉！况仆之才又不逮彼。今虽谪佐远郡[98]，而官品至第五[99]，月俸四五万，寒有衣，饥有食，给身之外，施及家人，亦可谓不负白氏之子矣。微之，微之，勿念我哉！

仆数月来，检讨囊帙中，得新旧诗，各以类分，分为卷目。自拾遗来，凡所遇所感，关于美、刺、兴、比者，又自武德讫元和[100]，因事立题，题为《新乐府》者，共一百五十首，谓之"讽谕诗"。又或退公独处，或移病闲居，知足保和，吟玩情性者一百首，谓之"闲适诗"。又有事物牵于外，情理动于内，随感遇而形于叹咏者一百首，谓之"感伤诗"。又有五言、七言，长句、绝句，自一百韵至两韵者四百余首，谓之"杂律诗"。凡为十五卷，约八百首。异时相见，当尽致于执事。

微之！古人云："穷则独善其身，达则兼济天下[101]。"仆虽不肖，常师此语。大丈夫所守者道，所待者时。时之来也，为云龙，为风鹏，勃然突然，陈力以出；时之不来也，为雾豹，为冥鸿，寂兮寥兮，奉身而退。进退出处，何往而不自得哉？故仆志在兼济，行在独善，奉而始终之则为道，言而发明之则为诗。谓之讽谕诗，兼济之志也；谓之闲适诗，独善之义也。故览仆诗，知仆之道焉。其余杂律诗，或诱于一时一物，发于一笑一吟，率然成章，非平生所尚者，但以亲朋合散之际，取其释恨佐欢。今铨次之间，未能删去。他时有为我编集斯文者，略之可也。

微之！夫贵耳贱目，荣古陋今[102]，人之大情也。仆不能远征古旧，如近岁韦苏州歌行[103]，才丽之外，颇近兴讽。其五言诗又高雅闲淡，自成一家之体。今之秉笔者谁能及之？然当苏州在时，人亦未甚爱重，必待身后，然后人贵之。今仆之诗，人所爱者，悉不过杂律诗与《长恨歌》以下耳。时之所重，仆之所轻。至于讽谕者，意激而言质；闲适者，思淡而词迂，以质合迂，宜人之不爱也。

今所爱者，并世而生，独足下耳。然千百年后，安知复无足下者出而知爱我诗哉？故自八九年来，与足下小通则以诗相戒，小穷则以诗相勉，索居则以诗相慰，同处则以诗相娱。知吾罪吾[104]，率以诗也。如今年春游城南时，与足下马上相戏，因各诵新艳小律，不杂他篇，自皇子陂归昭国里[105]，迭吟递唱，不绝声者二十里余。樊、李在旁[106]，无所措口。知我者以为诗仙，不知我者以为诗魔。何则？劳心灵，役声气，连朝接夕，不

【原文】

自知其苦，非魔而何？偶同人，当美景，或花时宴罢，或月夜酒酣，一咏一吟，不知老之将至。虽骖鸾鹤游蓬瀛者之适[107]，无以加于此焉，又非仙而何！微之，微之！此吾所以与足下外形骸[108]，脱踪迹[109]，傲轩鼎[110]，轻人寰者[111]，又以此也。

当此之时，足下兴有余力，且欲与仆悉索还往中诗[112]，取其尤长者，如张十八古乐府[113]，李二十新歌行[114]，卢、杨二秘书律诗[115]，窦七、元八绝句[116]，博搜精掇，编而次之，号《元白往还诗集》。众君子得拟议于此者，莫不踊跃欣喜，以为盛事。嗟乎！言未终而足下左转[117]，不数月而仆又继行[118]，心期索然[119]，何日成就，又可为之叹息矣。

又仆尝语足下：凡人为文，私于自是[120]，不忍于割截，或失于繁多。其间妍媸[121]，益又自惑，必待交友有公鉴无姑息者，讨论而削夺之，然后繁简当否得其中矣。况仆与足下，为文尤患其多。己尚病之，况他人乎？今且各纂诗笔[122]，粗为卷第，待与足下相见日，各出所有，终前志焉。又不知相遇是何年，相见在何地，溘然而至[123]，则如之何！微之，微之！知我心哉！

浔阳腊月，江风苦寒，岁暮鲜欢，夜长无睡。引笔铺纸，悄然灯前[124]，有念则书，言无次第，勿以繁杂为倦，且以代一夕之话也。微之，微之！知我心哉！乐天再拜。

〔注〕 ① 自足下谪江陵至于今：指元稹从元和五年(810)由监察御史贬为江陵(今属湖北)士曹参军到元和十年这段时间。 ② 仅百篇：近百篇之多。 ③ 辱：谦词，犹言“承蒙”。 ④ 容隙：空闲。 ⑤ 佚罪：指元和十年(815)白居易被贬到浔阳(今江西九江)任江州司马。 ⑥ 通州：元稹于元和十年改官通州(今四川达州市)司马。轴：卷。唐代以前书均手写，卷

端有轴，以便舒卷。一轴即一卷。　⑦ 尚矣：由来久远。　⑧ 三才：天、地、人。文：文章。　⑨ 三光：日、月、星。　⑩ 五材：即五行，指金、木、水、火、土。　⑪ 六经：儒家以《诗》、《书》、《礼》、《乐》、《易》、《春秋》为六经，其中《乐经》在汉代以前就亡失了，流传下来的只有“五经”。　⑫ 根情、苗言、华声、实义：谓诗应以感情为根，语言为苗，声韵为花，思想为果。⑬ 六义：《诗经》有风、雅、颂三种体裁及赋、比、兴三种表现手法，合称六义。　⑭ 五音：也称五声。指古代音乐上的宫、商、角、徵(zhǐ)、羽，音韵上的唇、齿、喉、舌、牙音等五类发音部位也称五音。　⑮ 音有韵，义有类：五音有不同的韵律，六义有不同的体裁和表现手法。　⑯“上下”二句：一气，《旧唐书》作“二气”，指天地之气。泰，通顺。熙，和悦。　⑰ 五帝：指黄帝、颛顼(zhuān xū)、帝喾(kù)、尧、舜。三皇：指燧人、伏羲、神农。⑱ 垂拱而理：意谓不费气力而治理天下。垂拱，垂衣拱手。　⑲“揭此”二句：揭，高举。柄，武器。决，抓住。大宝，最宝贵的事物。　⑳“元首明，股肱良”之歌：相传虞舜在位时，天下大治，他和皋陶(yáo)作歌唱和，其中有三句说：“元首明哉！股肱良哉！庶事康哉！”见《尚书·益稷篇》。元首，君主。股肱(gōng)，喻辅佐君主的大臣。昌，昌明，兴盛。　㉑ 五子洛汭(ruì)之歌：相传夏王太康荒淫无道，被羿所逐，他的五个兄弟在洛水边等候他不来，作了五首歌表示怨恨。后人相沿用《五子之歌》作臣子劝诫之辞。《尚书》有《五子之歌》，是一篇伪古文。　㉒“言者无罪”二句：语出《毛诗·大序》：“言之者无罪，闻之者足以戒。”　㉓ 刓(wán)：削弱。㉔《国风》：《诗经》有十五《国风》，是《诗经》的主要部分，因而以《国风》代指《诗经》。骚辞：《楚辞》第一篇为屈原《离骚》，因而以“骚辞”代指《楚辞》。㉕ 苏、李：《文选》有苏武、李陵赠答诗，是五言体，实为后人伪作。㉖“苏李骚人”二句：骚人：泛指诗人。苏武出使匈奴，被扣留十九年，守节不屈，归国后未受重用。李陵战败，投降匈奴。　㉗“河梁”之句：指苏、李赠答之诗，李陵《与苏武》诗第三首：“携手上河梁，游子暮何之？徘徊蹊路侧，悢悢不得辞。”　㉘ 泽畔之吟：指屈原的作品。《楚辞·渔父》：“屈原既放，游于江潭，行吟泽畔。”　㉙ 双凫一雁：苏武归国时写诗与李陵留别：“双凫俱北飞，一雁独南翔。”　㉚ 香草恶鸟：王逸《离骚序》：“《离骚》之文，依《诗》取兴，引类譬喻。故善鸟香草以配忠贞，恶禽臭物以比谗佞。”意思是说用香草比喻君子，用恶鸟比喻小人。　㉛“以康乐之奥博”二句：康乐，刘

【鉴赏】

宋时著名诗人谢灵运，因袭封康乐公，所以世称谢康乐。他精研玄理，著述丰富，故称“奥博”，所作诗歌偏重描写山水景物。 ㉜“以渊明之高古”二句：东晋时大诗人陶潜，字渊明，所作诗歌多写田园生活，超逸典雅。㉝ 江、鲍之流：指六朝著名诗人江淹、鲍照。 ㉞《五噫(yī)》：东汉诗人梁鸿，路过当时的京城洛阳，对统治者的奢侈生活极为愤慨，作了一首《五噫歌》。 ㉟ 浸(jìn)微：渐渐衰微。 ㊱ 陵夷：陵与夷皆渐平之意，引申为衰颓。 ㊲《三百篇》：指《诗经》，共计三百零五篇，后世以整数三百篇代称。㊳“北风其凉”：《诗经・邶风・北风》首句。 ㊴“雨雪霏霏”：《诗经・小雅・采薇》最后一章中的一句。 ㊵“棠棣之华”：《诗经・小雅・棠棣》中句子。棠棣，果实像李子的植物。 ㊶“采采芣苢(fú yǐ)”：《诗经・周南・芣苢》中句子。芣苢，车前子。 ㊷“余霞散成绮”二句：谢朓《晚登三山还望京邑》诗中的名句。 ㊸“离花先委露”二句：鲍照《玩月城西门廨中》诗中的名句。 ㊹ 陈子昂：字伯玉，初唐著名诗人，今本《陈伯玉集》有《感遇》诗三十八首。 ㊺ 鲍防：天宝进士，这里所说的《感兴诗》十五首，已失传。 ㊻ 李、杜：指唐代大诗人李白、杜甫。 ㊼ 觍(luó)缕格律：觍缕，委曲详尽。格律，体例音律。 ㊽“朱门酒肉臭”二句：杜甫《自京赴奉先县咏怀五百字》诗中名句。 ㊾ 忽忽：草率不经意。 ㊿ 瞀(mào)瞀：形容眼睛昏花。 (51) 乡赋：即乡试，地方举行的乡贡考试。据记载，白居易于二十八岁时在安徽宣城参加乡贡考试，考取后被送到京城长安参加进士考试。 (52) 校书郎：官名，属秘书省，掌管校理内府藏书。 (53) 域：门径。 (54) 自登朝来：指白居易自从元和三年(808)为左拾遗、翰林学士以来。 (55) 理道：指治理天下的道理。 (56)“文章合为时而著”二句：文章应该为反映时代而写，诗歌应该为反映现实而作。这是白居易现实主义诗文创作主张的主要观点。 (57) 皇帝初即位：指唐宪宗李纯即位初期。(58) 访人急病：人，即民。急病，疾苦。 (59) 擢(zhuó)：提拔。翰林：翰林学士是皇帝的侍臣，可参加商议军国大事，起草诏书。 (60) 谏官：向皇帝进行劝谏的官。白居易于元和三年(808)，以翰林学士出任左拾遗。拾遗是谏官的一种。 (61) 请：领取。谏纸：朝廷所发，为谏官誊写谏书的纸张。白居易《论制科人状》：“臣今职为学士，官是拾遗，日草诏书，月请谏纸。”唐制，谏官每月领谏纸二百张。 (62) 宸(chén)聪：皇帝的听察。(63) 副忧勤：帮助皇帝忧民勤政。 (64) 复：实现。 (65) 悔：指祸事。

⑥《贺雨》诗：白居易于元和四年(809)写《贺雨》诗讽劝皇帝改善人民生活。 ⑥ 籍籍：议论纷纷。 ⑧《哭孔戡》诗：孔戡正直不畏权势，有才不得重用，只作了闲官，含冤病死，白居易于元和五年(810)写《哭孔戡》诗悼念他。 ⑨ 脉脉：脸有怒色而口不说。 ⑦《秦中吟》：白居易创作的组诗，共十首，与《新乐府》同为“讽谕诗”重要部分。 ①《乐游园》寄足下诗：即《登乐游园望》诗。元和五年(810)元稹被贬作江陵士曹参军，白居易作这首诗相赠。扼腕，扼紧手腕，表示痛恨。 ⑫《宿紫阁村》诗：即《宿紫阁山北村》诗，揭露皇家禁卫军公然在京城近郊掠夺人民财物的罪行。⑬ 牛僧孺之戒：元和初牛僧孺在对策中，指陈时政，得罪权贵，他和考官都受到处分。白居易有《论制科人状》，所论奏者即指此事。 ⑭ 邓鲂(fáng)：白居易同时的诗人，怀才不遇，贫困而死。 ⑮ 唐衢：白居易同时的诗人，曾应进士第，未被录取，看到贞元、元和时期国事日非，常痛哭流涕，后穷愁而死。 ⑯ 四始：指《诗经》中四个首篇：《国风·关雎》、《小雅·鹿鸣》、《大雅·文王》、《颂·清庙》。 ⑰ 关东一男子：函谷关以东均称关东，白居易是太原人，所以自称“关东一男子”。 ⑱ 缌(sī)麻之亲：缌麻，细麻布，用作古代“五服”中最疏亲属的丧服。这是说在朝廷中连最疏远的亲族都没有。 ⑲“策蹇步”句：蹇(jiǎn)，跛脚。全句意为骑着跛脚的马在利于驰骋的大路上竞跑。 ⑳ 弮(quān)：弩弓。《汉书·司马迁传》：“张空弮，冒白刃，北首争死敌。”战文之场：竞赛文章的场所，指考试。㉑ 三登科第：指白居易于贞元十六年(800)登进士第，贞元十八年书判拔萃登科，元和元年(806)应“才识兼茂、明于体用”科试，入第四等。 ㉒ 清贯：皇帝的侍从官员。 ㉓ 冕旒(liú)：皇冠叫冕，皇冠上的垂珠叫旒，代指皇帝。 ㉔ 礼、吏部举选人：唐代制度，由礼部主持进士考试，考取后，还要通过吏部考试，才授官职。 ㉕ 恧(nǜ)然：惭愧貌。 ㉖ 军使高霞寓：军使，节度使的异称。高霞寓随高崇文讨伐西川叛将刘辟有功，后为唐、邓、隋州节度使。 ㉗ 白学士《长恨歌》：白居易曾任翰林学士，所以称他白学士。《长恨歌》，白居易根据唐玄宗和杨贵妃的故事写成的一首著名长诗。 ㉘ 汉南：指襄阳(今属湖北)。白居易《送冯舍人阁老往襄阳》诗：“莫恋汉南风景好，岘山花尽早归来。” ㉙ 江西：唐朝江南西道的简称。㉚ 雕虫之戏：犹雕虫之技，意谓微不足道的技能。汉代扬雄说，辞赋是雕虫小技，大丈夫所不为。 ㉛ 渊、云：指汉代文学家王褒(字子渊)和扬雄

【鉴赏】

(字子云)。 ㉒“名者,公器,不可以多取”:这句话出自《庄子·天运篇》:“名,公器也,不可多取。” ㉓ 拾遗:唐代设左右拾遗各六人,分属门下、中书两省,都是从八品上阶,虽然担任讽谏皇帝的任务,但地位很低。陈子昂曾任右拾遗,杜甫曾任左拾遗。 ㉔ 迍剥:艰困和被迫害。 ㉕ 一命:最低一级的官。李白生平只作过翰林供奉,无正式品级。孟浩然因写诗得罪唐玄宗,一生没有做官。 ㉖ 孟郊:和白居易同时的诗人,五十岁才考中进士,六十岁还只是正八品上阶的协律郎(乐官)。 ㉗ 太祝:替皇帝掌管祭祀的小官。 ㉘ 佐:即佐贰,是知府、知州、知县的辅助官。郡:州的通称。当时白居易贬为江州司马,辅助刺史处理政务。 ㉙ 官品至第五:唐代官制,江州司马是从五品。 ⑩ 武德:唐高祖年号(618—626)。元和:唐宪宗年号(806—820)。 ⑩①“穷则独善其身”二句:语出《孟子·尽心上》。意指仕途不顺利的时候,要保持个人的品格;有了地位后,应该把天下治理好。 ⑩② 贵耳贱目,荣古陋今:典出张衡《东京赋》:“若客所谓,末学肤受,贵耳而贱目者也。苟有胸而无心,不能节之以礼,宜其陋今而荣古矣!”谓贵其所闻,贱其所见,尊古而卑今,为人情所不免。 ⑩③ 韦苏州:指韦应物,贞元初为苏州刺史,故称韦苏州,所作五言诗最有名。 ⑩④ 知吾罪吾:原文作“知吾最要”,据《全唐文》、《旧唐书》改。 ⑩⑤ 皇子陂:长安城南的一个名胜地。《长安志》引《十道志》曰:“秦葬皇子,起冢陂北原上,因名皇子陂。”据毕沅考证,谓即秦悼太子冢。昭国里:在长安朱雀门街东的第三街永崇里南,白居易曾住在这里。 ⑩⑥ 樊、李:樊宗师和李绅,都是白居易好友。 ⑩⑦ 骖(cān)鸾鹤:以鸾鹤为坐骑,神话中登仙的意思。蓬瀛:蓬莱和瀛洲,传说中的海上两座仙山。 ⑩⑧ 外形骸:把形体看作外物。 ⑩⑨ 脱踪迹:摆脱世俗礼法的拘束。 ⑪⓪ 轩:古时大夫所乘的高车。鼎:贵族所用的食器。轩鼎代指权贵。 ⑪① 人寰:人世。这里实指官场生活。 ⑪② 还往:指交往的朋友。 ⑪③ 张十八:张籍。 ⑪④ 李二十:李绅。 ⑪⑤ 卢、杨:卢拱、杨巨源。 ⑪⑥ 窦七、元八:窦巩、元宗简。 ⑪⑦ 左转:降职。古代一般尊右卑左,被降职即称左转或左迁。元稹这时被贬为江陵府士曹参军。 ⑪⑧ 仆又继行:白居易接着又被贬为江州司马。 ⑪⑨ 心期索然:心中的期望落空。指编集《元白往还诗集》的心愿成空。 ⑫⓪ 私于自是:偏向于自己的爱好。 ⑫① 妍媸(chī):美丑。 ⑫② 诗笔:诗歌和散文。 ⑫③ 溘(kè)然:忽然,指死。 ⑫④ 悄然:冷清的意思。

【鉴赏】

这封信写于元和十年(815),这时白居易在江州司马任上,四十四岁。从二十九岁进士及第后,经过十多年的宦海风波,被贬到江州当一名有职无权的司马,对他是一次最沉重的打击,内心充满愤慨和忧伤,思想上的矛盾难以解决,于是诉之笔墨,写出这封感情真挚、内容丰富的长信。

元稹是白居易的好友。他们同在贞元十九年(803)以书判拔萃科登第,又同授秘书省校书郎,订交之后,交往密切,唱酬之作甚多,得意时以诗相戒,失意时以诗相勉,论诗作文观点相似,志同道合,感情深厚。元稹于元和五年因得罪权贵,从监察御史降为江陵士曹参军,元和十年调任通州司马。五年之中,他们来往赠答的诗篇超过百首,书信来往也多。因此,这封长信是他们之间长期以来思想交流的结晶。白居易所总结的创作经验,阐明的理论观点,完全是有感而发的,是深思熟虑的产物。

白居易作文和他写诗一样,思想感情袒露无遗,语言务求通俗浅白,形成独特的艺术风格。这篇文章是在吸取前代和同时代作家所提出的诗歌创作理论的基础上,加以发展,形成自己的诗歌理论的纲领,总结他创作政治讽谕诗的经验,观点鲜明,文字生动流畅,有较强的说服力,在中国文学批评史上占有重要的地位。

本文在简要地叙述他写作这封信的目的之后,以大量篇幅,列举文学史上大量作家和作品,用十分简洁的语句,叙述历代诗歌发展变化的概况,阐明《诗经》以来反映现实的优良文学传统。他从“六义”着眼,强调“风、雅、比、兴”是“六义”的精髓,并从“六义”的兴起、削弱,以至逐渐衰微、消失,评价不同时期的诗歌创作,虽然还不能概括从上古到中古诗歌发展的全貌,但基本上能自圆其说,成一家之言。他还提出诗歌的内容必须做到“根情”、“实义”,就是说诗歌所体现的感情和意义,正像植物的根和果实一样;而形式上的“苗言”、“华声”,是指诗歌的语言和声韵只是苗和花。只有

【鉴赏】

根深，才能叶茂，开出鲜艳的花朵，结出丰硕的果实。这个比喻十分形象地说明诗歌的内容与形式的关系，即内容是诗歌的根本，形式必须为内容服务，只有内容与形式相统一，才能发挥它的社会功能。按照这个观点，他在《诗经》之后，特别推崇杜甫的作品，肯定《新安吏》、《石壕吏》、《潼关吏》等名篇，和"朱门酒肉臭，路有冻死骨"等名句，而对六朝以来出现的脱离现实、绮靡颓废的文风，"嘲风雪，弄花草"的形式主义作品加以批判和否定，态度明确，褒贬基本得当，为他提倡的新乐府运动揭示有力的理论根据。

白居易从自己的勤学苦读，谈到仕宦之后潜心诗歌创作，以及作品的巨大影响，在总结创作经验时，着重谈到文学创作与现实的关系，得出"文章合为时而著，歌诗合为事而作"的结论。他谈到自己"苦学力文"的过程，说从二十岁以后，"昼课赋，夜读书，间又课诗，不遑寝息矣。以至于口舌成疮，手肘成胝，既壮而肤革不丰盈，未老而齿发早衰白，瞥瞥然如飞蝇垂珠在眸子中也，动以万数"。描写具体生动，读后令人感动。他还谈到，在创作《贺雨》、《哭孔戡》、《秦中吟》等诗篇时，由于紧密联系当时的政治斗争和社会现实，贯彻自己提出的创作主张，却被达官贵人切齿痛恨，但他毫无反悔之意："始得名于文章，终得罪于文章，亦其宜也。"相反，他对自己的诗文得到各阶层人民的欢迎，感到由衷的高兴："自长安抵江西，三四千里，凡乡校、佛寺、逆旅、行舟之中往往有题仆诗者，士庶、僧徒、孀妇、处女之口，每每有咏仆诗者。此诚雕虫之戏，不足为多，然今时俗所重，正在此耳。"白居易诗歌无论是在当时或是后世，影响是很大的，正是由于他用诗歌作武器，揭露社会矛盾，反映现实生活，具有进步意义。他特地把自己诗歌创作中有关"美刺兴比"的篇章，编为《新乐府》一百五十首，称为"讽谕诗"，体现现实主义诗歌理论的成果。

白居易以儒家的"穷则独善其身，达则兼济天下"的说教为准则，说明他写"讽谕诗"是表达"兼济之志"，其目的还是"惟歌生民病，愿得天子知"

(《寄唐生》);他写"闲适诗"是表现"独善之义",特别是贬谪江州之后,他在政治思想上由积极转入消极,写了大量的"闲适诗"。所谓"志在兼济,行在独善"的人生观,正是反映他思想上的矛盾,也正是这种思想矛盾,使他的晚年创作走上消极颓放的道路。此外,本文在评价作家作品时,对陶渊明、李白等的诗歌创作的批评也有不当之处,这也是必须加以指出的。

(李国章)

庐山草堂记

匡庐①奇秀,甲天下山。山北峰曰香炉峰,北寺曰遗爱寺。介②峰寺间,其境胜绝,又甲庐山。元和十一年秋,太原人白乐天见而爱之,若远行客过故乡,恋恋不能去。因面峰腋寺③,作为草堂。

明年春,草堂成。三间两柱,二室四牖,广袤丰杀④,一称心力⑤。洞⑥北户,来阴风⑦,防徂暑⑧也;敞南甍,纳阳日,虞祁寒⑨也。木斲而已,不加丹;墙圬而已,不加白。碱⑩阶用石,幂⑪窗用纸,竹帘纻帏,率称是焉。堂中设木榻四,素屏二,漆琴一张,儒、道、佛书各三两卷。

乐天既来为主,仰观山,俯听泉,旁睨竹树云石,自辰及酉,应接不暇。俄而物诱气随,外适内和。一宿体宁,再宿心恬,三宿后颓然嗒然⑫,不知其然而然。

自问其故,答曰:是居也,前有平地,轮广⑬十丈;中有平台,半平地;台南有方池,倍平台。环池多山竹野卉,池中生白

【原文】

莲、白鱼。又南抵石涧，夹涧有古松、老杉，大仅十人围，高不知几百尺。修柯戛[14]云，低枝拂潭，如幢[15]竖，如盖张，如龙蛇走。松下多灌丛，萝茑叶蔓，骈织承翳，日月光不到地，盛夏风气如八、九月时。下铺白石，为出入道。堂北五步，据层崖积石，嵌空垤垸，杂木异草，盖覆其上。绿阴蒙蒙，朱实离离，不识其名，四时一色。又有飞泉植茗，就以烹燀，好事者见，可以永日。堂东有瀑布，水悬三尺，泻阶隅，落石渠，昏晓如练色，夜中如环珮琴筑声。堂西倚北崖右趾，以剖竹架空，引崖上泉，脉分线悬，自檐注砌，累累如贯珠，霏微如雨露，滴沥飘洒，随风远去。其四旁耳目、杖屦[16]可及者，春有锦绣谷花，夏有石门涧云，秋有虎溪月，冬有炉峰雪。阴晴显晦，昏旦含吐，千变万状，不可殚纪，覼缕[17]而言，故云甲庐山者。噫！凡人丰一屋，华一箦，而起居其间，尚不免有骄稳之态；今我为是物主，物至致知[18]，各以类至，又安得不外适内和，体宁心恬哉！昔永、远、宗、雷辈十八人[19]同入此山，老死不返，去我千载，我知其心以是哉！

矧予自思：从幼迨老，若白屋[20]，若朱门，凡所止，虽一日二日，辄覆篑土为台，聚拳石为山，环斗水为池，其喜山水病癖如此。一旦蹇剥[21]，来佐江郡。郡守以优容而抚我，庐山以灵胜待我，是天与我时，地与我所，卒获所好，又何以求焉！尚以冗员[22]所羁，余累未尽，或往或来，未遑宁处。待予异时，弟妹婚嫁毕，司马岁秩[23]满，出处行止，得以自遂，则必左手引妻子，右手抱琴书，终老于斯，以成就我平生之志。清泉白石，实闻此言！

【原文】

时三月二十七日，始居新堂。四月九日，与河南元集虚、范阳张允中、南阳张深之、东西二林㉔长老凑、朗、满、晦、坚等凡二十有二人，具斋施茶果以落㉕之。因为《草堂记》。

〔注〕 ① 匡庐：即江西庐山，又称匡山，合称之即为"匡庐"。 ② 介：处两者当中。 ③ 面峰腋寺：对山傍寺。腋，两腋在人身旁，故引申为"傍"。 ④ 广袤(mào)：土地的长和宽。东西长度曰广，南北长度曰袤。这里指面积大小。丰杀(shài)：增减。 ⑤ 一称(chèn)心力：全与自己的愿望和财力相称。 ⑥ 洞：洞开。 ⑦ 阴风：北风。 ⑧ 徂(cú)暑：盛暑。《诗经·小雅·四月》："四月维夏，六月徂暑。" ⑨ 祁寒：严寒。 ⑩ 砌(qì)：通"砌"，台阶。这里作动词用。 ⑪ 幂(mì)：覆盖。 ⑫ 嗒(tà)然：身心俱遣、物我两忘貌。 ⑬ 轮广：纵横。南北为轮，东西为广。 ⑭ 戛(jiá)：轻轻碰击。 ⑮ 幢(chuáng)：古代作仪仗用的一种旗帜，以羽毛为饰。 ⑯ 杖屦(jù)：扶杖步行。 ⑰ 覼缕(luó lǚ)：谓语言委曲详尽而有条理。这里指"概括"。 ⑱ 物至致知：谓各种景物纷至眼前，使人有所感受而增长智慧。《礼记·大学》："致知在格物。" ⑲ 永、远、宗、雷辈十八人：指东晋高僧慧永、慧远兄弟和著名隐士宗炳、雷次宗等人。据《莲社高贤传》载，他们曾在庐山东林寺结社念佛，因寺中有池植白莲，世称"莲社十八贤"。 ⑳ 白屋：指贫苦人家的屋子。 ㉑ 蹇(jiǎn)剥：均为《易经》中的卦名。此指遭受挫折。 ㉒ 冗(rǒng)员：闲散多余的官员。 ㉓ 岁秩：规定的任职年限。 ㉔ 东西二林：指东林寺、西林寺。 ㉕ 落：落成。这里指庆贺落成。

此文作于唐宪宗元和十二年(817)，前此二年，宰相武元衡被平卢节度使李师道派人暗杀。白居易上疏"急请捕贼，以雪国耻"(《旧唐书》本传)，为权贵所憎恶，以"越职言事"贬为江州司马。元和十一年(816)秋，白居易游庐山，独爱香炉峰下、遗爱寺旁的一处胜景，便在那里修筑一草堂。次年

草堂落成，他写了这篇《庐山草堂记》。

文章起始，交代草堂的由来及位置。庐山三面临水，层峦叠嶂，云影瀑流，相互映发，景色奇丽秀美，故作者以“匡庐奇秀，甲天下山”句总赞一笔；而草堂建在香炉峰与遗爱寺之间，“其境胜绝”，作者又以“甲庐山”称誉。两个“甲”字，突出了草堂周围环境之美。至于修建草堂的起因，作者说是“见而爱之，若远行客过故乡，恋恋不能去”，可见是出于对庐山美景的深情迷恋。

第二自然段，写草堂的设置。草堂于元和十一年秋动工，次年春落成。草堂格局简单：一间堂屋，两间侧室；正屋与侧室之间以柱相隔，故曰“两柱”；另有两间耳房，前后各开两窗。其《香炉峰下新卜山居草堂初成偶题东壁》诗有句云：“五架三间新草堂，石阶桂柱竹编墙。”堂内陈设朴素古雅，听其自然，显示作者的爱好和志趣。

第三、四两个自然段，写住进草堂后的情景。作者仰观诸峰险峻，俯听泉水流响，还有竹树云石等点缀，令人从早到晚欣赏不尽。美景的诱惑，使他产生“外适内和”之感。他觉得身体舒适，精神和畅，几乎进入了物我两忘的境界。为烘托草堂主人之乐，作者又通过自问自答，对草堂附近的自然景物进行细致描绘：堂前平地，中间平台，台南方池，环池山竹野草，满池白莲白鱼。南面山涧，两岸古松老杉，林间白石铺路，散步其间，悠然自得。这就把草堂南面的景物写得生动有致，情趣盎然。接下去，又分别描绘出草堂北、东、西面景物的特色：北面山石层叠，杂木异草覆盖；绿荫茂密，红果累累，四季呈现出一样的色调。还有飞湍的泉水和种植的茶树，可就近烹煮品饮，消磨尽日。东面有瀑布，水悬三尺，入夜瀑布声叮当悦耳。西面靠山崖处，剖竹架空，引泉注入台阶。草堂四周的景物都写得动静相生，有声有色。作者仍感意犹未尽，又展示草堂四季景色的特点：“春有锦绣谷花，夏有石门涧云，秋有虎溪月，冬有炉峰雪。”加上早晚天气变化，景物时隐时现，明灭可见，气象万千。于此，用“故云甲庐山者”一句收束，转入议论，抒发物我两忘的情怀，回应上文“俄而物诱气随”两句，显出构思的精妙。

第五自然段正面记叙对山水的爱好和希望终老草堂的心情，而将其归隐的政治原因仅以“一旦蹇剥，来佐江郡”句一带而过，抑郁不平之气寄于言外，意蕴深远，更富艺术魅力。作者又为未来生活构思出一幅“出处行止，得以自遂”的美妙图景，宣称要“终老于斯，以成就我平生之志”。而这，正是文章的主旨所在。他对着泉石发誓，更见归志之殷切。

最后一个自然段，附记移居、庆贺及作记等事，虽是“记”体散文通有的格式，却透露出作者当时的思想情趣。

这篇“记”写景生动，叙事简洁，层次清楚，旨趣隽永，堪称唐文中别具特色的篇什。

（潘裕民）

冷泉亭记

东南山水，余杭郡为最；就郡言，灵隐寺为尤；由寺观，冷泉亭为甲。亭在山下，水中央，寺西南隅。高不倍寻，广不累丈，而撮奇得要，地搜胜概，物无遁形。春之日，我爱其草熏熏，木欣欣，可以导和纳粹，畅人血气。夏之夜，我爱其泉渟渟，风泠泠，可以蠲烦析酲，起人心情。山树为盖，岩石为屏，云从栋生，水与阶平，坐而玩之者可濯足于床下，卧而狎之者可垂钓于枕上。矧又潺湲洁彻，粹冷柔滑，若俗士[①]，若道人，眼耳之尘，心舌之垢，不待盥涤，见辄除去，潜利阴益，可胜言哉！斯所以最余杭而甲灵隐也。

【原文】

杭自郡城抵四封，丛山复湖，易为形胜。先是领郡者，有相里君造虚白亭，有韩仆射皋作候仙亭，有裴庶子棠棣作观风亭，有卢给事元辅作见山亭，及右司郎中河南元䓗最后作此亭[②]。于是五亭相望，如指之列，可谓佳境殚矣，能事毕矣。后来者虽有敏心巧目，无所加焉，故吾继之，“述而不作”[③]。长庆三年八月十三日记。

〔注〕 ① 俗士：与出家人相对，指在家人。 ② 相里君以下韩皋、裴棠棣、卢元辅、元䓗数人，皆在杭州任职并作亭之人。 ③ 述而不作：出自《论语》，意思是只阐述前人论点。这里引申其意，是说自己不建新亭。

冷泉亭，在灵隐寺前飞来峰下。飞来峰古木参天，奇石突兀，倾者如堕，翘者欲飞，千姿百态，蔚为奇观。冷泉从飞来峰的一个深潭底下的岩缝中喷涌而出，绕山而流。唐时水面宽阔，可以行船，冷泉亭矗立水中，因此成为观赏风景的好地方。

《冷泉亭记》是白居易做杭州刺史时的作品，文章写得笔力滋润，风神俊爽，情景交融，韵味深长。

文章开头从东南山水写起，而后引向余杭，从余杭写到灵隐，从灵隐再到冷泉亭。用的是从大背景、大环境逐渐把镜头推近的手法，最后落在亭上。交代了亭的地理位置、背景特征，以及冷泉亭在这个背景上所占的地位，并突出了文章重点。这样由大到小，由远而近、由面及点地一路写来，好处有二：一是可以使读者居高临下、鸟瞰全景，把文章所要描写的对象的准确位置看得清楚。二者，周围环境的风光、景色，对所写的主要对象可以起到众星拱月般的烘托作用。

文章对冷泉亭景色的描写，简练而生动。它“高不倍寻，广不累丈”，然而却集中了周围景物的精华和特点，包孕了一切优美景物的胜观。“撮奇得要，地搜胜概，物无遁形”一语，使冷泉亭的形象由外形的小巧，转向了内涵的高大。接下来用春日的优美之形，夏夜的悦耳之声，平素“坐而玩之者可濯足于床下，卧而狎之者可垂钓于枕上”的平易而富有情趣的风景特征，言简意赅地表现出它感人的力量。虽然用笔精约，却笔迹调媚，风采英奇，用不着铺张恣肆，收到了以少胜多的艺术效果。

作者运笔用墨抓住了山水的神情，并把主观感受熔铸于山水之中，使客观的山水，化为主客观统一的山水，达到了情景交融的化境。作者在春之日“爱其草熏熏，木欣欣”，因为它“可以导和纳粹，畅人血气”；而在夏之夜，则“爱其泉渟渟，风泠泠”，因为它“可以蠲烦析酲，起人心情”。况且泉水又那么“潺湲洁彻，粹冷柔滑”，能够洗涤人的“眼耳之尘，心舌之垢”，给人以无穷的潜移默化的好处。这样的山水性情正是作者当时努力追求的性情修养的化身。作者以自然为媒介，把个人内心之情寓于景物之中，做到“情以物迁，辞以情达”，物与情交相辉映，把物变成有生命、有情感、有品格、有神采之物；把自己的气质、个性、品格及心境，贯注于景物之中，这恐怕是这篇文章写得山水传情的根本所在。

（崔承运）

养竹记

竹似贤，何哉？竹本固，固以树德；君子见其本则思建善不拔者。竹性直，直以立身；君子见其性则思中立不倚者。竹心空，空以体道；君子见其心则思应用虚受者。竹节贞，贞以立志；君子见其节则思砥砺名行，夷险一致者。夫如是，故君子

【原文】

人多树之为庭实焉。

贞元十九年春,居易以拔萃选及第,授校书郎。始于长安求假居处,得常乐里故关相国私第之东亭而处之。明日,履及于亭之东南隅,见丛竹于斯,枝叶殄瘁,无声无色。询于关氏之老,则曰:"此相国之手植者。自相国捐馆,他人假居,繇是筐篚者斩焉,篲箒者刈焉,刑余之材,长无寻焉,数无百焉。又有凡草木杂生其中,萋茸荟郁,有无竹之心焉。"居易惜其尝经长者之手,而见贱俗人之目,剪弃若是,本性犹存,乃芟蘙荟,除粪壤,疏其间,封其下,不终日而毕。于是,日出有清阴,风来有清声,依依然,欣欣然,若有情于感遇也。

嗟乎!竹,植物也,于人何有哉?以其有似于贤,而人爱惜之,封植之;况其真贤者乎!然则竹之于草木,犹贤之于众庶。呜呼!竹不能自异,惟人异之;贤不能自异,惟用贤者异之。故作《养竹记》,书于亭之壁,以贻其后之居斯者,亦欲以闻于今之用贤者云。

《养竹记》是白居易的早期作品,写于贞元十九年(803),时年三十二岁。白居易生长在一个民不聊生的时代,颠沛流离的生活使他深深地感受到了社会的危机和人民的疾苦。他幻想着当权者能够选贤任能,治理天下,企望着有朝一日自己能被重用,作出一番大事业,故在《养竹记》中借养竹之事充分表达其慕贤守道、坚贞不渝的志向。作者将竹子喻为贤士,为什么呢?竹根基牢固、稳定,像讲道德的人一样可靠,竹子秉性刚直不阿,置身于这片土地之中,人们见到它便会想起那些正直无私,不趋炎附势的志士;竹心是空荡开阔的,可以容纳各种道

理，以至于人们见到它便联想起那些心胸坦荡的君子们；竹的骨节坚贞，坚贞可以立志，就如同那些磨炼修行、在任何状况下都能坚持节操、始终如一的志士。正因为如此，君子往往植竹作为庭院陈设，以怡性养情。

竹子对于杂草来说，就像贤者对于平庸之辈。竹子不能自己区别于杂草，只有人能把它们区分开；贤者不能自己区分于庸者，只有其他贤者帮助区分。所以作《养竹记》，写在亭子墙壁上，赠送给后来居住在这儿的人，也希望它能被今日任用贤者的人们看到。

《养竹记》一文，语言浅显通畅，朴素自然，文字省净，意境新颖，极富哲理性，同时又反映出作者对当时不注重培养人才，不知道爱惜人才的现实状况感到忧虑的心情。

（李　峰）

江州司马厅记

自武德[①]以来，庶官[②]以便宜[③]制事，大摄小，重侵轻，郡守之职，总[④]于诸侯帅，郡佐之职，移于部从事。故自五大都督府至于上中下郡，司马之事尽去，唯员与俸在。凡内外文武官左迁右移[⑤]者，递居之；凡执伎事上与给事于省、寺、军府者，遥署之，凡仕久资高耄昏软弱不任事而时不忍弃者，实莅之。莅之者，进不课其能，退不殿其不能，才不才一也[⑥]。若有人畜器贮用[⑦]、急于兼济者居之，虽一日不乐。若有人养志忘名、安于独善者处之，虽终身无闷。官不官，系乎时也；适不适，在乎人

【原文】

也。江州，左匡庐，右江湖，土高气清，富有佳境。刺史，守土臣，不可远观游；群吏，执事官，不敢自暇佚[8]，惟司马，绰绰[9]可以从容于山水诗酒间。由是郡南楼、山北楼、水溢亭、百花亭、风篁、石岩、瀑布、庐宫、源潭洞、东西二林寺、泉石松雪，司马尽有之矣。苟有志于吏隐者，舍此官何求焉？案《唐典》：上州司马，秩五品，岁廪数百石，月俸六七万。官足以庇身，食足以给家。州民康，非司马功；郡政坏，非司马罪。无言责，无事忧。噫！为国谋，则尸素[10]之尤蠹[11]者，为身谋，则禄仕之优稳者。予佐是郡，行四年矣，其心休休如一日二日，何哉？识时知命而已，又安知后之司马不有与吾同志者乎？因书所得，以告来者。时元和十三年七月八日记。

〔注〕 ① 武德：唐太宗年号。 ② 庶官：百官。 ③ 便(biàn)宜：不需请示灵活处置。 ④ 总：统领。 ⑤ 左迁：降职；右移：升官。 ⑥ 课：考核；殿：政绩考核中的下等。此句是说司马一职不考核任职者的能力，有才无才皆能担任。 ⑦ 蓄器贮用：此处比喻满怀才能抱负。 ⑧ 佚：通“逸”。安逸，安闲。 ⑨ 绰绰：宽裕舒缓。 ⑩ 尸素：尸位素餐。官员居其位不尽其职。此处用于白氏自身，当有自谦的成分。 ⑪ 蠹(dù)：损害、败坏。 ⑫ 休休：悠闲的样子。

这篇文章是白居易任江州司马时所作。元和十年(815)，白居易被贬为江州司马，在江州四年，方转任忠州刺史。此文即作于白氏任职司马的第四个年头。文章虽类似游记，但所取之风景却有些特殊，非人文非自然，而是白氏自己的办公场所：江州司马厅。

作品开篇就直陈当时政事上的弊端，说明自唐初以来，官员权职发挥中的不合理现象，百官都“便宜制事”。这导致上下级职权划分不清晰，缺乏严格的层级递报制度；也导致一些官职虽有其位却事务极少，是形同虚设的清闲职位，比如“司马”一职。在文中，白居易以三个排比句较为简要而有力地展现出“司马”这个职位的状况：该位置似乎谁都可以坐，且很清闲，没什么事情，而担任这职位的也是一些或资格老、或年纪大、或没什么能力的“不忍弃者”，而且，上层对任职者也没有考核。白居易所任的“司马”这个职位，竟然是这样一种状况。难道白居易也是“仕久资高耄昏软弱不任事而时不忍弃者”这样的人吗？显然不是，但他仍被丢到了这个位置。被贬谪到江州的作者，在这部分中，看似在客观讲述这一职位的情况，但遣词用句暗藏着指责和自嘲，对上层当权者昏腐杂乱的管理进行了鲜明的揭露，同时，也在其中暗暗抒发了被贬谪闲置、不为重用的内心的不满与苦闷。

像“司马”这样的闲职，如果让一位胸怀抱负，想要在政坛上大展身手的人来担任，可能他做一天都会觉得不开心；但如果换作是一位对做官没什么兴趣，只想修身养性的人，那么在这个位置上坐一辈子都不会觉得烦闷。白居易认为，做什么官，是要看命运的；而在一个位置上适合不适合，那就要看人自身了。那么，白居易是想要兼济天下的那一位？还是想要独善其身的那一位呢？江州司马这个职位适合他吗？

接下来，白氏笔锋一转，说江州是一个环境非常好的地方，有众多的风景，并告诉大家，别的官员虽然在此为官，却都身系职务，无法尽享当地山水风光。可是司马这个闲职却可以随意游山玩水，言辞中流溢出得意之情。从洋洋洒洒的描写来看，白氏很是安于这一虽为官，却如同隐居山水间的职务。

而依据律典，司马这个职位官品不算低，收入也不错，还不需要操劳事情或承担责任。比起管理国家事务的官员，这样的职位可谓是又好又稳定。这样来看，似乎“为身谋”更好一些。

【原文】

“兼济”还是“独善”，白氏似乎为自己选择的是后者，他觉得自己很是“识时知命”，不去奢求那些劳烦身心的高位，而是在这样一个闲职上谋求到了自身的安稳。

在全文中，白氏谈论自己的官职，列举了两个理由说明司马这个职位对自己而言很适合。但，这真的就是事实吗？在白氏笔下，任职司马的是昏老无能之人；而根据史料所载，白氏对于天下、现实是有着很强的关心和抱负的，但却被贬谪于此；明明是当官，可却如同闲置。这里所展现出的豁达、安乐实是一种苦闷之下的自我安慰，是欲“兼济”而不得，无奈转而为之的“独善”。

全文前面部分透露着政治上的昏暗色彩，而后面大半又显现出满足、安乐的积极情绪。前后文在氛围上的差别，让白氏的积极情绪呈现出一种反面的渲染力。文章中的他越是显得安乐自适，读者越是可以感受到在这样一种看似满足、乐天知命的情绪下，江州司马白居易的苦闷与无奈。

文末说明了写作此文的原因，是想将自己的感触写下来，让后来的和自己想法相同的人知道。后来的江州司马有无志同道合者不可知，但这篇文章在数百年后的明代，得到了归有光的应和：“余南人，不惯食黍米，然休休焉自谓识时知命，差不愧于乐天，因诵其语以为《厅记》。使乐天有知，亦以谓千载之下，乃有此同志者也。”（《顺德府通判厅记》）

（钱　方）

三游洞序

平淮西之明年[①]冬，予自江州司马授忠州刺史，微之[②]自通州司马授虢州长史。又明年春，各祗命[③]之郡，与知退[④]偕行。

三月十日，参会于夷陵。翌日，微之反棹送予，至下牢戍[⑤]。

又翌日，将别未忍，引舟上下者久之。酒酣，闻石间泉声，因舍棹进，策步入缺岸。初见石，如叠，如削；其怪者，如引臂，如垂幢。次见泉，如泻，如洒；其奇者，如悬练，如不绝线。遂相与维舟岩下，率仆夫芟芜刈翳，梯危縋滑[⑥]，休而复上者凡四五焉。仰睇俯察，绝无人迹，但水石相薄，磷磷凿凿，跳珠溅玉，惊动耳目。自未讫戌，爱不能去。俄而峡山昏黑，云破月出，光气含吐，互相明灭，晶荧玲珑，象生其中，虽有敏口[⑦]，不能名状。

既而，通夕不寐，迨旦将去，怜奇惜别，且叹且言。知退曰："斯境胜绝，天地间其有几乎？如之何俯通津，绵岁代[⑧]，寂寥委置[⑨]，罕有到者？"予曰："借此喻彼，可为长太息，岂独是哉？岂独是哉？"微之曰："诚哉是言。矧吾人难相逢，斯境不易得；今两偶[⑩]于是，得无述乎？请各赋古调诗二十韵，书于石壁。"仍命予序而纪之。又以吾三人始游，故目为"三游洞"。洞在峡州上二十里北峰下两崖相嵌间[⑪]。欲将来好事者知，故备书[⑫]其事。

〔注〕 ① 平淮西之明年：唐将李愬以元和十二年(817)冬十月生擒吴元济，淮西乱平。明年，即元和十三年(818)。 ② 微之：元稹字。 ③ 祗(zhī)命：奉命。祗，敬，引申为敬奉。 ④ 知退：白行简字。 ⑤ 下牢戍：即下牢关，在今湖北宜昌西。 ⑥ 梯危縋(zhuì)滑：高峻处用梯子爬，滑溜处则用绳子拉。 ⑦ 敏口：即巧嘴。 ⑧岁代：年复一年，谓长久以来。⑨ 委置：被抛在一边。 ⑩ 两偶：两种偶然的事情，此指会良友和遇胜境。 ⑪ 两崖相嵌(qiàn)间：指两山崖相衔接处。嵌，通"嵌"。 ⑫ 备书：详细记载。

【鉴赏】

这是一篇序体山水游记，作于唐宪宗元和十四年（819）。这年三月，白居易由江州司马迁忠州（今重庆忠县）刺史，挚友元稹也由通州（今四川达州市）司马改授虢州（今河南灵宝）长史，两人相遇于夷陵。当时白居易的弟弟白行简随行，三人一同游览了西陵峡口下牢津的一个石洞，各赋一诗题壁，因名此洞为"三游洞"。本文是白居易为三人游洞诗写的序。

第一段写三人相会的情形，着墨不多，而其背景、时间、地点以及人物关系交代得一清二楚。从"微之反棹送予"这一细节中，则可体会到元、白二人的深挚情谊。用笔简妙，为下文抒写惜别之情预作铺垫。

第二段写三人发现并游览三游洞的经过，是本文的重点所在。临别之际，不忍分手，彼此牵引着船，久久地在江中来回航行，忽闻石间泉声，便下船上岸，步入缺岸寻找。他们一边循声探索，一边观赏景物。石则观其形状之"怪"，像人工着意堆叠和劈削而成；而石钟乳就像张开的臂膀和下垂的旗帜。泉则赏其势态之"奇"，像飞泻，像喷洒，像悬挂的白带，像不断的白线。动静结合，给人如临其境的感觉。他们又把船拴在岩石下，割杂草，除障碍，进洞游览。作者突出"险"、"惊"、"幻"三字。"梯危縋滑"，"休而复上者"达四五次之多，攀登艰难，写出洞的险峭、滑溜；水石相击，发出"磷磷凿凿"的巨响，溅出如珠似玉的水花，作者以"惊动耳目"四字，写出了自己的独特感受。洞中黄昏，景色奇绝："俄而峡山昏黑，云破月出，光气含吐，互相明灭，晶荧玲珑，象生其中。"寥寥几笔，便把洞中光彩变幻的景物如画般地展现，使人目夺神移。这"险"、"惊"、"幻"的景色，描绘得神奇美妙，作者犹有"虽有敏口，不能名状"的遗憾。

末段因景伤情，抒写"怜奇惜别"的感慨，加深了文章的思想内涵。爱景之奇，惜友之别，二者融为一体。三人的对话，"且叹且言"，尤其是作者的慨叹，借此喻彼，含英才被贬之意，意味更为深长。末了，以介绍作序原因、洞名来历及三游洞的具体位置作结，收笔从容自然。

这篇文章叙事简洁有序，写景生动逼真，抒情含蕴深邃。明人杨慎评曰："白居易《三游洞记》：'云破月出，光气含吐，互相明灭，晶荧玲珑，象生其中，虽有敏口，莫可名状。'造语如此，何异柳宗元。世以为大易轻议之，盖亦未能深玩之也。"(《丹铅杂录》卷七)他把白居易与柳宗元相提并论，是慧眼别具的。作为诗人，白居易和柳宗元一样，写景叙事充满着诗情，但两人处境、性格、艺术素养有所不同，因此柳宗元写永州山水，雄奇峭拔，感慨颇深，而白居易写景状物则清新隽永，自然浑成。这篇优美的游记小品，正体现了这种风格特色。

(潘裕民)

《荔枝图》序

荔枝生巴峡[1]间，树形团团如帷盖。叶如桂，冬青。华如橘，春荣。实如丹，夏熟。朵如蒲萄[2]，核如枇杷，壳如红缯[3]，膜如紫绡[4]，瓤肉莹白如冰雪，浆液甘酸如醴酪[5]。大略如彼，其实过之。若离本枝，一日而色变，二日而香变，三日而味变，四五日外，色香味尽去矣。元和十五年夏，南宾守乐天命工吏图而书之，盖为不识者与识而不及一二三日者云。

〔注〕 ① 巴峡：指巴郡三峡，即巴县以东江面的石洞峡、铜锣峡、明月峡，水程九十里。 ② 蒲萄：即葡萄。 ③ 缯(zēng)：古代对丝织品的统称。 ④ 绡(xiāo)：生丝织成的绸子。 ⑤ 醴酪：甜酒酸酪。

【鉴赏】

在唐代，荔枝是一种生长于南方的珍贵果品，北方难以觅到。据《新唐书·杨贵妃传》记载："妃嗜荔枝，必欲生致之，乃置骑传送，走数千里，味未变，已至京师。"但在当时，一般北方人是很难见到荔枝的。白居易于元和十四年(819)任忠州刺史，第二年命画工绘荔枝图，并亲自为图写序，介绍荔枝的特质，为的是使"不识者与识而不及一二三日者"了解荔枝。

作为一篇咏物小品，作者以其对荔枝的习性及其特点的细致观察，运用出色的比喻，形象地展示了荔枝特有的风姿。

作者先从大处着笔，用"荔枝生巴峡间"点明荔枝的生长环境，接着便从细微处对荔枝本身的各个部位及其特征加以具体说明。文章以"荔枝"二字领起，点醒题面并统摄全篇，以下虽不再出现"荔枝"二字，但句句不离"荔枝"，可谓主旨集中，惜墨如金。其中最精彩的部分，莫过于这段用比喻描绘荔枝的文字："树形团团如帷盖。叶如桂，冬青。华如橘，春荣。实如丹，夏熟。朵如蒲萄，核如枇杷，壳如红缯，膜如紫绡，瓤肉莹白如冰雪，浆液甘酸如醴酪。"这里，采用日常生活中习见的十种物体作比，使未见荔枝者借助以往的经验对荔枝产生具体的印象：树形，用车上的帷幕和篷子作比，使人想见其绿荫蔽日的圆圆树冠。树叶，用桂树叶子作比，使人想见其椭圆形、革质、对生、冬夏青翠的特征。花朵，用橘树的花作比，使人想见其圆锥花序、小而无瓣、呈绿白色、芳香袭人、春季开花的特点。果实，用朱砂作比，使人想见其颜色的红艳。果实的颗粒，用葡萄作比，使人想见其相聚而成的嘟噜成串的形状。果实的内核，用枇杷作比，使人想见其球形的饱满硕大。果实的外壳，用红绸作比，使人想见其表面鳞斑状突起的鲜红色泽。果实壳内的薄膜，用紫色生丝作比，使人想见其质地的薄而透明。果瓤肉质，用晶莹洁白的冰雪作比，使人想见其半透明凝脂状。果实的浆液，用甜酒和奶酪作比，使人想见其甘酸可口的美味。"不识者与识而不及一二三日者”，完全可以借助帷盖、桂、橘、丹、葡萄、枇杷、红缯、紫绡、冰雪、醴酪这十种可以感知的东西，获得对荔枝具体而形象的感受。每一个比喻自然妥帖，与荔枝本身的特点贴近，使人能如见其形，如闻其香。而对色香味随时间推移而变化的特点，仅用“一日而色变，二日而香变，三日而味变，四五日外，色香味尽去矣”加以简要说明，最后点明作画时间、作画者、主持人及作序目的，略作交代即收住。

作者从大到小（树—叶—花—实），由外而内（朵—核—壳—膜—瓤肉—浆液），层次明晰、详略得体地描摹了荔枝的形态。难怪清代王符曾读了之后，写下这样的评语：“特为荔枝立传，想见太守风流。昔东坡有空寓岭表之叹（按：苏轼《食荔枝二首》有“罗浮山下四时春，卢橘杨梅次第新。日啖荔枝三百颗，不辞长作岭南人”语），对此，真令人恨不生巴峡也。”（《古文小品咀华》卷三）

（王少华）

池上篇序

都城风土水木之胜在东南偏，东南之胜在履道里，里之胜在西北隅，西闬北垣第一第，即白氏叟乐天退老之地。地方十七亩，屋室三之一，水五之一，竹九之一，而岛树桥道间之。初，乐天既为主，喜且曰：虽有台池，无粟不能守也，乃作池东粟廪。又曰：虽有子弟，无书不能训也，乃作池北书库。又曰：虽有宾朋，无琴酒不能娱也，乃作池西琴亭，加石樽焉。乐天罢杭州刺史时，得天竺石一、华亭鹤二以归，始作西平桥，开环池路。罢苏州刺史时，得太湖石、白莲、折腰菱、青板舫以归，

【原文】

又作中高桥，通三岛径。罢刑部侍郎时，有粟千斛，书一车，洎臧获之习管磬弦歌者指百以归。先是颍川陈孝山与酿法，酒味甚佳。博陵崔晦叔与琴，韵甚清。蜀客姜发授《秋思》，声甚澹。弘农杨贞一与青石三，方长平滑，可以坐卧。大和三年夏，乐天始得请为太子宾客，分秩于洛下，息躬于池上。凡三任所得，四人所与，洎吾不才身，今率为池中物矣。每至池风春，池月秋，水香莲开之旦，露清鹤唳之夕，拂杨石，举陈酒，援崔琴，弹姜《秋思》，颓然自适，不知其他。酒酣琴罢，又命乐童登中岛亭，合奏《霓裳散序》，声随风飘，或凝或散，悠扬于竹烟波月之际者久之。曲未竟，而乐天陶然已醉，睡于石上矣。睡起偶咏，非诗非赋，阿龟握笔，因题石间。视其粗成韵章，命为《池上篇》云尔。

唐文宗大和三年(829)春三月末，白居易百日病假期满，罢刑部侍郎，诏授太子宾客分司东都。这是为退休官员安排的一个闲职，如其《中隐》诗所谓的“终岁无公事，随月有俸钱”者。四月初由长安出发至洛阳，居于履道坊私宅。这是他在穆宗长庆四年(824)，由杭州刺史改除太子左庶子分司东都时，从田姓手中买下的已故散骑常侍杨凭的旧第，“竹木池馆，有林泉之致”，经陆续修葺增建，更为可观。清徐松《唐两京城坊考》卷五履道坊白居易宅条下注云：“按居易宅在履道西门，宅西墙下临伊水渠，渠又周其宅之北。”就是因为得傍伊水支渠的地利，宅园中拥有大面积的池水，辅以小岛石桥，成为园林景物的主体。池之中，收纳天竺、太湖奇石，华亭鹤，苏州舫，以及江南的白莲紫菱，京师的乐童歌妓等，为主人燕居游赏之助，主人于是也乐处其间，同为“池中

物”了。这三个字本用以比喻才大心雄的人，未得势时如蛟龙蛰伏池中。今作者宦情衰减，甘心退闲，用以自况，也是恰到好处，并且语意双关。文章一开头叙写他的“退老之地”，如何佳胜，如何经营，娓娓道来，如话家常。多排比句法，对称性的重复字词，而笔意舒徐，联缀自然，不见雕琢痕迹。“三任所得”，岂止这些；“四人所与”，又岂无他人他物？独举出这若干种，是特为“息躬于池上”之事配景添色，又可谓善于剪裁。

至于池上之乐，自“池风春，池月秋”以下，极写其琴酒之欢，弦歌之美，与清雅的环境、闲适的身心和谐融合，这同富贵家华堂声色之奉自有分别。作者此时本是“病将老齐至，心与身俱归”(《授太子宾客归洛》诗)的，故求优游自适，得此亦甚满足。值得注意的是，凡前文历举之莲也鹤也，水也竹也，酒也石也，琴也曲也，以及管磬弦歌之队，退老息躬之人，一一复再出现，使前所述者有着落，后所叙者有由来，安排见巧，自然入妙。但文章手法虽好，也是不能无一，不可有二的。尝读白氏《冷泉亭记》，其开头说：“东南山水，余杭郡为最；就郡言，灵隐寺为尤；由寺观，冷泉亭为甲。”此篇入手与之类似，便觉减色了。这是插话，表过不提。

这一篇序，似乎纯写良辰美景，赏心乐事，通体贯穿着陶然适意的闲情，但不是无言外之意，于序后的诗见之。《池上篇》中有“十亩之宅，五亩之园，……有叟在中，白须飘然，识分知足，外无求焉。如鸟择木，姑务巢安；如蛙居坎，不知海宽”等语，虽然写得隐隐约约，也可透见其优游生活背后的无可奈何的心境。白居易自从举制科，入翰林，拜谏官，未尝不欲奋勉，以“致君泽民”，无奈横遭排挤，远贬在外，自是宦情衰落，无意于出处(见《旧唐书》本传)。本传中又说：“大和以后，李宗闵、李德裕朋党事起，是非排陷，朝升暮黜，天子亦无如之何。杨颖士、杨虞卿与宗闵善，居易妻，颖士从父妹也，居易愈不自安，惧以党人见斥，乃求致身散地，冀于远害。”他这一年的因病罢刑部侍郎，请求分司东都，归憩私第，正是由于这种背景，于是如鸟归巢，如蛙居井，不复以外间纷纭的政局为念。封建时代的士大夫往往有此种表现，所谓“既明且哲，以保其身”，本不是带有贬义的词语。明乎此，读《池上篇序》，就会有深一层的体会。

（陈振鹏）

《不能忘情吟》序

乐天既老，又病风，乃录家事，会经费，去长物。妓有樊素者，年二十余，绰绰有歌舞态，善唱《杨枝》，人多以曲名名之，由是名闻洛下。籍在经费中，将放之。马有骆者，驵壮骏稳，乘之亦有年。籍在长物中，将鬻之。圉人牵马出门，马骧首反顾一鸣，声音间，似知去而旋恋者。素闻马嘶，惨然立且拜，婉娈有辞，辞毕涕下。予闻素言，亦愍默不能对。且命回勒反袂，饮素酒，自饮一杯，快吟数十声。声成文，文无定句，句随吟之短长也，凡二百三十五言。噫！予非圣达，不能忘情，又不至于不及情者。事来搅情，情动不可柅，因自哂，题其篇曰“不能忘情吟”。

白居易是坦率的。他在这篇《不能忘情吟》序中，坦然承认自己不

能忘情于心爱之物。这种心态,当是他久经官场倾轧、倦于人事之后的一种心理折射。

白居易有姬樊素、小蛮,白氏对她们二人是很钟情的,曾有诗曰:“樱桃樊素口,杨柳小蛮腰。”乐天自忖年事已高,自己又退闲学佛,欲去长物、屏声色,但这仅仅是他一时心血来潮之念。有意思的是,即使在写与爱姬樊素与爱骑惜别之情时,白氏也花了不少笔墨写此一人一马的好处。既是主人公如此心爱之物,欲弃之当然是很难的。所以,从“将鬻之”到和樊素与坐骑难分难舍,又到不能去之,这种种情景的描写,也就是十分自然的了。别致的是,他不写自己心里如何不舍,却写樊素的拜陈其辞、爱骑的惨然而嘶。这番笔墨便决定了必然会有的结果——不忍去之。

说白居易坦率,倒不在于承认自己“不能忘情”,而在于说自己“不至于不及情者”,即不是一个不懂感情的人。对于己之所爱而不能忘情之情则人皆有之,而“不至于不及情”则是对自己不能忘情却努力想做到“忘情”、终于因禀性所制而始终不能忘情。这其中包含了一个曾经想“忘情”,即摒弃一切世事羁绊的过程,归结点“不能忘情”恰恰证明了白居易对自己所有这些努力以及努力最终归于徒劳的坦然。这一点,人们似乎没有注意到。尽管白氏晚年自标旷达,尽管有人说这种旷达是假象,但一篇《不能忘情吟》,白居易不是回答了这个问题了吗?

(朱起子)

游大林寺序

余与河南元集虚、范阳张允中、南阳张深之、广平宋郁、安

【原文】

定梁必复、范阳张特、东林寺沙门法演、智满、士坚、利辩、道建、神照、云皋、息慈、寂然凡十有七人,自遗爱草堂历东、西二林,抵化城,憩峰顶,登香炉峰,宿大林寺。

大林穷远,人迹罕到。环寺多清流苍石,短松瘦竹。寺中惟板屋木器,其僧皆海东人。山高地深,时节绝晚,于时孟夏月,如正、二月天。梨桃始华,涧草犹短。人物风候,与平地聚落不同。初到,恍然若别造一世界者。因口号绝句云:

人间四月芳菲尽,山寺桃花始盛开。

长恨春归无觅处,不知转入此中来。

既而,周览屋壁,见萧郎中存、魏郎中弘简、李补阙渤三人姓名文句。因与集虚辈叹,且曰:"此地实匡庐第一境,由驿路至山门,曾无半日程。自萧、魏、李游,迨今垂二十年,寂寥无继者。嗟乎,名利之诱人也如此!"

时元和十二年四月九日,乐天序。

白居易在唐宪宗李纯元和十年(815)任太子左赞善大夫时,因直言谏事,被贬为江州司马,当时四十四岁。司马本为州郡刺史下的武职佐吏,但到白居易时代,已经成了被贬京官的名义职位,没有实权。既然没有实权,无实际公事可办,他就在闲暇中漫游风景名胜之地庐山,还写了好几篇纪游的诗文。这篇小品文,是元和十二年(817)四月九日,偕同庐山隐士元集虚等十七人游庐山大林寺时写的。文章的重点是描写那里不同于山下的季节气候和幽美的景色,发抒了自己的感慨。

这篇文章就像白居易的诗歌一样,语言平易浅切,但是用语却很准确,描写生动形象,极富诗一样的美感。文章开始一段写去游大林寺所经过的地方，从“自”字开始，连用了“历”、“抵”、“憩”、“登”、“宿”等几个动词，既把所到地方交代得清清楚楚，又把沿途迤逦而行，走走停停的情状描写得非常简练传神，使我们仿佛亲眼看见了他们一行人在山间有说有笑、愉快行进的情景。对于大林寺风景的描写是本文的重点，但也很简洁，先说“大林穷远，人迹罕到”，然后寥寥数语写出“环寺多清流苍石，短松瘦竹。寺中惟板屋木器，其僧皆海东（新罗）人”，特点抓得很准，一个深山古寺，清晰地跃然出现在人们面前。接下来，特别描写了这里季节物候和山下的差别：此时的山下已经是孟夏时节（四月），《楚辞·九歌·怀沙》说：“滔滔孟夏兮，草木莽莽。”陶渊明诗中也说：“孟夏草木长，绕屋树扶疏。”（《读山海经十三首》之一）孟夏时节，应该是遍地绿盛红稀、树木成荫的景象了。而这里，因为“山高地深”，“初到，恍然若别造（到）一世界”，令人惊叹于“时节绝晚”。“时节绝晚”的标志是什么呢？“山桃始华（花，动词，开花之意），涧草犹短”，八个字，只八个字，就把山上桃花初发，涧边浅草才生的正、二月间的景物描写得栩栩如生，可谓要言不烦，对比之下，人们自然就要惊叹这里与世外的绝大差异，到这里来终于又找回了已经逝去的春天，不禁流连忘返了。在这些地方，可以见出作者高超的艺术手法，简洁明快，而又生动传神。

如果本文只是写了大林寺的幽深的景色，那么也不过仅是生动形象而已。作为文章，“状难写之景，如在目前”，固佳，然而“含不尽之意，见于言外”（宋人梅尧臣语，见欧阳修《六一诗话》），却是更加要紧了。我们来看看白居易是怎样处理的。文章最后，说到“周览屋壁”，见到前人所写的诗句，而二十年来，却“寂寥无继者”，于是慨然发出感叹：“嗟乎，名利之诱人也如此！”这里只有一句，和前面的叙述、描写相比，它只是轻轻一点。然而这一点，就像是“秤锤虽小，能压千金”，它所起的作用却非同一般。它的言外之意是，这里虽然有如仙境，与山下迥异，是庐山第一景，但它“穷远”；其实呢，认真说来也并不很远，“由驿路至山门，曾无半日程”。但是这样好的地方，为什么“人迹罕到”呢？是因为人们没有认识到它。而为什么没有认识到呢？那是因为人们被名利所引诱，成天仆仆道途，熙来攘往，追名逐利，才没有时间来发现、来认识以及享受这幽美的景致。联系到作者此时遭贬，投闲置散的处境来看，也是对自己身世的感叹，其中包含着深沉的自怜自惜的情怀，同时也有一种自我安慰之感，让人觉得寓意深远。

这最后一句的感叹，使得全篇情景交融，文章显得平易而又深沉，耐人寻味。

（管遗瑞）

醉吟先生传

醉吟先生者，忘其姓字、乡里、官爵，忽忽[①]不知吾为谁也。宦游三十载，将老，退居洛下，所居有池五六亩，竹数千竿，乔木数十株，台榭舟桥，具体而微，先生安焉。家虽贫，不至寒馁；年虽老，未及耄。

性嗜酒，耽琴，淫诗。凡酒徒、琴侣、诗客，多与之游。游之外，栖心释氏，通学小中大乘法。与嵩山僧如满为空门友，平泉客韦楚为山水友，彭城刘梦得为诗友，安定皇甫朗之为酒友。每一相见，欣然忘归。洛城内外六七十里间，凡观寺、丘壑有泉石花竹者，靡不游；人家有美酒、鸣琴者，靡不过[②]；有图书、歌舞者，靡不观。自居守洛川及洎[3]布衣家，以宴游召者，亦时时往。每良辰美景，或雪朝月夕，好事者相过，必为之先拂酒罍，次开诗箧。酒既酣，乃自援琴，操宫声，弄《秋思》一遍。若兴发，命家僮调法部丝竹，合奏《霓裳羽衣》一曲。若欢甚，又命小妓歌《杨柳枝》新词十数章。放杯自娱，酩酊而后已。往往乘兴，屦及邻，杖于乡，骑游都邑，肩舁[4]适野。舁中置一琴、一枕，陶、谢[5]诗数卷。舁杆左右悬双壶酒，寻水望山，率情便去。抱琴引酌，兴尽而返。如此者凡十年。其间日赋诗约千余首，岁酿酒约数百斛。而十年前后赋酿者不与焉。

妻孥弟侄虑其过也，或讥之，不应；至于再三，乃曰：凡人之性，鲜得中，必有所偏好。吾非中者也，设不幸，吾好利而货殖[6]焉，以至于多藏润屋，贾祸危身，奈吾何？设不幸吾好博弈，一掷数万，倾财破产，以至于妻子冻饿，奈吾何？设不幸吾好药，损衣削食[7]，炼铅烧汞，以至于无所成，有所误，奈吾何？今吾幸不好彼，而自适于杯觞讽咏之间。放则放矣，庸[8]何伤乎？不犹愈[9]于好[10]彼三者乎？此刘伯伦[11]所以闻妇言而不听，王无功[12]所以游醉乡而不还也。遂率子弟入酒房，环酿瓮，箕踞仰面，长吁太息曰："吾生天地间，才与行不逮于古人远矣；而富于黔娄[13]，寿于颜回，饱于伯夷[14]，乐于荣启期[15]，健于卫叔宝[16]。幸甚幸甚！余何求哉？若舍吾所好，何以送老？"因自吟《咏怀》诗云："抱琴荣启乐，纵酒刘伶达。放眼看青山，任头生白发。不知天地内，更得几年活？从此到终身，尽为闲日月。"吟罢自哂，揭瓮拨醅，又饮数杯，兀[17]然而醉。既而醉复醒，醒复吟，吟复饮，饮复醉。醉吟相仍，若循环然。由是得以

【原文】

梦身世，云富贵，幕席天地，瞬息百年，陶陶然，昏昏然，不知老之将至，古所谓得全于酒者，故自号为醉吟先生。

于时开成三年⑱，先生之齿六十有七，须尽白，发半秃，齿双缺，而觞咏之兴犹未衰。顾谓妻子云："今之前，吾适矣；今之后，吾不自知其兴何如？"

〔注〕①忽忽：恍惚。②过：访，探望。③洎(jì)：到，至。④肩舁(yú)：肩舆，轿子。⑤陶、谢：陶渊明，谢灵运。⑥货殖：经商。⑦损衣削食：节衣缩食。⑧庸：难道。⑨愈：胜过。⑩好(hào)：喜爱。⑪刘伯伦：刘伶，字伯伦。嗜酒，曾作《酒德颂》对"礼法"表示蔑视。⑫王无功：王绩，字无功，号东皋子，唐初诗人。⑬黔娄：战国时期齐国贤士，安贫乐道，虽极贫却视富贵如浮云。⑭伯夷：商末周初贤士。因不满武王伐纣而发誓不食周粮，后饿死于首阳山。⑮荣启期(前571—前474)：字昌伯，春秋时期郕国(今山东宁阳县东北)人，博学多才却政治失意，然其人却甚能自得其乐。《列子·天瑞》曾记载，荣启期对孔子自言"吾乐甚多"，以此生能为人、为男、并得高寿而作为人生之乐。⑯卫叔宝：卫玠(286—312)，字叔宝，河东安邑(今山西夏县北)人，魏晋名士，玄学家。但寿命仅二十七岁。⑰兀：茫然无知的样子。⑱开成三年：公元838年。开成(836—840)，唐文宗年号。

此文是一篇人物的小传，记录了醉吟先生潇洒自放的老年生活。醉吟先生是谁？文中说"忘其姓字、乡里、官爵"，他自己都不知道自己是谁。但若略知作者白居易中晚年的生活，并知其人生的经历，不难猜出，这篇文章其实正是白氏的自传，是他对自己晚年生活的自况。

据《旧唐书·白居易传》记载，白居易自杭州归洛阳之后，将散骑常侍杨凭的宅子买了下来，遂得风雅乐趣于其中。而当时时政混乱，于宦途上屡经挫折的白氏越来越没有做官之心，对于人生的想法也不断地自“兼济天下”转向“独善其身”。《醉吟先生传》就创作于这样的背景之下。

醉吟先生是谁，连他自己都不知道；人们可以知道的是他有一个风景优美的宅子可以享受，并且他也觉得自己不甚贫、不甚老，完全有足够的资本去享受。文章开篇一段寥寥数行，有着隐隐的得意，也为整篇文章的风格和内容奠定了基调。

醉吟先生为何号“醉吟”？自然跟爱酒与喜欢吟诗有关。但他的喜好却不是仅止于此的呢！喝酒、抚琴、吟诗、佛学、图书、歌舞、游山玩水都是他的爱好，而且，因着爱好多，他还有着颇广的交游。在文章第二段中，作者兴致高昂、穷极笔触地描述了醉吟先生极为丰富的日常生活，颇令人称羡。先生不但拥有许多爱好，而且他对每种爱好都颇为沉迷，并未厚此薄彼。这样的特质散落在这一段的各处描写中。他与朋友见面，因着共同的兴趣而“欣然忘归”，“……靡不游”、“……靡不过”、“……靡不观”三句排比，以“靡不”二字着重体现先生对这些事物甚为浓厚的兴致。对于宴游，他“时时往”；有人来访，他诗酒、丝弦皆要尽兴，最终还要畅饮至大醉才肯罢休。而出游亦是诸乐趣相伴，“兴尽而返”。如此穷尽人生乐趣的生活，这位醉吟先生竟然过了十年！而且，他这十年的丰富收获竟一点都不舍得给别人。可见他对自己的这些爱好，可谓是珍爱至极。

醉吟先生不但爱好多，而且还很有想法。他如此“过分”的尽乐，引起了家人的指责。他听不下去，竟然生发了一段看上去很有道理的反驳之词。第三段中，醉吟先生列举经商、赌博、丹药三种喜好带来的极大危害，从反面说明自己的这些喜好比起它们来真是好太多，是无伤大雅的。如此作比，听起来有那么些道理，却又让人觉得不是特别能服人，还带一点点偏激与强词夺理。最后还将指责他的人反过来责怪了两句。这么一个喜爱玩乐，又似带一点顽童孩子气的有趣的老先生的形象，就在他的举止言谈间，跃然纸上。他在反驳家人后，第一件事情就是坐在酒罐子之间叹息，觉得自己比起某些命运乖蹇的古人，已经幸运多了，人生也别无所求了。可是他还是说“若舍吾所好，何以送老”，并吟诗明志，认定要这样安乐自放地过完余生。他的喜好，重要到已经是他安度晚年的唯一陪伴了。比起前文所表现出来的痴迷，此处他对这些爱好的感情，又更加深了一层。

醉吟先生爱好颇广，可是，为何独独以“醉吟”二字为号呢？作者通篇都在说醉吟先生，却在第三段的末尾才以数句简单的描写，带有些夸张地反复勾绘出老先生的一些举止形态，说明为何用此二字。虽然醉吟先生在每一种喜好上都投入极大的感情和乐趣，但在喝酒和吟诗上，他竟然可以“吟罢自哂，揭瓮拨醅，又饮数杯，兀然而醉。既而醉复醒，醒复吟，吟复饮，饮复醉。醉吟相仍，若循环然”。如此反复数次不断，实在非一般人可及。而正是这样极端夸张的吟与饮，才让他当之无愧地自号“醉吟”。

在精力充沛地享受人生的同时，不可逃避的是年岁不断渐增。但纵然是“须尽白，发半秃，齿双缺”，已近古稀之年的老先生，依然诗酒兴浓。他对妻子表达了自己对在享受爱好中度过的这些岁月的满足。醉吟先生的老年生活真的达到了他自己所想要的那样一个状态，十分快乐地让自己的嗜好陪伴了老年的自己。

整篇文章挥洒自如，一气呵成，风格和醉吟先生的兴致一般豪放洒脱，若非白氏的亲身经历所感，又怎能写出这样形象真实生动、气韵十足的文章？

但跟着文中的醉吟先生畅快一番之后，当静下来思考，我们依然会想，以醉吟先生自况的白居易，他的生活和内心的情感真的就跟文中所表现的一样吗？文中，作者对醉吟先生行为的表现多有略显夸张与极端之处，但或许这正是作者想要的，在这样寄情诗酒，沉迷爱好的极致狂放中，他多少

【鉴赏】

也想借此深深掩埋和忘怀欲舒展抱负而不能的无力与无奈感。中晚年后的白居易渐渐变成了一个吏隐者,将目光自朝堂转向山水;随着唐王朝的日渐衰败,作者自身的年岁渐老,最终,他的兼济之心和苦闷伤怀之感也只能在不断地游玩享乐中越来越淡。

(钱　方)

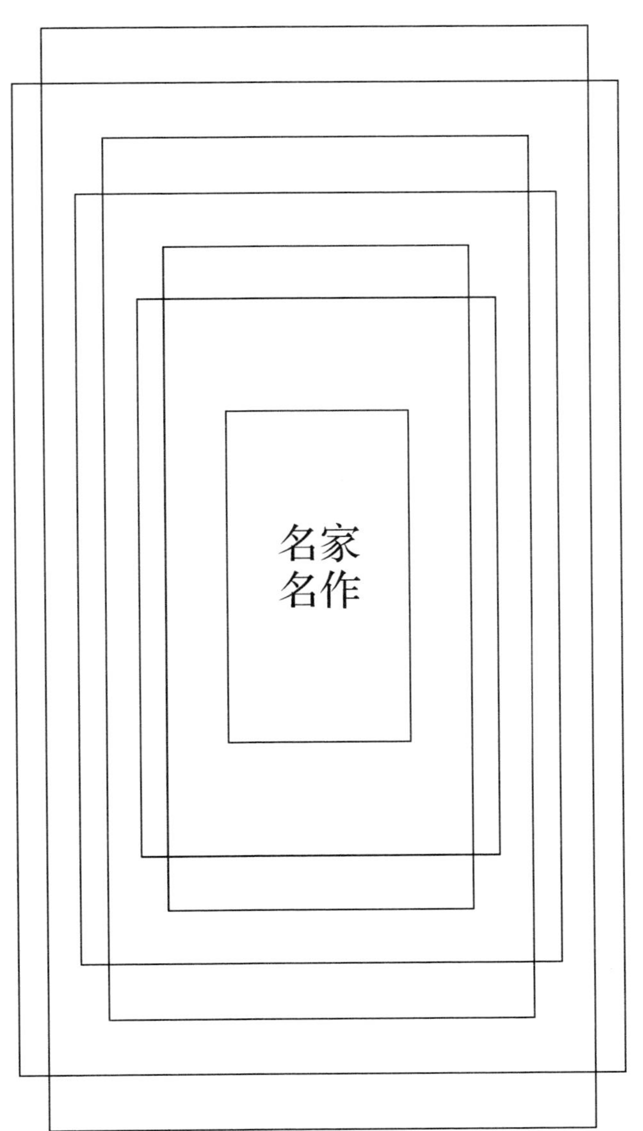

沈祖棻 霍松林 陈振鹏 褚斌杰 葛晓音 赖汉屏 余恕诚 周啸天 等撰写

【附录】

白居易生平与文学创作年表

纪年	年岁	生平经历	主要作品	相关大事
唐代宗 大历七年 (772)壬子	1	生于郑州新郑县东郭宅。时父季庚年四十二岁。		李绛9岁，韩愈5岁，令狐楚5岁，刘禹锡生，崔群生。
大历八年 (773)癸酉	2	祖父锽卒于长安，年六十八。		柳宗元生。
大历十一年 (776)丙辰	5	及五、六岁，便学为诗。弟行简生。		五月，汴宋军乱，汴将李灵耀叛。
大历十二年 (777)丁巳	6	祖母薛氏殁于新郑县私第，年七十。		八月，颜真卿为刑部尚书。九月，吐蕃寇坊州。
大历十三年 (778)戊午	7	是年前后，独居荥阳。		正月，回纥入侵太原。四月，吐蕃寇灵州。杨汝士生。
大历十四年 (779)己未	8			五月，代宗崩，太子李适即位，是为德宗。元稹生。
德宗 建中元年 (780)庚申	9	谙识声韵。父季庚由宋州司户参军授徐州彭城县令。母陈氏封颍川县君。		正月，改元。废“租庸调制”，改行“两税法”。牛僧孺生。
建中二年 (781)辛酉	10	解读书。父季庚以功授徐州别驾。		杨炎罢，贬为崖州司马，被杀。
建中三年 (782)壬戌	11	去荥阳，从父季庚徐州别驾任所，寄家符离。		十二月，李希烈自称天下都元帅，唐发诸道军往讨。
建中四年 (783)癸亥	12	举家东迁避难。		正月，李希烈陷汝州，东都震恐。十月，长安兵变，德宗出奔奉天。朱泚自立为帝。是年武元衡进士及第。

续表

纪年	年岁	生平经历	主要作品	相关大事
兴元元年(784)甲子	13	弟幼美生，小字金刚努。		正月，改元。六月，李晟收复长安，朱泚败走，被杀。德宗回长安。杨虞卿生，杨嗣复生。
德宗贞元元年(785)乙丑	14	避难越中，曾旅苏、杭二州。父季庚加检校大理少卿，依前徐州别驾，仍知州事。		正月，改元。六月，朱滔死，七月，李怀光兵败，死。是年，钱徽进士及第。
贞元二年(786)丙寅	15	仍寄居越中。苦节读书，能属文。	诗《江南送北客因凭寄徐州兄弟书》	四月，李希烈为部将所杀，自此，各地战乱渐息。
贞元三年(787)丁卯	16	仍在越中避难。	诗《赋得古原草送别》	李德裕生。
贞元四年(788)戊辰	17	仍寄居越中。父季庚任满，改除大理少卿衢州别驾。		诏审两税等第，并声明三年一定。吐蕃屡入寇。六月，阳城为谏议大夫。
贞元五年(789)己巳	18	仍寄居越中。		正月，德宗颁诏，定二月一日为中和节。李泌因病请辞，德宗以董晋为门下侍郎。不久，李泌病卒。
贞元六年(790)庚午	19	离开越中，回到符离家中。		八月，吐蕃陷安西。李贺生。
贞元七年(791)辛未	20	在符离。与张徹、贾悚等共勉学。“昼课赋，夜课书，间又课诗，不遑寝息矣，以至口舌成疮，手肘成胝。”父季庚除襄州别驾。		令狐楚登进士第。
贞元八年(792)壬申	21	在符离家中攻读。弟幼美卒，年九岁。		四月，陆贽为中书侍郎、同平章事。李绛、王涯、崔群、冯宿、韩愈登进士第。

续表

纪年	年岁	生平经历	主要作品	相关大事
贞元九年(793)癸酉	22	伴母从符离家到襄阳白季庚任所。游檀溪,访曹王李皋故宅。冬,自襄阳返符离。		元稹明经登第。刘禹锡、柳宗元登进士第。
贞元十年(794)甲申	23	复至襄阳,父季庚卒,服丧。	诗《游襄阳怀孟浩然》	李逢吉进士登第。
贞元十一年(795)乙亥	24	在符离,丁忧。		七月,谏议大夫阳城为国子司业。陆贽罢相后,遭裴延龄诬告,被贬为中州别驾。
贞元十二年(796)丙子	25	在符离,丁忧。七月,丁忧期满,服除。		七月,宣武军乱,以董晋为节度使。九月,裴延龄卒。孟郊进士登第。
贞元十三年(797)丁丑	26	在符离,攻读不辍。		
贞元十四年(798)戊寅	27	自符离赴饶州浮梁,而移家洛阳。	诗《将之饶州江浦夜泊》	始置神策统军。
贞元十五年(799)己卯	28	自浮梁北归洛阳,探视其母。在宣城参加乡试,为宣歙观察使崔衍贡举进士。与杨虞卿结识。	诗《自河南经乱,关内阻饥,兄弟离散,各在一处。因望月有感,聊书所怀,寄上浮梁大兄、於潜七兄、乌江十五兄,兼示符离及下邽弟妹》	二月,宣武军节度使董晋病死,汴州军乱;平定后,以刘逸准为宣武军节度使,后刘死,以韩弘为节度使。诏削夺吴少诚官爵,令诸道进兵讨之。张籍进士登第。
贞元十六年(800)庚辰	29	春,在长安应试,一举登第。献诗文于陈给事,求其品评。暮春,游江南,经洛阳,南下宣城,投诗拜谢崔衍。夏,自江南归,居符离。秋,曾游流沟山。	诗《邯郸冬至夜思家》;文《性习相近远赋》	五月,徐、泗、濠节度使张建封卒,以其子愔为徐州团练使。十月,赦吴少诚,复其官爵。刘禹锡为淮南节度使杜佑掌书记。

续表

纪年	年岁	生平经历	主要作品	相关大事
贞元十七年(801)辛巳	30	春,在符离。七月,在宣城。秋,归洛阳。		十月,杜佑《通典》二十卷编成。
贞元十八年(802)壬午	31	秋末,去符离,往长安应吏部选拔。曾绕道游访黄河北岸各县。由冀城南行,寄居滑台李翱家,与唐衢相识。	诗《秋雨中赠元九》	正月,韦皋破吐蕃,以蕃相论莽热以献。刘禹锡调补京兆府渭南县主簿。
贞元十九年(803)癸未	32	春,在长安,以"书判拔萃科"及第,授秘书省校书郎。始假居故宰相关播亭园居住。秋冬之交,游许昌。	文《养竹记》	元稹以"书判拔萃科"及第,授秘书省校书郎。韩愈因谏贬连州阳山县令。
贞元二十年(804)甲申	33	春,游洛阳。徙家秦中下邽县。夏,偕元宗简同游曲江。		
顺宗永贞元年(805)乙酉	34	在长安,寓居永崇里华阳观,仍为校书郎。正月,为德宗皇帝写挽歌四首。二月,为人上书新任宰相韦执谊。四月,与诸校书郎同游道德坊之开远观。	诗《寄隐者》、《感时》等。	正月,德宗崩,太子李诵即位,是为顺宗。召王伾、王叔文商议国家大事,以杜佑为摄冢宰,韦执谊为尚书左丞,同平章事。推行"永贞革新"。八月,改元永贞。太子李纯即位,尊顺宗为太上皇,贬王伾为开州司马,王叔文为渝州司马。王伾病死贬所,王叔文第二年赐死。九月,贬韩泰、韩晔、柳宗元、刘禹锡等。韦执谊贬崖州司马。陆贽、阳城卒。牛僧孺进士登第。
宪宗元和元年(806)丙戌	35	在长安,罢校书郎。与元稹居华阳观,闭门累月,揣摩时事,成《策林》七十五篇。四月,应才识兼茂明于体用科,策入第四等,授盩厔县尉。七月,权摄昭应事。秋,使骆口驿。十二月,与陈鸿、王质夫同游仙游寺。	诗《长恨歌》	正月,唐顺宗卒,改元。元稹制科入第三等,授左拾遗。李绅、皇甫湜进士登第。

续表

纪年	年岁	生平经历	主要作品	相关大事
元和二年(807)丁亥	36	春,与杨汝士等屡会于杨家靖恭里宅。夏,再使骆口驿。从盩厔县事。秋为京兆府试官。试官事毕而帖集贤校理。十一月四日,自集贤院召赴银台候进旨。五月,召入翰林,奉敕试制诏等,为翰林学士。	诗《观刈麦》	正月,以武元衡、李吉甫同平章事。四月,以武元衡为西川节度使。
元和三年(808)戊子	37	在长安,居新昌里。四月,为制策考官;除左拾遗,依前充翰林学士。为制策考覆官。娶夫人杨氏。	诗《赠内》、《秋游曲江感怀》等;文《论制科人状》	户部侍郎裴垍复为中书侍郎同平章事。
元和四年(809)己丑	38	在长安,仍为左拾遗、翰林学士。女金銮子生。屡陈时政,请降系囚,蠲租税,放宫人,绝进奉,禁掠卖良人等,皆从之。	诗《宿紫阁北山村》、《望驿台》、《江楼月》、《同李十一醉忆元九》、《新乐府》五十首	二月,元稹除监察御史。三月,使东蜀,使还,分司东都。白行简为秘书省校书郎。杨汝士、张徹进士登第。
元和五年(810)庚寅	39	在长安。五月,改官京兆府户曹参军,仍充翰林学士。上书罢讨王承宗兵,论元稹不当贬,皆不纳。	诗《贺答诗十首》、《秦中吟》、《哭孔戡》、《登乐游园望》;文《论元稹第三状》	二月,元稹贬江陵府士曹掾。九月,高郢右仆射致仕。李绛为中书舍人。孔戡卒。杨虞卿进士登第。
元和六年(811)辛卯	40	母陈氏卒于长安宣平里第,丁忧,退居下邽义津乡金氏村。女金銮子夭。	诗《病中哭金銮子》	正月,李吉甫同中书门下同平章事。七月,高郢卒。十二月,李绛同中书门下平章事。裴垍卒。韩愈自河南令迁职方员外郎。
元和七年(812)壬辰	41	居下邽金氏村。	诗《秋游原上》、《观稼》	六月,杜佑致仕。元稹自编诗集二十卷成。李商隐生。
元和八年(813)癸巳	42	服除,仍居下邽金氏村。	诗《村居苦寒》、《采地黄者》	征西川节度使武元衡入知政事。

续表

纪年	年岁	生平经历	主要作品	相关大事
元和九年(814)甲午	43	仍居下邽金氏村。春,病眼。秋,李顾言来访,留宿相语。八月,游蓝田悟真寺。冬召授太子左赞善大夫入朝。居昭国里。	诗《游悟真寺》、《别行简》	二月,李绛罢为礼部尚书。十月,李吉甫卒。十二月,韦贯之同中书门下平章事。白行简赴东川节度使卢坦幕。孟郊卒。
元和十年(815)乙未	44	仍居昭国里,为太子左赞善大夫。六月,上疏请捕刺武相之贼。贬江州司马。初出蓝田,到襄阳,乘舟经鄂州,冬初至江川。十二月,自编诗集十五卷,凡八百首。	诗《蓝桥驿见元九诗》、《舟中读元九诗》、《放言五首》、《登郢州白雪楼》;文《与元九书》	正月,吴元济反,唐诸道军讨之。五月,御史中丞裴度宣慰淮西行营。六月,武元衡被刺杀。以裴度同中书门下平章事。柳宗元为柳州刺史,刘禹锡为连州刺史。
元和十一年(816)丙申	45	在江州司马任。二月,赴庐山,游西林、东林寺,访陶潜旧宅。女阿罗生。	诗《琵琶行》、《夜雪》	正月,削王承宗官爵。二月,李吉甫同中书门下平章事。十二月,王涯同中书门下平章事。韩愈除右庶子。李贺病卒。
元和十二年(817)丁酉	46	在江州司马任,庐山草堂成,三月二十七日始居之。	诗《大林寺桃花》、《建昌江》、《问刘十九》、《香炉峰下新卜山居,草堂初成,偶题东壁》;文《庐山草堂记》、《游大林寺序》	七月,以裴度为淮西宣慰招讨使、韩愈为行军司马讨蔡州。
元和十三年(818)戊戌	47	在江州任所。至庐山,宿草堂。十二月,除忠州刺史。又生一女。	文《江州司马厅记》	赦王承宗。八月,王涯罢,以皇甫镈、程异同中书门下平章事。白行简自梓州至江州。
元和十四年(819)己亥	48	春,离江州赴忠州刺史任。途中会鄂岳观察使李程于武昌。三月二十一日,遇元稹于黄牛峡口石洞中,停舟夷陵,置酒赋诗,三日而别;二十八日抵忠州。	诗《竹枝词四首》;文《三游洞序》	韩愈谏迎佛骨,贬为潮州刺史,旋移袁州。四月,裴度罢。七月,令狐楚同中书门下平章事。十二月,崔群罢为湖南观察使。柳宗元卒。

续表

纪年	年岁	生平经历	主要作品	相关大事
元和十五年(820)庚子	49	夏,自忠州召还。除尚书司门员外郎,经三峡,由商山路返长安。十二月,充重考订科目官。二十八日,改授主客郎中、知制诰。	诗《东坡种花二首》;文《荔枝图序》	正月,宪宗崩。穆宗即位。贬皇甫镈为崖州司马。李德裕、李绅等为翰林学士。王承宗卒。张籍为秘书郎。
穆宗长庆元年(821)辛丑	50	在长安,为尚书主客郎中、知制诰。春,购新昌里宅,第二次居新昌里。四月,充重考试进士官。复试礼部侍郎钱徽主试下及第进士郑朗等十四人。夏,与元宗简同制加朝散大夫,转上柱国。妻杨氏授弘农郡君。十月,转中书舍人知制诰。十一月,充制策考官。	文《送侯权秀才序》	正月,改元。以杜元颖同中书门下平章事。七月,国子监祭酒韩愈为兵部侍郎。秋初,白行简授左拾遗。张籍为国子博士。
长庆二年(822)壬寅	51	在长安,为中书舍人。上书论河北用兵事,皆不听。七月,自中书舍人除杭州刺史。因宣武军乱,取道襄阳赴任,途经江州,与李渤会,访庐山草堂。十月,至杭州。	诗《自蜀江至洞庭湖口,有感而作》、《暮江吟》	正月,魏博军乱,节度使田布自杀。二月,李德裕、李绅俱为中书舍人、翰林学士。白敏中进士登第,赴河东节度使李听幕掌书记。九月,李德裕出为浙西观察使。白敏中进士登第,赴河东节度使李听幕掌书记。张籍除水部员外郎。元宗简卒。
长庆三年(823)癸卯	52	在杭州刺史任,屡游西湖。秋初病。八月,游灵隐冷泉亭。九月,游恩德寺,看泉洞竹石。	诗《钱塘湖春行》、《西湖晚归回望孤山寺赠诸客》、《杭州春望》	三月,牛僧孺同中书门下平章事,李德裕为李逢吉作引,牛、李之怨益深。八月,元稹自同州刺史迁浙东观察使、越州刺史。十月,京兆尹韩愈为兵部侍郎,再除礼部侍郎。

续表

纪年	年岁	生平经历	主要作品	相关大事
长庆四年(824)甲辰	53	在杭州刺史任。病眼与肺。修筑钱塘湖堤，蓄水，可灌田千顷。又浚城中李泌六井，以供饮用，三月十日作记。五月，除太子左庶子。月末离杭，过常州，宿淮口，经汴河路，秋至洛阳，卜居履道里，得田氏所有故散骑常侍杨凭旧宅而居之。十月，求分司东都。冬，《白氏长庆集》五十卷编成，元稹制序。	诗《别州民》、《西湖留别》	正月，穆宗崩，敬宗即位。二月，户部侍郎李绅贬端州司马。夏，刘禹锡移和州刺史。八月，杨虞卿为吏部员外郎。九月，令狐楚为宣武军节度使。十二月，韩愈卒。白行简为司门员外郎。
敬宗宝历元年(825)乙巳	54	在洛阳，为太子左庶子分司东都。春葺新居，王起为宅内造桥。三月四日，除苏州刺史。二十九日，发东都，过汴州，与令狐楚相会。渡淮水，经常州，五月五日到苏州任。秋，游太湖。	诗《白云泉》、《和微之听妻谈〈别鹤操〉，因为解释其义，依韵加四句》、《自咏》	正月，牛僧孺罢为宣武军节度使。四月，李绅为左仆射。闰七月，李听为义成军节度使。十二月，李绛为太子少师分司。白行简迁主客郎中。
宝历二年(826)丙午	55	在苏州刺史任。二月末，落马伤足，卧三旬。夏，以青石白莲寄洛阳宅。五月末，以眼病肺伤，请百日假。九月初，假满，罢官。十月初，发苏州。与刘禹锡相遇于扬子津，结伴游扬州、楚州。十一月，发京口，北上二旬，到淮河，除日发楚州。	诗《别苏州》、《留别微之》、《病中多雨迎寒食》；文《华严经社石记》	二月，刘禹锡罢和州刺史任返洛阳。山南西道节度使裴度同中书门下平章事。八月，王播为河南尹。九月，李程罢为北都留守。十二月，刘克明等宦官杀敬宗，立绛王悟。枢密使王守澄、中尉魏从简以兵诛刘克明，迎江王昂，立为天子，是为文宗。白行简卒。
文宗大和元年(827)丁未	56	春，经荥阳，返洛阳。三月十七日，征为秘书监，赐金紫。复居长安新昌里宅，与杨汝士、裴度、庾敬休等交游。岁末，奉使洛阳。	诗《宿荥阳》、《喜雨》、《奉使途中戏赠张常侍》	正月，崔群为兵书尚书。二月，李绛为太子常卿。六月，刘禹锡为主客郎中分司东都。九月，元稹加检校吏部尚书。

续表

纪年	年岁	生平经历	主要作品	相关大事
大和二年(828)戊申	57	春,自洛阳返长安。二月十九日,由秘书监除刑部侍郎,封建阳县男。自元稹所编《白氏长庆集》后,自编《后集》并作序,又编与元稹唱和集《因继集》二卷。十二月,乞百日病假。又为弟行简编次文集二十卷,题为《白郎中集》。	诗《和微之诗二十三首》(之一至之十二)、《早春同刘郎中寄宣武令狐相公》、《题洛中第宅》;文《祭弟文》	十月,令狐楚为户部尚书,冯宿为河南尹。
大和三年(829)己酉	58	三月五日,编《刘白唱和集》二卷成。月末,百日假满,罢刑部侍郎,以太子宾客分司东都。四月初,发长安,经陕州,至洛阳,居履道里第。九月,元稹经洛阳,与之会。冬,生子阿崔。	诗《和微之诗二十三首》(之十三至之二十二)、答《崔十八见寄》;文《池上篇序》	三月,令狐楚为东都留守。八月,李宗闵同中书门下平章事。九月,李德裕出为义成军节度使。刘禹锡转吏部郎中,依前充集贤学士。
大和四年(830)庚戌	59	在洛阳,为太子宾客分司东都,屡游龙门。与徐凝交游。冬,病眼。十二月,代韦弘景为河南尹。	诗《舟中夜坐》、《桥亭卯饮》	正月,武昌军节度使牛僧孺入朝,李宗闵引为兵部尚书、同平章事,并排李德裕党。元稹自尚书左丞除武昌军节度使。四月,兴元军乱,杀节度使李绛。十二月,韦弘景为东都留守。皇甫湜卒。
大和五年(831)辛亥	60	在河南尹任。子阿崔夭,年三岁。	诗《哭微之二首》;文《祭微之文》	十月,刘禹锡除苏州刺史。杨虞卿改为弘文馆学士。元稹卒。
大和六年(832)壬子	61	在洛阳,为河南尹。为元稹撰墓志,其家馈润笔六十七万钱,悉布施修香山寺。八月,修香山寺成。	诗《送令狐相公赴太原》、《惜落花》、《酬梦得秋夕不寐见寄》;文《修香山寺记》、《河南元公墓志铭》、《祭崔相公文》	二月,令狐楚自天平军节度使移任太原尹、北都留守、河东节度使。三月,邠宁节度使李听为武宁军节度使。十二月,牛僧孺罢为淮南节度使,李德裕自西川节度使入为兵部尚书。崔群卒。

续表

纪年	年岁	生平经历	主要作品	相关大事
大和七年(833)癸丑	62	二月，以病乞五旬假。三月，假满，罢官，归履道里第。四月，再除太子宾客分司。	诗《七年元旦对酒五首》、《咏兴五首》、《秋池独泛》	二月，李德裕同中书门下平章事。三月，杨虞卿自给事中出为长州刺史。四月，杨汝士为工部侍郎。六月，李宗闵罢为山南西道节度使。崔玄亮卒。
大和八年(834)甲寅	63	在洛阳，为太子宾客分司。与裴度频往来。七月，编集在洛所作诗而序之。十一月，入百日斋戒。	诗《南池早春有怀》、《早夏游宴》、《闲居自题》;文《序洛诗》	七月，刘禹锡自苏州刺史移任汝州刺史。杨汝士为同州刺史。十月，山南西道节度使李宗闵同平章事。崔咸卒。
大和九年(835)乙卯	64	在洛阳，为太子宾客分司。春，自洛阳西游，过稠桑、寿安、同州，至下邽渭村小住，约三月末返洛阳。九月，代杨汝士为同州刺史，辞疾不赴。十月，改授太子少傅分司东都，进封冯翊县开国侯。冬，女阿罗嫁谈弘谟。自编《白氏文集》六十卷。	诗《闲吟》、《东归》、《梦刘二十八因诗问之》;文《东林寺白氏文集记》	四月，浙江西道观察使贾𫗧为中书侍郎、同中书门下平章事。工部侍郎杨虞卿为京兆尹。六月，贬李宗闵为明州刺史。九月，杨汝士自同州刺史入为户部侍郎。十月，刘禹锡自如州刺史移任同州刺史，代白居易。十一月，“甘露之变”。
开成元年(836)丙辰	65	在洛阳，为太子少傅分司。春初，游少室山。闰五月，自编《白氏文集》六十五卷，藏于东都圣善寺。六月，避暑于香山寺。	诗《裴令公席上赠别梦得》、《早春即事》、《香山寺避暑二绝》	正月，改元。四月，李绅为河南尹。七月，滁州刺史李德裕为太子宾客分司。秋，刘禹锡罢同州刺史，以太子宾客分司东都。十一月，李德裕为浙西观察使。十二月，兵部侍郎杨汝士检校礼部尚书，充剑南东川节度使。
开成二年(837)丁巳	66	在洛阳，为太子少傅分司。三月三日，与东都留守裴度、河南尹李珏、太子宾客分司刘禹锡等十余人修禊于洛滨。十一月，外孙女引珠生。	诗《洛阳春赠刘李二宾客》、《寒食》	五月，裴度自东都留守移太原尹、北都留守。牛僧孺自淮南节度使除东都留守。十月，李固言罢为剑南西川节度使。李商隐进士登第。

续表

纪年	年岁	生平经历	主要作品	相关大事
开成三年(838)戊午	67	在洛阳,为太子少傅分司。三月,游龙门香山寺。	诗《与梦得沽酒闲饮且约后期》、《闲适》、《酬裴令公赠马相戏》;词《忆江南》三首;文《醉吟先生传》	正月,杨嗣复、李珏同中书门下平章事。韦长为河南尹。二月,衡州司马李宗闵为杭州刺史。七月,王彦威为忠武军节度使。九月,东都留守牛僧孺为左仆射。冬,裴度乞归洛阳。
开成四年(839)己未	68	在洛阳,为太子少傅分司。二月,以《白氏文集》六十七卷藏于苏州南禅院。六月,得风痹之疾,乃放妓卖马。岁暮,犹患足疾。	诗《春日闲居三首》、《病中诗十五首》;文《白蘋州五亭记》	三月,裴度卒,年七十五。八月,牛僧孺为山南东道节度使。白敏中自殿中侍御史分司为邠宁节度副使。九月,剑南东川节度使杨汝士为吏部侍郎。十月,陈王成美立为太子。十二月,刘禹锡改秘书监分司东都。杭州刺史李宗闵为太子宾客分司东都。
开成四年(840)庚申	69	在洛阳,为太子少傅分司。三月,风疾稍愈。月末,出妓樊素。夏,外孙玉童生。十一月,自编《洛中集》十卷,藏于香山寺。冬,以病请百日假。	诗《春尽日宴罢感事独吟》;文《画西方帧记》	正月,文宗卒。中尉仇士良、鱼弘志以兵迎立太子弟瀍,杀太子成美。春,皇甫曙为绛州刺史。八月,杨嗣复罢为湖南观察使,李珏罢为桂管观察使。九月,淮南节度使李德裕同中书门下平章事。宣武军节度使李绅代李德裕镇淮南。秋,王起为东都留守。冬,杨嗣复贬为潮州刺史,李珏贬为昭州刺史。
武宗会昌元年(841)辛酉	70	春,与刘禹锡屡会饮。夏,百日假满,停少傅官。游香山,又游嵩阳。	诗《对酒有怀寄李十九郎中》、《送敏中新授户部员外郎西归》	正月,改元。三月,杨嗣复自潮州刺史再贬为潮州司马。李珏自昭州刺史再贬为端州司马。夏,白敏中自侍御史分司除户部赴长安。刘禹锡加检校吏部尚书,兼太子宾客。

续表

纪年	年岁	生平经历	主要作品	相关大事
会昌二年(842)壬戌	71	在洛阳,以刑部尚书致仕,给半俸。自编《后集》二十卷,纳于庐山东林寺。至此,《白氏文集》七十卷成。	诗《北窗竹石》、《哭刘尚书梦得二首》	三月,牛僧孺除东都留守至洛阳。五月,宰相李德裕兼守司徒。七月,刘禹锡卒,年七十一,赠户部尚书。九月,白敏中自右司员外郎充翰林学士。
会昌三年(843)癸亥	72	在洛阳。	文《太湖石记》	五月,白敏中转职方郎中,依前充翰林学士。李宗闵为湖州刺史。六月,仇士良卒。九月,以石雄代李彦佐为晋绛行营节度使。
会昌四年(844)甲子	73	在洛阳。春,屡出游。冬,观《石雄射鹭鸶图》。	诗《游赵村杏花》、《开龙门八节石滩诗二首》	四月,白敏中拜中书舍人,依前充翰林学士。闰七月,李绅罢为淮南节度使。
会昌五年(845)乙丑	74	在洛阳。三月二十一日,于洛阳履道里第为"七老会",宴后各赋诗。夏,又僧如满、李元爽写为"九老图"。五月一日,《白氏文集》七十五卷成。	诗《宿府池西亭》、《闲眠》、《九老图诗》、《杨柳枝词》	正月,李石为东都留守。七月,毁天下佛寺四万余所,僧尼二十六万还俗。
会昌六年(846)丙寅	75	在洛阳。八月,卒于洛阳履道里第。赠尚书右仆射。十一月,葬龙门香山如满师塔之侧。	诗《六年立春日、人日作》、《斋居偶作》、《咏身》	三月,武宗卒,立皇太叔忱。四月,李德裕罢为京荆南节度使。七月,李绅卒。

(青　杨)

图书在版编目(CIP)数据

白居易诗文鉴赏辞典／上海辞书出版社文学鉴赏辞典编纂中心编著．—上海：上海辞书出版社，2014.8(2023.2 重印)
(中国文学名家名作鉴赏辞典系列)
ISBN 978-7-5326-4221-2

Ⅰ．①白…　Ⅱ．①上…　Ⅲ．①白居易(772～846)-唐诗-诗歌欣赏-词典　Ⅳ．①I207.22-61

中国版本图书馆 CIP 数据核字(2014)第 139944 号

白居易诗文鉴赏辞典

上海辞书出版社文学鉴赏辞典编纂中心　编著

责任编辑　霍丽丽
装帧设计　姜　明
技术编辑　顾　晴
责任校对　杨桂珍

出版发行　上海世纪出版集团
上海辞书出版社(www.cishu.com.cn)
地　　址　上海市闵行区号景路 159 弄 B 座(邮编 201101)
印　　刷　上海新艺印刷有限公司
开　　本　890 毫米×1240 毫米　1/32
印　　张　7.125
字　　数　177 000
版　　次　2014 年 8 月第 1 版　2023 年 2 月第 2 次印刷
书　　号　ISBN 978-7-5326-4221-2/I・244
定　　价　98.00 元

本书如有质量问题，请与承印厂质量科联系。电话：021-56683339